未完成的道別

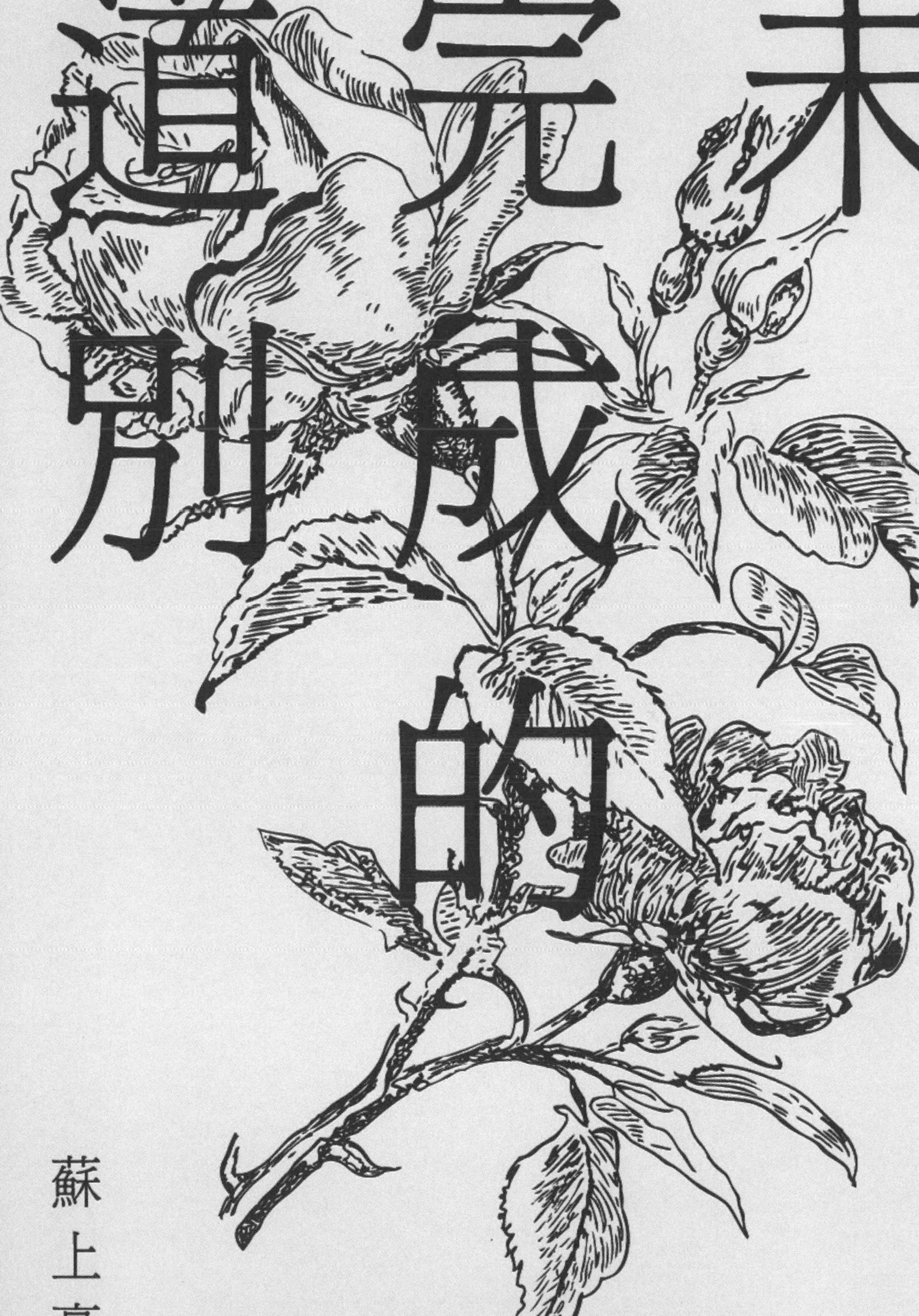

蘇上豪

目錄

筆記本

CHAPTER 1

1.

「熱島效應」讓七月仲夏夜裡的臺北市，像火爐一樣悶燒著。

北辰醫學院附設醫院心臟血管外科的主治醫師徐允文，在兩個多小時前被緊急召回醫院。他被這裡很多輛急急閃著紅色燈光、嗡嗡作響到來的救護車嚇了一跳。他刻意繞過急診室大門，從側門進到醫院，下意識想到自己被急會診的患者應該和這些救護車上的人有關。

徐允文身上背負著的「處理急重症」醫師本能，瞬間被救護車催發，每輛車好似鍋爐冒著超乎人間可以承受的火焰，讓他熱血沸騰，幾乎是以跑百米的速度衝到醫院三樓的手術室。

兩個多小時後，這裡的景象又呈現另一種樣貌。

電視臺的SNG車已經圍繞在急診室的聯外道路，原本站在門外、職責是疏導車流與維持秩序的保全人員，竟被幾位荷槍實彈的霹靂小組隔絕在最外圍充當警戒區的第一道防線，使得急診室的氣氛不只詭譎，甚至充滿著肅殺的緊繃，看到的人都知道有大事發生了。

和急診室外令人緊張的氣息相比，裡面又是另一種讓人觸目驚心的情況。

由入口的「檢傷分類站」的動線望去，從「觀察區」到「治療區」之間的通道此時有「全副武裝」戴著護目鏡、口罩以及防水工作服的清潔人員在清掃，利用沾有刺鼻消毒水的拖把，想辦法清除殘存在地板上已經乾掉的血漬；其次，更引人注目的是護理站豎起了只有在「演習」與「醫院評鑑」才會出現的「大量傷患動態表」白板，上面不只寫著、還有因為空間不足而貼著，前後共十五位個資被遮掩的病患。

其中三位傷勢嚴重的患者已送至手術室做緊急處理，另外的十二位則因為病況較輕微，輪流在「治療區」接受換藥包紮，或是簡單的傷口縫合。

在觀察區和急診室入口一樣，也有配槍警員負責維持秩序，因為在「治療區」處理完畢的病患都先集中於此。在幾個小時前，這些人是屬於敵對的雙方，雖然此時有傷在身，但也難保不會又擦槍走火再幹架一場。員警維持秩序的目的，除了力求不要再有衝突之外，最重要的是能夠配合檢察官在這裡成立的臨時偵查庭，即時訊問今晚鬥毆意外的當事人。

今晚是新市長上任不到一個月內發生的重大事件，檢警雙方都相當重視。為了爭取時效，也為了不讓受傷的人舟車勞頓，檢察官因此把急診室的會議室當成是臨時偵訊場地，期望盡快釐清案情，給社會大眾一個交代，以避免因為新市長上任造成社會大眾認為執法有空窗期。

檢警雙方大動作聯手出擊肇因於今晚在臺北市信義區最有名的夜店 KISS 21 發生了幫派火拼事件。警方之前早已經接獲線報，正準備展開調查，無奈衝突還是提前發生，而且又快又急。

竹青幫與四環幫因為夜店的利益喬不攏，於是竹青幫的角頭帶著十幾位年輕氣盛的小夥子到四環幫勢力範圍的 KISS 21 談判，大氣熱加上酒精的壯膽，有人耐不住性子而鬥毆起來，雖然場面不至於到全部失控，但衝突中有不少人掛彩，甚至性命垂危。

北辰醫學院附設醫院離出事地點最近，又是衛福部認定的醫學中心，當然變成首選的傷患後送地點，尤其是傷勢較為嚴重的十五人在第一時間就被救護車分別送到急診室。

雖說平日就有演習過大量傷患的處置，但這十五人是「真槍實彈」的考驗，而不是「大拜拜」的演習，以至於一開始真的是有些措手不及。情急的醫護人員不停在滿身鮮血、偶爾伴有哀號聲的病患中穿梭，再加上原來就存在的就診患者，讓急診室看起來有點像是「殺戮戰場」的味道。

所幸在醫院緊急召回二線值班人員，加上在附近吃飯逛街的下班同事熱心趕回來助陣，配合留守於院內各樓層的全部值班人力投入下，情況在不到兩個小時就逐漸穩定下來。

醫院的院長李瑞麟及外科部主任鄧克超依然是憂心忡忡，留守在急診室護理站後的休息室內。這裡被當成是處理此次大量傷患的前進指揮所，以保持和外界與院內消息的互通與聯絡，不只是記者沒有停止關切，臺北市市長、甚至是府院高層，一直都和這裡熱線通話。

「老李……你知道的，我是最挺你的……對，有什麼發展，我一定盡快讓你知道，現在病患都還在動手術，沒有什麼新進展，實在急不得……我又不能拿著手機去替你做實況轉播，對不對……」

醫院公關張貴翔梳著小油頭，穿著合身剪裁的西裝，正在回應某報社主編的死纏爛打，情急的他也不得不提高嗓門回話，他的另一隻手也沒有閒著，還滑著桌上另一隻手機，注意著LINE群組內的動靜，看看有誰提出問題。

「對嘛，我們什麼交情，一定會讓你知道最新動態，不要忘記先看一下我平時公關聯絡群組的記事本，一定會更新最正確的新消息……」

張貴翔努力安撫那位主播，可是懷間另一隻手機又響了起來，使得他有些手忙腳亂。

李瑞麟在牆角也低聲回著電話，神情相當嚴肅，他無法確切回答電話另一端醫院董事會某位委員的關切，因為委員的朋友想透過他的關係，先套出一些內幕。倒是私立北辰醫學院的董事長氣定神閒，除了一開始打了一通電話詢問，接下來都是由李瑞麟主動報告。

鄧克超是三個人最清閒的，看著兩個人在進入前進指揮所後電話都沒有停過，也只能在旁苦笑著，心裡頭卻慶幸自己可以輕鬆一些，反而像是個局外人。

李瑞麟終於掛上電話，掩飾不住一臉憂慮。他走向鄧克超，希望利用這難得的空檔討論下一步如何做。

「鄧學長，你看我們什麼時候可以再出去面對那些虎狼般的記者發布狀況？」李瑞麟的期班比鄧克超小，雖貴為院長之尊，和鄧克超討論事情還是會客氣地喊一聲學長。

「院長，受輕傷的十二位我剛剛和急診室值班主任確認過，都已經無大礙，因此我們可以輕鬆帶過，甚至接受張貴翔的建議，把球做給檢警，跟記者明白講他們正在急診室內的臨時偵訊處接受檢察官詰問。另外三位接受手術的患者，最新進展是前兩位可以不用等到手術完成就可以放出消息：第一位是全身多處骨折，死不了人，只要骨科值班醫師打上內固定即可；第二位是顱內出血，目前血塊拿掉得差不多了，手術即將告一段落，所以我們可以用七十二小時的危險觀察期簡單帶過，只是第三位……」

鄧克超停頓了一下，語氣有點遲疑，對於外科手術一知半解的李瑞麟只能焦急地問怎麼了？

鄧克超想了一下答道：「第三位之前也向你報告過了，是刀子直接插入胸腔卡在心臟上，依一般臨床經驗早活不了，但這位病人真命大，據值班的麻醉醫師幾分鐘前通報，心臟外科主治醫師徐允文已經準備動手術將刀子取出，同時要把心臟的刀傷縫合起來……」

「這年輕的主治大夫我不熟……他可以嗎？哦，對了！之前黃世均也打電話向我報告過，他為什麼不接手？」

「院長，黃主任並不是今天的值班主治醫師，況且徐允文一開始就在手術臺上奮鬥，怎好意思將他趕下來？這樣以後院內還有誰敢信任徐允文？」

鄧克超明著是替心臟血管外科主任黃世均解套，以及力保那位他提拔、算是北辰醫學院附設醫院最年輕的外科主治醫師徐允文，但其實和心中的真正想法有點出入。

他相信黃世均在社會及醫界早有一定的名聲，今天的患者他應該沒有百分之一百的把握，所以不必急著上手術臺。他猜測黃世均的態度是，即然不是他值班，大可等到徐允文有成功的契機，再以主任之姿去「收割」一些成果，不只沾光，更可留下指導後進的好印象；若是徐允文根本Hold不住狀況，那他可以不用急著上場，等到病人真的快掛了，再上去意思一下，免得落得督導不周的口實。

和政治人物一樣，愈有名的醫師臉皮愈薄，禁不起任何有損名譽的可能。

「要是我，大概也是先翹著二郎腿看狀況再說。」鄧克超自忖著，並沒有把心裡話向李瑞麟吐實。

「那你大概評估一下何時可以知道結果，我好早點向董事長報告，太晚叫醒他老人家不太好。」

「我看就快了，如果我評估得沒錯，半小時內應該會有結果，我是押徐允文可以勝任……」鄧克超臉上泛起一抹驕傲的微笑。

看到這樣的表情，李瑞麟這才憶起三年前他主持的人事評議委員會，鄧克超在會內力排眾議，極力要晉升徐允文成為心臟血管外科主治醫師的過程。雖然黃世均面有難色，還是拗不過鄧克超的堅持，最後李瑞麟也在他拍胸脯保證下，同意讓徐允文成為私立北辰醫學院附設醫院外科部最年輕的主治醫師。

鄧克超對於自己識人的功力相當自豪，他觀察過徐允文的開刀技術，也利用埋伏在外科部的眼線了解到徐允文在人前人後的差別表現，雖然知道他的脾氣控管稍差，偶爾會有「暴走」的傾向，卻都是發生在對「醫療行為」的要求上，因此他還能接受。

其實只有鄧克超心裡清楚，他好像看到年輕時的自己。

另外讓鄧克超比較站得住腳的是徐允文完全符合外科部主治醫師的兩個基本條件：一是「心臟血管外科專科醫師」資格的取得，這是在外科專科醫師執照考取後，再經過至少兩年的次專科訓練才可以參加的考試，徐允文一試中的；二是以「第一作者」身分在醫學期刊發表論文。

徐允文完全符合晉升的必要條件，所以才沒有受到太大的阻力。尤其是有些有人情關說、受長官包庇當上大家俗稱的「黑牌主治醫師」，剛開始是沒有論文的，大抵是先利用「研究計畫」被接受，日後再以補論文的方式當條件，才能勉強成為外科部的主治醫師——徐允文剛好是最好的對比。

「什麼就快了，兩位長官……」

張貴翔剛掛上電話，立刻就迫不及待想加入李瑞麟和鄧克超兩人的對話，但手機上LINE的訊息鈴聲還是不停嗡嗡響著，讓他分心不停滑手機。

「鄧主任是說，再過半小時，你和我大概就可以出去見客，不過先說好，我打頭陣，接下來你和鄧主任善後。」李瑞麟先回答道。

「應該全部交給張貴翔，他那三寸不爛之舌再加上關係良好，隨便說說都有人寫一大篇……」

鄧克超意有所指，是因為張貴翔長得英挺帥氣，在女記者較多的醫療線很吃得開。

「還好啦，鄧主任，沒有兩位長官我哪有一口飯吃！」張貴翔反過來捧了李瑞麟兩人。

「不對不對！還好你只是公關，如果是位醫師，那我跟李院長還有飯吃嗎？」

「鄧主任，不要取笑我了，我就是腦袋瓜不夠聰明，只好靠耍嘴皮子混口飯吃，您就不要再取笑我了！」

聽到張貴翔討饒，李瑞麟和鄧克超都沒有再說什麼。兩人都很清楚北辰醫學院附設醫院這幾年就是有張貴翔擔任公關，在媒體的聲望才不可同日而語，多位醫師包含鄧克超與李瑞麟在內，都被某雜誌放到北區名醫誌的專欄介紹裡。

所以李瑞麟雖然很緊張，但他也了解這椿夜店鬥毆事件不管後續發展如何，憑著張貴翔的交際手腕，多少對醫院的正面形象有加分作用。

2.

正當李瑞麟三人在急診室內的前進指揮所聊天時，在手術室內和死神展開拉鋸戰的徐允文也奮鬥了好一段時間。

躺在手術臺上的是李瑞麟和鄧克超談到的第三位手術患者，在「夜店幫派鬥毆事件」最大的受害者，也就是KISS 21的保全張姓組長。他在衝突中負責勸架與隔開兩方人馬，或許是動作過大，不只被帶著些許酒意的小囉囉拳腳相向，更有一位耐不住脾氣的竹青幫分子，用暗藏的蝴蝶刀捅了他一下，不偏不倚正好由左前胸扎到心臟部位。由於他身材相當壯碩，加上刀子正好卡在肋骨之間無法移動，反而得到活命的契機，讓他在送到急診室時還有模糊的意識，以及量得到的低血壓。

患者是刀子直接刺中左前胸，一開始是兼任急診室「創傷小組」的值班主治醫師，也就是胸腔外科主任鄭正雄處理。

手術之前病患先接受了大量的輸液急救，血壓有一些回升，可惜仍是處於極度不穩定狀態。鄭正雄在醫療小組的全力幫忙下，勉強先替患者的左側胸腔安裝上內視鏡，想先看看肺臟內部受傷的情形。

正當他小心翼翼吸出左側胸腔內大量伴著血塊的血水時，赫然發現卡在肋骨之間的蝴蝶刀。它竟然沒有傷到肺臟，直接劃開心包膜刺進了左心室，血液從刀子與心肌之間，在每次心臟跳動時從間隙間汩汩流出。

第一眼看到如此的景象，鄭正雄了解這是患者還能送到醫院的關鍵。心包膜被劃開後，流出的血液可以引流到患者的左側胸腔內，他不至於因為大量出血壓迫心臟而喪命，而且患者壯碩的身材可以忍受一時的大量出血，更重要的是刀子卡在肋骨間動彈不得造就了完美的「恐怖平衡」，使得他能夠活著後送到急診室。

鄭正雄除了緊盯內視鏡螢幕上心臟出血的情形外，就是催促麻醉科醫師領更多的血液製品來急救病人，還立刻請護理人員把心臟血管外科的值班主治醫師及主任 call 到手術室。

徐允文第一個到達手術室。此時患者的血壓雖因大量出血而偏低，但手術臺上有六線的靜脈輸液管路，勉強維持患者在瀕臨休克的邊緣。

「允文，這病人真是命大，身體夠壯碩，要是個頭小一點，我看他根本沒有送到手術室的機會。」

鄭正雄透過內視鏡傳送到液晶電視的畫面，將患者左側胸腔內的情況掃描一遍，如同棒球賽的實況轉播讓徐允文知道目前棘手的狀況。

「真是百年難得一見的案例，這下子要好好想想如何下手了？」徐允文在心中激勵著自己，鬥魂一下子被燃燒了起來。

平常心臟血管外科的訓練讓他在心裡只盤算了一下，就立刻下令將患者在內視鏡的監看下重新擺好位置，再次消毒與大面積鋪單，並且要求一旁待命要操作「體外循環機」（extra-corporeal circulation，即俗稱的「心肺機」）的技術員開始準備機器，他計畫在該機器的協助下，完成「拔出蝴蝶刀」加上「心臟穿刺傷縫補」的手術。

心肺機通常使用於開心手術中，用來暫時取代心肺的功能，必須搭配抗凝血劑肝素（Heparin）的使用，以避免血栓在病患體內或機器的管路內產生。徐允文的計畫是利用它來做心臟的「減壓」，以維持生命象徵來從事手術，但是仍存在很大的風險。

可以想見在啟動心肺機的當下，為了抑制凝血功能，患者即冒有再次大量出血的風險，並且在心臟減壓的過程中，刀子與心肌間的空隙會變大，可能會加速血液流出心臟的可能性。

鄭正雄很想看看徐允文如何處裡這般棘手的狀況，直接卡住值班的總醫師，當上了第一助手，不過此舉卻讓徐允文有些為難。鄭正雄並不熟悉心臟外科手術的過程，他的加入不見得是助力，反而可能無法跟上徐允文的動作而讓過程不順暢，只是礙於鄭正雄是主任，徐允文只能硬著頭皮做下去。

一旦開啟「手術模式」的徐允文，彷彿瞬間可以變身成另外一個人，他的心境完全投注在眼前經手的病患，立刻能忘卻身體的痛楚與手術前的喜怒哀樂。

他開始從病患的鼠蹊部建立起心肺機的管路，自切開皮膚找出血管，到最後把管路插進血管啟動心肺機，基本上是一氣呵成沒有多餘的動作，以至於連外科老手鄭正雄都頗感吃力，差點趕不上進度。

心肺機在徐允文的一聲令下啟動，對他而言現在才能稍稍鬆一口氣，接著他對著鄭正雄說道：「鄭主任，這蝴蝶刀是卡在肋骨之間，從側胸很難控制心臟跳動，直接縫合有危險。我等一下鋸開胸骨，要請你幫忙拔出刀子，而總醫師會幫我穩住心臟，讓我縫合心臟的缺口。」

徐允文委婉講出下階段計畫，讓鄭正雄明瞭他的用意。鄭正雄讓出第一助手的位置退到總醫師的左下方，專心看著螢幕裡刀子和心臟的相關位置。

接著徐允文才算是真正開始動手，用電鋸打開患者的胸部，再用撐開器慢慢打開心包腔，終於看到患者跳動有些快速的心臟。

「徐 sir，病患失血很多，我在機器內又加了好幾袋新鮮全血才撐得住！」掌管心肺機的技術員提高嗓門回報，讓徐允文不禁皺起眉頭。

「老弟，從心肌流出來的血愈來愈多了……」鄭正雄也附和著，同時利用抽吸管將流出的血再導入心肺機內。

「看來得讓心臟停跳了，不然患者失血量太大也會有不好的事情發生……」

徐允文不停地自言自語道，鄭正雄也發覺情況不對，詢問麻醉科醫師才知道其他輸液不算，光是血液製品患者已被輸了七、八千ＣＣ了。

「老弟，手術計畫生變了？」鄭正雄看到徐允文的反應不禁問道。

「主任，我本來想靠著心肺機的幫助，在心臟跳動的情況下縫補心臟，可是時間及患者狀況不允許，只好退而求其次，把心臟停止跳動再做……」

回答鄭正雄的疑問時，徐允文一邊同時作業，很快在撐開器頂出的有限空間內，在不影響心肌與蝴蝶刀的相對位置下，將患者的主動脈縫上灌注「心臟保護液」（Cardioplegic Solution）的導管，準備隨時讓心臟停跳。

「心臟保護液」並不是單純字面上的意義，簡單來說，它的主要成分是高濃度的鉀離子，在手術中灌注入心肌可以讓心臟停止跳動，以利心臟內部進行手術。除此之外，溶液中仍有其他很多保護心臟的物質，供給心肌在停跳時所需要的代謝成分。

「為什麼剛剛不直接讓心臟停跳就好？」鄭正雄扶著內視鏡不甘寂寞又發問，像個好奇寶寶一樣。

「主任，這種案例我也是第一次經手，天真地以為我可以在心臟不停跳的情形下完成手術，但事實勝於雄辯，我只能乖乖忍下衝動的想法。當然我不是沒有替患者著想，因為利用心臟停跳的手段，一方面可能延長手術的時間，增加併發症的可能，而且心臟停跳軟趴趴地，空氣可能從刀子與心肌之間的縫隙被吸進去，造成某些氣泡在術後會隨血流打到身體其他部位。不過我採用『排氣』的手段以防萬一，但這又要增加使用心肺機的時間，對術後恢復不無影響……」

徐允文在回答鄭正雄當下，已經開始將患者的主動脈用血管鉗夾住以阻絕心肺大部分的血液，真正讓心肺機取代患者全身的循環，同時也指示心肺機操作人員，將心臟保護液的溶液灌注入患者心臟內。

等待心臟如同停電般慢慢不動時，徐允文的手沒有閒著，已經用手穩定刀子與心肌的相對位置避免空氣被吸入心臟，並且指示第一助手的總醫師，將帶有墊片的縫線準備好，等到心臟完全不跳動，他就要立刻拔出刀子進行心肌缺口的縫補。

鄭正雄終於看清徐允文的完整思路，他雖然留意內視鏡的穩定，在其他空檔中也觀察著徐允文的動作。在以前住院醫師的訓練過程中，他到過心臟血管外科，也看過一些人從事開心手術，不過他發現眼前這位「菜鳥級」主治醫師實在不亞於之前那些老手，甚至有過之而無不及。尤其看到徐允文轉換計畫絲毫不拖泥帶水而且命令明確，讓他認同鄧克超力保徐允文直接晉升主治醫師的決定是正確的。

等到心臟真的完全停跳，徐允文迅速地在刀口邊緣兜了好幾條帶有墊片的縫線，動作流暢如行雲流水，鄭正雄都看呆了，以至於徐允文在請他幫忙時沒有立刻回應。

「鄭主任……鄭主任……」

鄭正雄終於回了神，詢問需要什麼幫忙。

「請你等一下聽我的口令，將蝴蝶刀沒有懸念地抽出來，動作可能要迅速一些，但不要用力過大。」

鄭正雄點一點頭，握住蝴蝶刀的手把，並將內視鏡交由身旁的刷手護士。

「一、二、三……」

徐允文和總醫師兩人各握一條縫線，想趁著刀子拔出心臟之際，以迅雷不及掩耳之勢將心肌傷口兜住，可惜這刀子卡得太緊，鄭正雄第一次拔不出來，苦笑著說對不起，希望徐允文重頭再來一次。

好不容易在第二次的嘗試，鄭正雄才完成徐允文交付的任務，讓三人拔刀再綁線的動作可以完美配合，讓心肌的切口穩當地由縫線密合住。

「一點血都沒有流耶，讚哦！」鄭正雄稱讚道。

「主任，現在心臟軟趴趴地當然不會流什麼血，倒是心臟內會有空氣滯留，等一下在復跳前，我要想辦法將它排出來！」

「為什麼要排氣啊？」

徐允文的說明被剛推開門進來的黃世均打斷，他隨意瀏覽了一下，接著說道：「哦……還是用了體外循環機讓心臟停跳了！」

「主任，我的工作快完成了！」

徐允文興奮地向黃世均說著，黃世均雖然面無表情，心裡倒是十分滿意，畢竟這一切都和他的想像差不多，而且徐允文的動作比他預期的快。

「黃主任，您教的好學生，手術做得又快又好！」

鄭正雄想利用機會「一箭雙鵰」，稱讚徐允文，順便藉機捧一下黃世均，沒想到他卻冷冷地道：「我哪有教他？這是徐允文自己想出來的！」

黃世均的個性本來就比較陰陽怪氣，大家早就習慣了，所以手術室除了鄭正雄之外，幾乎都認為黃世均沒有貶抑徐允文的意思，他只是說出心裡的感受，因為這是患者送進手術室後他第一次踏進來看手術的情況。

「那更厲害了！」鄭正雄笑著說道，想掩飾心中的尷尬。

其實鄭正雄更不知道的是，今晚縫補心臟穿刺傷的手術，黃世均行醫將近三十年也沒有做過，只有在教科書或期刊的病例報告上看過相關病例。他原本以為徐允文會手忙腳亂，刻意在休息室看了電視臺的相關報導後才走進來，結果發現徐允文的思路和他相去不遠，心中確實有些驚訝，不知如何表達情緒，所以脫口說出「我哪有教他」來回應鄭正雄的稱讚。

黃世均的真正情緒其實是褒多於貶，只是當下第一句的反應是令人有些費解，才讓鄭正雄覺得尷尬。

對於徐允文，這位由長官鄧克超力保的後起之秀，不容否認黃世均一開始的心情有些嫌惡，甚至冷漠對待不是自己認同的年輕主治醫師。觀察徐允文的態度將近三年，黃世均的冷漠漸漸融化，慢慢將一些病患及研究工作指派給徐允文執行，而徐允文也鮮少讓他失望過。

黃世均從徐允文身上看到一個多年未見的身影，心中有些傷感。本來想和徐允文親近一些，但是壓抑在心中許久的哀傷，讓他還是帶著冰冷的面具面對徐允文。

雖然心中覺得徐允文做得不錯，黃世均還是沒有表現得很熱情。他站上了徐允文背後的板凳，看了已經縫好傷口的心臟，正被徐允文輕拍著，排除心室內的空氣。

「注意一下 massive transfusion（即大量輸血）可能會遇到的併發症，還有……」

黃世均忍不住交代著，徐允文連忙喊是，轉頭看著黃世均，而他又接著說：「更重要的是，在沒有百分百的把握前，千萬不要輕易撤收體外循環機器，還有……病人血壓不要太高，切記……

我這就去向鄧主任及李院長報告……well-done！」

黃世均的「well-done」、還有臨走前的叮嚀，讓徐允文聽了有些喜形於色，知道這是酷酷的他能給的最大鼓勵，所以連動作也不由自主地充滿更多活力。

「你們家主任，一直都這麼一板一眼？」

待黃世均離開手術室後，鄭正雄無厘頭地問著徐允文，讓他差點笑出聲音，忍不住回答道：「沒有沒有，只有在談到手術的事才會比較嚴肅……」

聽到這樣的回答，鄭正雄也不敢再多問，畢竟自己和黃世均在院部主管會議及外科其他委員會的接觸經驗，知道他這個人本來就沉默寡言，不善於表達心中的意見。今晚在手術室見到他對於自己的主治醫師態度一樣冷淡，才真正瞭解平常大家說他「陰陽怪氣」的原因。

整個手術過程順利，心臟慢慢恢復跳動，鄭正雄也在之後離開這間手術室，想去其他房間看看另外兩位接受手術的患者。他是「創傷小組」的主要負責人，必須知道目前十五位送達醫院急診的病患是什麼狀態。

徐允文在兩位主任離開之後，心情更加輕鬆，不由自主地在心中哼起歌來。這種心情也連帶影響手術室內的氣氛，大家開始恢復輕鬆談話，不若之前那種嚴肅又透不過氣的感覺。

可是不幸的事發生了。

徐允文沒有完全執行黃世均臨走前的提醒，雖然他等到患者心臟「正常有力」，沒有問題地跳動了一段時間才撤收心肺機，以為心中的重擔可以卸下，正準備清洗傷口止血時，卻忽然聽到生命偵測器的心跳聲加快，眼前剛縫補完的心臟開始劇烈跳動，如萬馬奔騰之勢。

「麻醉科，到底出了什麼事？」

徐允文從手術臺上望著值班麻醉科醫師的方向問道，竟發現生命偵測儀的血壓計收縮壓已經飆到 160 mmHg，而且還有上升的趨勢，心中不禁涼了半截。

「呃……」麻醉科值班醫師有些支吾其辭，病患此時的收縮壓已暴增到 200 mmHg 以上，徐允文剛才縫好的心肌傷口慢慢有小血柱噴出來。

「你是不是偷偷加了升壓藥？」徐允文按耐不住心中的怒火，大聲問著。

「血壓剛剛才 60 mmHg 左右，我想打一點點升壓藥，讓他上升一些……」值班的麻醉科醫師小聲地答道。

「你忘了剛剛黃主任的交代嗎？趕快把血壓給我降下來，快……」

徐允文話未說完，病患急速跳動的心臟忽然發出「泊」的一聲，上面縫合的傷口噴出小血柱，因為縫線割裂了心肌讓血液像湧泉一般從中傾瀉而出。

「快點，找體外循環技師回來，快點上縫線。」

徐允文直接用手指想去堵住心肌的裂口，並且用另一隻手的掌心想控制劇烈跳動的心臟來挽回大量出血的頹勢，但是徒勞無功。

他的心情很急躁，也十分憤慨，不知如何是好。說也奇怪，一首他忘了作者是誰的詩，不斷在腦海中像字幕般浮現：

This is the way the world ends
This is the way the world ends
This is the way the world ends
Not with a bang but a whimper
（這世界結束的方式並非一聲巨響，而是一陣嗚咽）

徐允文手中的心臟已經撕裂開來，泡在如同噴泉池的心包腔內，逐漸由快速跳動變成失去希望地抖動著，讓他的怒吼聲慢慢變成嗚咽。

患者如同屠宰場活生生被放血的動物，最後變成沒有生命徵象的「中空人」。

3.

手機的鈴聲又響起了一次，這是每天徐允文提醒自己要往醫院出發的最後提醒，時間已是早上七點了。

從手術室回到科裡的辦公室，徐允文躺在座位旁的行軍床上已將近兩個小時。雖然他有闔上眼睛，可是並沒有真正睡著，甚至片刻的休息也沒有，他的情緒如浪濤澎湃洶湧不斷翻攪著，充滿著懊惱、痛苦還有悲傷的情緒。

辦公室的電視在他抵達後就被他刻意打開，即便沒有將音量開大，在空蕩蕩的心臟血管外科辦公室裡，無線電視臺記者的聲音還是有如空谷迴音，在整個辦公室如鬼魅般遊走著。

也不知道聽到第幾次了，電視機內播放的新聞都和昨晚臺北信義區夜店 KISS 21 幫派鬥毆的事件有關：一會兒是醫院急診室連線，一會兒又在 KISS 21 所在的大樓外拍景，當然更重要的是醫院公關張貴翔接受媒體訪問的畫面，旁邊的跑馬燈一直有如下的快報不斷重複著：「臺北知名夜店 KISS 21 發生幫派仇殺，輕傷共二十六人，重傷五人，其中一人心臟受到穿刺傷，於北辰醫學院附設醫院接受緊急手術，在凌晨三時宣告不治……」

徐允文在張貴翔接受媒體的訪問時，是躺在開刀房休息室看著電視，大家知道他情緒不好都很知趣地走開。

「張姓保全組長大概於昨晚十一時左右，經由臺北市消防局的救護車送抵本院急診室。當時他的左側胸膛插著和照片相同款式的蝴蝶刀，其尖端直入心臟，到院時已呈現重度休克與昏迷現象……」

講到重度休克與昏迷時，張貴翔的語氣在力度上誇張地爆發出來，他左手拿著心臟模型，右手拿的是蝴蝶刀的照片，而為了搭配激動的語氣，右手有稍微抖動，彷彿照片中的刀可以跳出來刺中左手的心臟模型。

雖然是處理熬夜的狀況，張貴翔還是一貫維持自己「端莊」的形象，小油頭重新整理過，鬍子也先刻意刮乾淨，當然還得打上那條深藍色滾細金邊領帶，配上合身的 BOSS 西裝。

張貴翔的語氣有如醫師解釋病情一樣，流利且順暢地在鎂光燈的閃爍下侃侃而談，發揮出公關人員該有的訓練，完全看不出來他是複誦著徐允文、黃世均與鄧克超三人所擬定的講稿大綱，絲毫沒有他自己的意見。

「雖然經過本院外科團隊最大的努力，張姓保全組長因為心肌撕裂傷過大，而且失血過多，最後還是回天乏術……」

由於談到張姓保全組長的病情言簡意賅，一字排開的人陣仗媒體對張貴翔的提問反而聚焦在那些受輕傷還存活著的病患居多，尤其是那些在醫院接受檢察官詰問的病人，不過都被張貴翔四兩撥千金回覆，把問題通通原封不動推給檢警雙方。

張貴翔的行為看起來是見招拆招，事實上卻經過精心策畫。在他出現在媒體記者前一個小時左右，李瑞麟就先行出來報告除了張姓保全組長之外，其他十四位患者的最新動態；在同時間鄧克超、黃世均還有徐允文，正在手術室內的會議室安撫張姓保全組長的所有家屬，以降低他們親人驟逝的苦痛。

所以當張貴翔最後出現時，李瑞麟早已向所有長官報告今晚全部患者的處理結果，面對有人死亡的尷尬情況，身為院長之尊的他，也在臨走前向已經哭斷腸的家屬表達慰問之意。

這一切都是張貴翔老練成熟的安排，身為一個八面玲瓏的公關，他認為醫院所有「正面」、「報喜」的消息都要將院內親身參與其事的醫療工作人員推向第一線，賺取免費的曝光，因為這是不可多得的媒體廣告機會；至於「負面」、「報憂」的消息，就由他親自和記者朋友們斡旋，一方面他沒有醫學的背景，媒體提問的犀利度就會降低，而且他也能謹守分際，說明自己得到醫師授權的報告；二方面這種可能成為媒體焦點的不好印象，記者們想借力使力誇大報導，沒有透過張貴翔這一關，似乎想不到可以發揮的地方，因此北辰醫學院附設醫院近幾年的形象愈來愈好，張貴翔高明的交際手腕也有一定的貢獻。

雖然不明瞭張貴翔的手法，但徐允文確實可以因為他的安排喘口氣，認真地在心臟血管外科辦公室的行軍床上處理自己低落的情緒，那種悲傷、懊惱與痛苦混合的不快。

徐允文沒有替自己感到悲傷，他的悲傷來自患者，又或說來自病患的病情身上。擔任外科主治醫師近三年來，他已經可以逐漸將自身的喜怒哀樂與病人的生老病死解離，即便是病患在開刀不久即逝世，他原本能夠快速放下那種失敗與痛心，但今晚確實有些困難。

當他拖著疲憊的身軀走出手術室，面對張姓保全組長的所有家屬時，他內心的情緒堡壘一下子就崩壞。一位大腹便便的孕婦加上兩位頭髮花白的老人，用充滿焦慮與等待的眼神看著他時，差點讓徐允文說不出話來。

可想而知，徐允文以平靜的語調說出醫療團隊很努力，但是患者仍是回天乏術時，上述的三個人一起抱頭痛哭的畫面。

看到如此令人催淚與心碎的畫面，徐允文第一時間也很想抱抱他們，和他們一起痛哭流涕，分擔那種椎心刺骨的苦痛。不過醫師服彷彿是一堵高牆，讓他只能面露些許哀傷的神色，扶著他們三人，根本不忍心說張姓保全組長在手術臺的情況是如何驚險與危急了。

最後還是由社工人員扶著他們三人在手術室外的家屬等待區去發洩情緒，徐允文像戰場上潰逃的士兵，又猶如喪家之犬般夾著尾巴離開當場，把最後的工作交給社工及值班的總醫師，然後回到自己的辦公桌前。

沒有唉聲嘆氣習慣的徐允文，回到屬於自己的小角落時，也不免開始長吁短嘆起來。

他懊悔自己疏忽一個小細節，沒有完全交代醫療團隊，以至於麻醉科醫師在不知輕重的情形下，任意用升壓藥來治療患者，導致不可收拾的局面；他必須概括承受所有後果，畢竟除了自己是患者掛名的主治醫師外，他不能為了這件事去責怪任何人，甚至如果因此上法院，他更不能為了卸責而將麻醉醫師的疏失扯出來。在一般的醫學倫理中，他本就應該以指揮官之姿扛起所有責任。

至於徐允文的痛苦，來自於他相當看重這次的急診手術。自從他當了外科部的主治醫師，這三年多他都背負著沉重的壓力，因為自己的晉升是靠鄧克超大力拔擢而來，他一直不想讓所謂「菜鳥主治醫師」或「生手」印象加諸在自己身上。所以他特別認真於熟練手術技巧與全心全力照顧患者的工作上，急欲建立自己的「威名」，讓院內所有人刮目相看。

昨天晚上張姓保全組長的出現，一看見他的情況，徐允文馬上熱血起來，覺得是老天爺賜給他的磨練機會，如果能將患者從鬼門關拉回來，他便能揚名立萬。他有這種認知是來自普通人被利器刺到心臟通常會命喪當場，根本沒有辦法可以送到醫院，甚至送到手術室接受開刀。張姓保全組長的好運氣對徐允文來說是種徵兆——老天爺替他鋪路，走上大家可以看重的認同之路。

徐允文接手這場手術時，一開始真的以為運氣永遠會站在他那邊，自己很強運，尤其是黃世均進來巡視時他更高興，因為他了解黃世均對於鄭正雄問題的答話，隱含著默認自己具有水準以上的稱讚，可惜他的完美傑作毀在值班麻醉醫師的無心之過上。

雖然黃世均事後真心地在他向患者家屬解釋病情後，輕拍他的肩膀說「辛苦了」這種勉勵打氣的話，可惜失去解救患者生命的痛苦不斷襲擊著他。

鬧鈴的聲音又響起，徐允文終於從行軍床起身，關上了懶人鬧鐘的功能，忽然心中翻攪的情緒告訴他要趕快找個人聊聊，於是他撥了手機給自己的女友夏美美。

「小美，妳起床了嗎？」

還未等夏美美出聲，徐允文首先溫柔地問候著，沒料到電話另一邊是一陣沉默，久久未出聲。徐允文深怕自己打錯電話，看了一下手機上面的代號確實是honey。

「唉……」夏美美終於在沉默之後發出一聲長長的嘆息。

「小美，對不起，是不是打擾到妳睡覺了？」

相對於徐允文溫柔的語氣，夏美美竟冷冷地答道：「怎麼，終於想到我了？」

「對不起，最近值班再加上手術很多……對不起，冷落妳了……對不起……」

徐允文的語氣滿是懺悔，一下子說了很多對不起，剛剛因為手術失敗造成的痛苦與懊惱的心情，瞬間被悔恨取代。

「你有幾天沒有連絡我了？」夏美美嚴肅地問道。

「這……好像有十天了吧？」徐允文回答得很心虛。

「讓我告訴你，徐允文，鄭重地告訴你，正確的答案……正確的答案是十二天！」

夏美美的聲音有些顫抖，可以聽出語氣是相當激動，聽到這樣回答的徐允文不知如何安撫，只能一直說對不起，不敢再拿上班太忙搪塞，只能專心祈求她原諒。

結果夏美美之後還是一直保持沉默，徐允文急如熱鍋上的螞蟻，以幾近哀求的口吻說：「小美，妳好歹也說說話啊！罵罵我這個王八蛋也好，總之妳也答腔啦，罵我髒話也可以嘛……」

沒有想到夏美美非但不理會徐允文，電話裡還傳出些許的啜泣聲，讓徐允文感到更加驚慌，一直不停呼喚 honey。

「允文……允文……請先停一下！」

夏美美止住哭泣，示意徐允文先暫停一下，然後以帶著哀傷的口吻說道：「允文，你知道嗎？我過得好辛苦，每天都在等你電話，卻總是在失望裡度過……痴痴地盼望你會來找我……」

「妳可以打電話來啊！」徐允文也急了，立刻插了話。

「我不敢隨便打電話，怕耽誤你寶貴的工作時間……」

夏美美說到激動處，因為熱淚盈眶而語氣抽搐著，徐允文不斷安撫她，不停地說著「哪會」、「妳可以隨時找我」等話語安慰著她。

「允文，你是不是……不愛我了！」

夏美美的語調哽咽，聲音雖然不是很清晰，但這句話卻如一把刀插進了徐允文的心上，不得不立刻答道：「哪會，哪會，我很愛妳，美美，這輩子我非娶妳不可……不然明天我去找妳，我會向妳求婚……我真的很愛妳……美美！」

夏美美忽然停止啜泣，語氣又像之前冰冷，於是又把徐允文搞急了，立刻又加碼道：「那麼我等一下就去找妳，我現在口頭上立刻向妳求婚，晚上我們去買婚戒，然後告訴我的爸媽，我會找媒人去妳家……」

「你的行為不像！」

徐允文拉里拉雜講了一大堆，不斷開著支票，彷彿他與夏美美的婚禮在這幾天可以舉行一樣。

「允文，請等一下……」

夏美美硬生生將徐允文的話打斷，接著又說：「寶貝，你知道嗎？」寶貝是夏美美對徐允文的暱稱，而 honey 則是徐允文給夏美美的綽號。

「知道什麼?!」

「我已經跟另外一個男人睡了快一個星期了，你知道嗎？」

這下子角色互換，講不出話來的是徐允文，不知如何答話，反而輕嘆了一聲，想趁機緩和這種如萬箭穿心、五雷轟頂的感覺。

「允文，我不想再過這種苦日子了，即使你今天晚上娶我，天曉得你會不會在洞房花燭夜就去開急診刀，或者心臟移植手術？又或是要你去幫忙把那捐贈者的心臟帶回來？」

夏美美的話說得有些誇張，徐允文不敢反駁，只能任由她先說下去。

「我在你的心裡永遠是第三順位，第一順位是你的病人，第二順位是你自己，有時候我真的希望躺在手術臺上的人是我，這樣你照顧我的時間可能比較多。」

夏美美的聲音近乎歇斯底里，話說得雖然直接但也是事實。自徐允文成為主治醫師以來，他們相處的時間就不斷被擠壓，原本還會去徐允文的租屋處賴著不回去的夏美美，近一年來連那種欲望也愈來愈少，因為她看到躺在床上的徐允文每次不到三分鐘就呼呼大睡，不忍心再搖醒他了，只是為了自己的歡愉而剝奪了他的休息時間。

「允文，我們分手吧！」

夏美美的語氣有種積怨已久的感覺，讓徐允文有些驚恐，只能保持沉默，等待夏美美將情緒發洩完畢。

「你倒是說說話呀！」

這回是夏美美催促著徐允文，不過他的回答只有急促呼吸聲音交錯著嘆息聲。

「醫生，病人決定不醫了，你可以放手了！」

夏美美的聲音變得哀傷，利用醫病關係的比喻，再次暗示分手的決定。

「我……」

徐允文語塞，一時也說不出什麼復合的要求，因為自己心愛的女人和其他男人睡了一星期也不知道，確實有些丟臉。

「寶貝，那我們就再見了……我的男人要接我上班了！」

夏美美以哀淒的聲音和徐允文道別，然後掛上電話，而徐允文不知如何是好，只能呆坐在地上將頭埋在雙腿中間，暫時放空自己。

夏美美驟然提出分手，再加上自己手術失敗的挫折，徐允文彷彿覺得今天就是世界末日。

4.

掛上電話的夏美美，情緒早已完全潰散，眼淚如同狂風暴雨般肆虐著她清秀婉約的臉龐。從小到大她都沒有像現在一樣放聲哭泣過。對於這位每天要面對天真無邪的小朋友，隨時得控制好自己EQ的幼教老師來說，這根本是脫序的演出。

讓夏美美情緒崩潰的關鍵，除了徐允文十二天沒有主動和她聯絡之外，還有她一直深思熟慮的切身問題：到底要不要和徐允文繼續走下去？

每次看到她服務的「樂音幼稚園」裡的女同事，都可以和男友常常膩在一起，似乎有聊不完的話題及工作上的心情分享，夏美美覺得和徐允文之間的交往狀況愈來愈乏善可陳，最多是吃宵夜和看晚場電影。五年來，尤其是最近這一年，假日過夜的出遊根本沒有，大部分是短程的旅遊，運氣不好時往往有大半的時間耗在塞車上。

夏美美最近幾個月一直問著自己：徐允文真的愛她嗎？抑或是自己是否真的愛著徐允文？可笑的是，夏美美愈來愈無法判斷徐允文是否把她當成是這輩子的唯一，但她自己開始逐漸看得清楚，或許她對徐允文的感情，可能只是「感激」與「不正常的幻想」混合體。

夏美美與徐允文相識於五年前某個聚會，夏美美的高中死黨知道她還是單身，於是千方百計想把自己哥哥的高中同學徐允文介紹給她，經過多次努力，終於撮合那次假日的聚餐讓兩人正式見面。

夏美美記得當天徐允文遲到了將近三十分鐘，理由是醫院的患者有突發的狀況，臨時被叫回去支援。她無法理解一個沒有值班的醫師還有被緊急召回的事情，但是套句廣告用語「認真的男人最帥氣」，讓她對徐允文公而忘私的情懷很欽佩，反而對他的遲到沒有任何的不快。

夏美美不知道這種「帥氣」是導致她近年來最不開心的源頭，這種對認真醫師莫名的崇拜，經不起時間的考驗而變質。

在那次不可多得的聚會，沒有替她們兩人製造很好的機會，充其量只是留下彼此的手機和email，之後，大半個月過去，除了一封簡要的禮貌性 email 外，她都沒有接到徐允文的一絲訊息。

原本以為彼此的關係會因此石沉大海，沒有料到夏美美的父親替兩人搭起友誼的橋梁。

那年的中秋節，擔心夏美美在臺北工作沒有回家的父母，特地帶著補品來探望她，三個人特地在五星級大飯店 Buffet 用餐，同行的還有她的大哥大嫂。

正當他們結束餐會彼此要分道揚鑣時，夏美美的父親忽然感到右上腹與前胸不適，而且還牽引到後背部，情況似乎愈來愈嚴重。

夏美美一開始有些亂了方寸，想找人幫忙，在翻閱手機電話簿時，就是那麼湊巧，徐允文的名字立刻出現在眼前。

「或許該找徐允文幫忙？」

夏美美心中快速地閃過這個念頭，立刻付諸行動，更巧的是徐允文接了電話，告訴她現在在醫院值班，要夏美美馬上將她父親送到北辰醫學院附設醫院的急診室。

夏美美護送父親坐計程車立刻趕往急診室，還未下車她就看到高帥挺拔的徐允文在門口等候，不只覺得窩心，更有受寵若驚的感覺。

在醫院有熟人確實是一件好事，掛了號沒有多久，夏美美還未填完父親的資料時，就看到徐允文從急診室拿著一張心電圖告訴她，父親是「急性心肌梗塞」。

透過徐允文的火速安排，夏美美的父親很快地在心導管室接受「冠狀動脈氣球擴張術及支架的置放」，平順地脫離了此次危機的狀態。雖然並不是徐允文所執行，但是看他熱心地幫忙，甚至在心導管室內全程陪了她的父親，夏美美真的有些感激涕零。

更讓夏美美感動的是，徐允文在父親住院期間，三不五時會來病房探視，一度讓他以為徐允文是女兒的現任男友，不知情地詢問何時要娶夏美美，讓夏美美羞著臉無地自容；另外因為徐允文的關係，心臟內科病房的工作人員上從護理長到醫師助理，甚至到病房送飯的阿嫂，對待她及父親都分外親切，彷彿夏美美家人就是徐允文的親戚！

於是夏美美在幫忙打理父親飲食的時候，總會刻意替徐允文準備，前幾次還半推半就，後來他因為工作繁忙，就不客氣收下，也因此讓徐允文知道夏美美精湛的廚藝。

只可惜父親恢復得很快，夏美美算是有些依依不捨，帶著父親出院。但夏美美不放心父親的病況，於是安排了他在臺北住了一陣子，同時也趁機沒事就打電話問徐允文問題，兩人之間的愛苗因此就如同烽火燎原起來。

在送父親回老家之後，夏美美單獨請了徐允文吃了一頓高級的晚餐。雖然徐允文又遲到了，但是夏美美在等待中並沒有生氣，反而是滿腦子胡思亂想，希望真的有朝一日成為徐允文的正牌女友。

所謂「女追男隔層紗」，醫院裡很快流傳著徐允文有位貼心的女朋友，一位年輕貌美的幼教老師，常常會煮著熱騰騰的食物來探班，而且有大廚的等級。夏美美會刻意多準備一些美味的餐點，讓徐允文可以分給其他的同事，算是她的小心機。

這段時間維持了兩年，夏美美很懷念那段日子。可能是她想見到徐允文時，幾乎都可以在醫院找到他，雖然約會的地點不好，但是她心裡卻是相當快樂，心上人穿著醫師服出現，帶著她四處走動，她彷彿就是醫師娘一般。

等到徐允文正式當上主治醫師的同時，夏美美常賴在他的租屋處，兩人好像真的同居一樣。這樣的關係並沒有替感情加溫，反而讓夏美美常常因為找不到日以繼夜工作的徐允文而焦急、甚至痛苦著。

最近這一年，夏美美比較不賴著徐允文了，她替自己找個藉口，說已經晉升小組長，幼稚園行政業務繁忙，轉而將私人物品慢慢搬離徐允文租居處，沒想到徐允文並沒有太在意，反而變本加厲，常常因為繁忙的工作，好多天只去找夏美美吃飯而已。

起初夏美美不以為意，算是給自己一段自由的時光，天真的以為只要自己的心上人可以安心工作，遲早總有個名分給她，但隨著獨守空閨的時間愈來愈多，她開始懷疑自己的決心了。

她並非不相信徐允文對她的感情，只是很遺憾她並沒被徐允文擺在第一順位用心呵護著，她很羨慕那些病床上掛著有「主治醫師徐允文」的患者，可以得到徐允文的專心照顧，而且幾乎每天可以聽到他的噓寒問暖。

最近幾個月夏美美開始調整自己的心情，不再保持那麼主動的態度去面對徐允文，希望徐允文可以察覺出異樣，進而對她熱情一些，可惜事與願違。

夏美美逐漸失去對徐允文感情上、甚至對他這個人的耐心。這次徐允文竟然可以整整十二天沒有找她，讓夏美美在等待中情緒不僅低落，而且起伏不定，幾次在暗夜裡哭泣，都不知如何是好，她並不希望自己叨擾到徐允文的工作，甚至是他的心情。

累積許久的抑鬱，終於在今天清晨一次大爆發，被徐允文的電話吵醒，讓夏美美的心中泛起了「嫌惡」的感覺，不知哪來的勇氣，匆促決定要和徐允文分手，於是說謊騙了徐允文已經和其他男人睡了好幾天了，她相信如此做才能真正讓自己和徐允文完全斷絕關係。

在對話之中，夏美美曾經反悔過，聽到徐允文要娶自己，確實有些心軟，但想到要打破這種惡性循環，在婚姻生活裡繼續忍受這種因為丈夫工作繁忙所造成的空虛和寂寞，似乎是不太可能，尤其她不希望努力經營的只有自己而已。

在掛掉電話之後，哀痛的情緒不斷湧現，夏美美不知如何是好，只能不停地哭著，想一股腦兒釋放這段時間的壓力，看看能不能得到很快的緩解。

5.

在夜店鬥毆事件裡張姓保全組長的手術中敗下陣來，再加上了失戀的沉重打擊，徐允文心情的低落與感情上的傷痛折磨是可想而知，所以不得不利用繁忙的工作來努力麻痺自己。老天爺似乎感受到他的意志，於是讓他在之後的兩星期內處理了好幾次緊急開心手術，還有不少棘手的會診，真的讓他將心志完全投注在患者身上，減少情緒的衝擊。

如果以「手術失敗」和「失戀」的影響來做比較，徐允文受到後者的情緒波動較大，因為前者是他已經盡了力，而且在事後知道了錯誤的原因，可以在下一次的相同病例上做改正，很快可以再步上正軌；至於失戀，他和平常人沒有兩樣，只能坐困愁城，什麼時候再踏出另一步不是他能決定。

為了「男性的尊嚴」，徐允文是不敢、也不想再打電話給夏美美了，畢竟她都有了新戀情，如果再打擾她，不知道對方的男友會怎麼想？只是五年的感情如電光石火般地消失，要一時三刻就不去管它是有相當的困難。

他心中有很深的自責，知道這段感情苦心經營者是夏美美，他覺得自己像任性的小孩，一直對夏美美予取予求，而且相信兩人終究會結成連理，因此一直以事業為重，自私地認為夏美美能體會默默在一旁支持。

徐允文覺得虧欠夏美美很多，如果她只是一時耍脾氣，當然他會義無反顧努力賠罪，挽救彼此的關係，無奈中間卡了一個新的第三者，他找不到著力點，只能讓他與夏美美的戀情在電話掛上後像斷了線的風箏愈飛愈遠，沒有重新再來的機會。

至於工作上的挫折，徐允文的難受衝擊較小。自從當上主治醫師以來，他總是在一段時間就會遇上患者病情的試煉，有時甚至是無法可想的情況。由於懷抱著對於心臟血管外科專業的熱情，依然可以保有正面的思考，就如同他常常寫在日記上勉勵自己的話：「我要完全地奉獻自己，然後不論被『肯定』或是『否定』，都要表現出同樣的魄力。我看得見困境，它就在我的心裡面，它所蘊藏的力量經常憾動著我的信心，不過我總能與它一起生活，一起呼吸，我要懼怕的是它在身邊，我卻感覺不到它的存在。」

懊惱與悔恨不能過日子，徐允文覺得要用心去面對每天的挑戰——這也是他能立即轉換態度的關鍵。

或許是要幫忙調整徐允文的心情，在「夜店鬥毆事件」一個星期後，徐允文被鄧克超交付一項重要的工作。

現在的他脫去被汗水濕透的內衣，赤裸著上半身，放浪形骸地以「大」字型躺在這片老式磨石子地板上，享受它滲透入肌膚底層的清涼，讓他幾小時努力不懈的打掃所造成的疲憊，獲得些許的緩解與快活。

地板上因為清掃所殘留的水漬還未完全乾燥，徐允文可以清楚感受到裸露的背部由水滴造成的黏滯感。他不以為忤，畢竟機會難得，他不會讓這種不舒服去影響寶貴的休息時間，對瘋狂工作一星期的人來說，即便是小憩一下也是難得的恩賜。

徐允文所躺的地方是屬於北辰醫學院一幢相當老舊的三層建築，二十年前它曾經是北辰醫學院以及其附屬醫院共同使用的動物實驗室，後來因為有了新建標準配置的實驗室，這裡才被淘汰而閒置下來。

原先北辰醫學院的董事會想將它剷平，在此地蓋一座全新的教職員宿舍，可惜因為興建經費遲遲沒有著落，計畫就這麼被擱置下來，任由這幢建築荒廢。慢慢地它就成為北辰醫學院及其附設醫院各間單位老舊或報廢捨不得丟棄的裝備，得以臨時貯藏的地點。

為什麼這幢老舊建物在沉寂那麼久之後又被想到了呢？原因是鄧克超想到的點子，他希望這個閒置的空間能被賦予全新的功能，找到它更有意義的未來。

他的想法其實是蘊釀了很久，結果因為「夜店鬥毆事件」的催化而加速了這個概念。因為大量傷患被送至急診室，暴露了許多潛藏問題：一個是急診室已經被來自各地的病患入侵，輕症與急重症患者混在一起，造成空間擁擠無法有效運作醫療作業；第二個是住院醫師普遍訓練不足，團隊合作與默契不若演習時迅速確實，反而有些失衡，以至於處理病患無法一次到位，在鄧克超眼裡是手忙腳亂而且事倍而功半。

上述第一個問題是臺灣健保制度的沉痾現象，鄧克超不是政府或是醫院高層，自然無法使得上力。但第二個問題讓他憂心忡忡，於是趁著「夜店鬥毆事件」隔天的院務會議檢討報告上，提出深藏內心已久的大膽建議，就是效法國外醫學院訓練年輕住院醫師制度，成立一個可以讓他們盡情揮灑，不限操作次數的實物環境。做法是藉由被北辰醫學院基礎醫學科系淘汰、或是即將銷毀的「實驗後動物」，先送到這裡讓外科部住院醫師能在牠們身上練習一般的外科技術，諸如切割、縫合、綁紮血管等等，讓那些動物也能盡其最後的「剩餘價值」。

曾經在美國留學的鄧克超是上述制度的受惠者，由於他沒有美國醫師執照，因此他的手術訓練有不少是在動物實驗室裡操作與訓練，作風開明的他，說是提攜後進也好或是處心積慮也罷，總是想替目前臺灣健保制度有「五大皆空」之首的外科盡一點心力，尋找更多訓練人才的機會與場地。

鄧克超善用打鐵趁熱的心理，在院務會議裡的提議很快獲得院長李瑞麟的支持，並且經由這位北辰醫學院董事會裡的紅人向高層疏通，立刻就得到應允。

和鄧克超一樣，李瑞麟也是即知即行的人，不到兩個工作天立刻聯絡醫院的工務課與醫學院的總務組協調，將一、二樓的雜物全部搬到三樓，將空間依鄧克超的理念使用。

只是李瑞麟也是「摳門」出名，在之後立即向鄧克超說得很清楚，既然是外科部提議使用舊有的動物實驗室，之後不足的設備與維護責任，包含水、電的花費等等，理應要由外科部全權負責，以符合公平與比例的原則，除非其中的訓練有牽涉到「貴重」或「高規格」器材的使用，才可以由外科部發文建請董事會處理。

於是這幢舊有的動物實驗室在短時間就撥給外科部使用，雖然其中有關一般技術操作的外科器材可以利用舊有瀕臨報廢的設備，不會有什麼困難，可是它的維護費用就讓鄧克超有些傷腦筋，因此他把希望寄託在外科部的「公基金」。

外科部的「公基金」是每個主治醫師按其職務及年資長短的比例原則，從薪水裡扣下而成立。原先的目的是儲備同仁遭遇法律訴訟時，當成是醫療糾紛賠償的支援管道，之後由於基金規模慢慢加大，在眾人的建議下可提供部裡有人出國參加醫學會報告的補助，更擴及支付部內同仁相關婚喪喜慶紅白帖的費用，不容否認，雖只是眾人成立的基金，亦是種節稅與自助助人的管道。

話說維護新成立的動物實驗室，每個月的經費不是什麼大數目，但是要繳錢的全體主治醫師同意，用在和他們利益沒直接關連的事情上難免會遇到一些阻力，但領導統御自有一套哲學的鄧克超，卻輕鬆愉快地解決了此一問題。

在舊的動物實驗室被清空讓出的當天下午，鄧克超就開了一個外科部的臨時緊急會議，在與會的全體住院醫師與主治醫師前面要求全體主治醫師「記名表決」同不同意公基金支付動物實驗室的花費，雖然有人私下竊竊私語，或者蠢蠢欲動反對，終究沒有膽子表態，所以鄧克超的提議便在全體主治醫師鼓掌下無異議通過。

當然參與會議的全體住院醫師鼓掌叫好，因為鄧克超的引言是以自己在美國受訓的經驗為發想，他畫了一個美麗的藍圖，讓年輕的外科醫師有個類似他的美國夢。

會議中鄧克超除了指定外科行政總醫師胡學恆為當然負責人外，更點名徐允文為此一計畫的總召集人，可以直接向他報告需要，以利動物實驗室的成立。

徐允文雖然身心煎熬，但是義無反顧接下這吃力不討好的差事，原因無他，就是為了報答鄧克超「破格提拔」的恩情。當初要不是他力排眾議，想盡辦法讓自己成為心臟血管外科最年輕的主治醫師，現在的他不知道還在哪家醫院流浪。

徐允文也沒有讓鄧克超失望，幾天內的密集聯繫北辰醫學院與附設醫院相關單位之後，他湊合了很多破舊但仍堪用的手術設備，同時靠著總醫師胡學恆的人力調配，讓沒有值班的住院醫師排班打掃，期待讓動物實驗室煥然一新。

終於在今天，鄧克超提案的一個多星期後，也就是星期六的外科部例行會議結束的下午，所有沒事的住院醫師將設備歸位，再來一次徹底的清掃之後，徐允文等人完成了鄧克超心中想法的第一步。

在結束一切的工作，徐允文獨自留了下來。因為這段時間的心理鬱悶，加上幾天奔走成立動物實驗室的疲累，已經讓他不想動了，他只想好好睡上一覺，也不管此時是倒在動物實驗室老舊磨石子的地板上。

也不知睡了多久，徐允文身上泛起陣陣的寒意，猛然打了幾個噴嚏後驚醒。地板早因幾支大型風扇的合力吹拂乾了，他打了赤膊躺在磨石子地板上，即使是身處盛夏之日，也不免泛起一大片雞皮疙瘩。

徐允文趕忙起身尋找自己的上衣，環顧四周沒有特別收穫，後來才想起是放在二樓的背包裡，於是三步併成二步走往二樓，希望早點穿上衣服避免著涼。

徐允文在背包翻出上衣，從裡面滑出了一本筆記——這是他今天早上清理一樓舊辦公桌時所發現的，上面沒有任何署名，外觀上已經是相當陳舊。

徐允文打開筆記，發現裡面紙的質地非常好，原先的主人使用各種顏色的鋼筆墨水書寫，所以看起來沒有相對老舊、字跡模糊，反而藉著與紙張的對比，使字跡的色彩躍然其上。

深諳各種鋼筆常識與熟稔鋼筆墨水特性的徐允文鑑定，認為原來主人使用的是德國 Rohrer & Klingner 公司所出品的「檔案墨水」，不只防水而且能歷久彌新，徐允文以前只有聽聞，今日總算是看到它的效果。

筆記的第一頁抄錄了一段中英文對照的詩句：

「讓生時麗似夏花，死時美如秋葉！」

（Let life be beautiful like summer flowers, and death like autumn leaves!）

知道這是出自印度詩哲泰戈爾的作品《漂鳥集》中一段相當有名的詩句。他很喜歡，不過翻開筆記本內的種種記載，他更加喜歡，因為其中所描繪與記錄的，並非某人的私人手札或是日記，而是有關外科技術的討論，顯然是原先擁有人的讀書筆記加上心得的註解。

徐允文早上發現它時，並沒有空檔可以欣賞，現在清掃工作已經告了個段落，他終於有時間可以盡情瀏覽其中精彩記錄與圖文並茂的解說。

筆記本內的前半段說起來也十分湊巧，是一般的外科記錄討論，舉凡單手綁線與雙手綁線的基本功，甚至是中心靜脈導管置入時的相對解剖圖示，都有簡明扼要的描繪與心得提醒，尤其內容裡各色的筆跡充斥，看得出來是事後不斷追加上去的，顯示之前的主人對於其中細節的用心與重視。

筆記本的後半段更被徐允文視為是寶藏。它所記載的竟然是心臟血管外科各種常見疾病的圖示與治療重點，當然更重要的是各式開心手術的圖譜，這一部分擁有者更是用心，不只把步驟用卡通圖做簡單素描，旁邊更密密麻麻寫下注意事項與個人心得。

尤其在其中有徐允文朝思暮想的「心臟移植手術」，他簡直像看到「聖杯」一般興奮。

由於看得有些入迷，徐允文巴不得一下子就完全吸收所有內容，可惜筆記有好幾百頁，除了開始的七八張空隙較多之外，其餘頁面是相當充實，幾乎沒有什麼多餘的空隙。

徐允文很想將筆記本據為己有，只是考慮到它可能屬於科內某位資深主治醫師而作罷。由字跡和習慣來判斷，他實在是想不出這本筆記的擁有人是誰，令他感到訝異的是，科裡竟然有人和他品味相似，喜好用鋼筆寫字與畫圖，還考究到用防水的「檔案墨水」以利長久保存。不僅如此，還考究到將筆記寫在鋼筆專用的紙質上，像眼前的筆記頁就是義大利有名的 Rossi 公司生產的中性無酸紙製成，只有像他這般內行的人才會去翻看封底那 Rossi 公司特有的「CARTA E BIGLOIETTI DAL 1931」註冊商標，它可不是在市面上一般書局可以買得到，只有特定的專賣店才有展示與販售。

最後徐允文時間有限，不得不停止閱讀。他將動物實驗室做最後一次巡視，看看有什麼缺失再補強，之後才可以找醫院的相關單位再多要一些設備。於是他闔上筆記本，將它放進背包裡，這時候他往窗外看去，天色早就一片漆黑，看看手錶已經過了七點，應該是要結束自己該做的工作，關好水電與門窗後離開。

忽然腦海中的一個念頭閃過，徐允文泛起了微笑，神情頓時興奮起來。他轉身跑到身後的置物鐵櫃，將一個長方形的箱子拿了出來，迫不及待打開它，裡面是一把外表十分老舊的中音薩克斯風。

徐允文從小學一年級就開始修習音樂，進入國中就讀後，因緣際會進入了管樂隊。由於覺得新奇，他接觸了薩克斯風，沒有料到愈吹愈入迷，最先是為了比賽吹奏的陽剛軍樂曲目，年紀漸長，他愛上了爵士樂那種隨興又充滿挑戰的風格。

考上了醫學院之後，徐允文繼續加入管樂社。很幸運的是社團指導老師是位造詣頗高的豎笛演奏者，同時亦精通薩克斯風，在他的指導下，徐允文浸淫在各種爵士樂的吹奏技巧與表演曲目裡，實力因此突飛猛進，但也差點荒廢學業，最後還好指導老師為了生涯規劃而離開臺灣，才讓徐允文的瘋狂有了收斂。

等到醫學院畢業投入臨床工作，徐允文鮮少有機會能痛快地吹奏薩克斯風，除了工作繁忙之外，場地是個最重要的問題。醫院以及他所居住的地方，都不是耐得住薩克斯風吹奏的環境。

如今動物實驗室的開張，讓徐允文喜出望外，因為這幢老舊的建築，是北辰醫學院校區和其附屬醫院交接的邊陲地帶。這裡不要說是吹奏薩克斯風，即使將整個管樂團搬來表演也不會嫌吵，因為圍牆外是車水馬龍的交通幹道，汽機車的分貝也不亞於樂器的吹奏聲；圍牆之內的鄰居，最近的只有醫院的太平間，如果吹奏起薩克斯風，還真符合那句俗語「吵死人」——相信不會有活人出來抗議。

徐允文興奮地拿出了吹嘴與竹片，將它們用束圈固定在一起，再把吹奏用的吊帶戴在身上，將組合好的薩克斯風掛在吊帶上開始試音。

雖然已經有一段時間沒有碰樂器了，但長年訓練的基礎使得徐允文可以流利地在按鍵上讓指頭輕鬆遊走，看不出有什麼生疏的感覺，他依平時的暖身練習，吹奏一小段音樂，技癢的他很想吹首完整的曲目，可惜腦袋中可以選擇的相當多，無法立即做出決定。

徐允文想到了筆記本，想到了第一頁那首泰戈爾的詩，因此決定吹奏〈秋葉〉（Autumn Leaves）這首同名的樂曲。

〈秋葉〉對於吹奏薩克斯風的人相當重要，是首入門必備的經典曲目，就像彈吉他的人一定要會的〈愛的羅曼史〉一樣。它是從匈牙利裔的法國作曲家Joseph Kosma[1]依據法國詩人Jacques Prévert[2]的作品譜寫的〈枯葉〉（Les feuilles mortes）而來，爾後美國的Johnny Mercer[3]改成英文歌曲，很快在流行音樂界開枝散葉，不只多位歌手翻唱，幾十年下來，有很多知名爵士樂演奏家（包含鋼琴、吉他、薩克斯風……等）發表了繁如星海的各種版本。

徐允文對〈秋葉〉自然清楚也不過，而且非常喜歡它，每每在吹奏前半段時他都會將速度刻意放慢，表現出其優雅與舒緩，同時在他的心裡也浮出和樂音同步的英文歌詞。

The falling leaves drift by the window
（落葉飄落窗前）
The autumn leaves of red and gold
（是紅色與金色光芒的秋葉）
I see your lips, the summer kisses
（我凝視你的芳唇，是盛夏濃烈的香吻）
The sunburned hands, I used to hold
（是我握過的古胴色雙手）
Since you went away, the days grow long
（自你走後，日子變得漫長）
And I'll hear old winter's song
（而我也聽到古老的冬之歌）
But I miss you most of all, my darling

註1：約瑟夫．寇斯瑪，一九〇五－一九六九，匈牙利裔法國作曲家。
註2：雅克．普雷維爾，一九〇〇－一九七七，法國詩人。
註3：強尼．墨瑟，一九〇九－一九七六，美國作曲家。

（但我實在是思念著最親愛的你）

When autumn leaves start to fall

（尤其是當秋葉開始凋零的時候）

隨著自己吹奏的樂音，徐允文腦海裡也憶起了黑人歌手 Nat King Cole[4] 低沉渾厚的嗓音，溫柔地唱著〈秋葉〉，盪氣迴腸的歌聲似乎在洗滌他近日疲憊的心靈。

他有著熱淚盈眶的衝動，薩克斯風的聲音似乎也跟著悲愴起來，心裡一會兒是那位張姓保全組長心臟忽然破裂的畫面，一會兒是夏美美的窈窕身影，最後他終於讓眼淚慢慢流瀉，直到他發現竹片是鹹的才停止。

睡了個午睡，加上利用吹奏薩克斯風宣洩這星期心中的壓力，徐允文之後整個人頓時神清氣爽起來，不若之前的焦躁與鬱悶，他因此可以邁著輕快的步伐對動物實驗室做最後的巡禮，避免水電的浪費。

正當他準備離開二樓，卻覺得背脊泛起了一股涼意，他想抖動身體克服這種不舒服，此時眼角的餘光讓他覺得右後方靠近樓梯的位置似乎有人站在那裡，於是他想轉身看看。

終於有人發出了聲響輕咳了一聲。

徐允文被這突如其來的輕咳聲嚇了一大跳，他順勢轉身看了那位站在他身後的人。

「對不起，嚇著你了?!」那人不好意思先說道。

徐允文打量眼前這個身材中等，年紀長了他許多的男性。他臉上戴了付細金邊眼鏡，胸前似乎別著北辰醫學院的職員證，只是距離有些遠，看不出所以然來。

「請問，您是……」徐允文問道。

「抱歉，我是解剖生理學系副教授古朋晟，不好意思打擾了！」古朋晟指著自己的識別證，再次為自己突如其來的造訪向徐允文說對不起，接著又說道：「我是被剛剛優美的薩克斯風演奏聲吸引到這裡，你吹奏得真好。」

聽到素昧平生的人稱讚自己，徐允文有些飄飄然，只能不好意思點點頭說道：「對不起，吹得太忘情，可能太吵了！」

「哪會，你太謙卑了，這〈秋葉〉吹奏得哀怨動人，情感深深溶入在樂音裡，不明就理的人還以為你遭逢什麼巨變！」

聽到前半段的稱讚徐允文很高興，只是古朋晟所說的後半段他只能陪著苦笑，因為他真是一針見血，說到自己心坎裡去，可是又不敢表示贊同，於是只得和古朋晟攀關係。

「古老師也是北辰醫學院的學長嗎？」

古朋晟是比徐允文長了好幾班，以至於徐允文對他一點印象也沒有，但基於這層關係，兩人的話匣子也因此被開啟。

註4：納・京・高爾，美國音樂家，以出色的爵士鋼琴演奏而聞名。

原來古朋晟這幾年才剛從美國修得博士學位回來，目前任教於北辰醫學院的解剖生理學系，位階是副教授，也是今年剛進北辰醫學院醫學系新生的導師。

「學長作育英才，以後這些學弟妹還要您教導！」

徐允文也順勢稱讚了古朋晟，他不好意思抓著頭髮，卻不小心將右側耳朵缺少頭髮的一長條凹陷露了出來，因此吸引了徐允文的目光。

「這是我以前腦出血開刀的痕跡，因為自己騎車不小心受了皮肉之傷，還好沒有被閻王召見，哈哈！」

知道徐允文盯著自己的頭顱看，古朋晟只好重提以前受傷的往事，而右耳後失去的髮際線是腦部開刀造成的。

「哦！是開顱術所造成?!」徐允文只能裝糊塗化解自己偷瞄古朋晟所引發的尷尬。他實在無意去挖掘古朋晟身上的傷痕是什麼造成的，只是沒想到對方竟對他這個陌生人如此坦誠。

「對啊！誰叫我趕著來實驗室，違反交通規則沒戴安全帽不說，轉彎又沒有減速，最後讓自己白白挨了一刀。」古朋晟用手掌在自己頭上比了個「砍劈」的手勢。

古朋晟接著又把話鋒一轉，問了徐允文是服務於哪個科系，一聽到答案是「心臟血管外科」時，不由得肅然起敬立正站好，正色地說道：「你在心臟血管外科很累吧?……哦，怎麼那樣厲害，還有時間把薩克斯風學得如此出神入化！」

「還好啦！都是在學生時代打下的基礎，畢業後到了臨床工作，練習就沒有那麼勤快，技術上退步了不少……」

「太謙虛了，疏於練習就吹奏得這麼好，要是再努力一下，不就是大師級的演奏家了……」

兩人的話題於是開始在音樂上打轉，徐允文在談話中發現古朋晟雖不會任何樂器，但對於很多樂曲是如數家珍，一談到爵士樂竟然與他意氣相投，有共同的崇拜對象如 Paul Desmond、[5] Frank Morgan、Benny Carter……等等。

之後古朋晟問起了徐允文，為何要清理這幢老舊的建物？徐允文才大略說明鄧克超為何要利用此空間，讓年輕的住院醫師可以在此做一般的外科技術訓練的理由。古朋晟覺得很有道理，同時環顧四周，心有所感地說：「好懷念這裡哦。」

「學長，你以前也曾經到過這裡?!」徐允文覺得吃驚。

「對啊！以前在醫學系就讀時，吔……好久以前了，要和基礎學系老師套交情，必須來這裡問考試重點、蒐集情報，哦……對了，我的外科技巧也不賴的！要不是身體不好，我可能在畢業時挑外科為第一志願呢！」古朋晟的臉色顯露驕傲的表情。

徐允文打量著古朋晟，端詳了他的臉色，似乎還如他所言身體有那麼些不好，因為有點蠟黃又蒼白。

註5：保羅．戴斯蒙，一九二四－一九七七，美國爵士樂中音薩克斯管演奏家和作曲家。

「只是現今的外科醫師處境和學長畢業時的世代差很多了!」

徐允文笑著,古朋晟接著他的話說道:「應該是『五大苦空』的首位呢!」

古朋晟巧妙地利用佛教八大人覺經中的「四大苦空、五陰無我」轉變成目前臺灣醫療內、外、婦、兒及急診為「五大苦空」科,取笑其捉襟見肘,找不到新血加入的窘境。

「還好啦!少歸少!總比婦產科醫師有『高齡化』的隱憂來得好。」

徐允文自我解嘲地說,語氣中充滿著無奈,他的話並非空穴來風,而是有實證的。根據國衛院的研究顯示,預計在二〇二二年臺灣的內、外、婦、兒、急診五大科將缺七千四百四十五名醫師,尤其更可怕的是目前臺灣婦產科醫師執業者的平均年齡已破五十五歲。

「對啊!以後我們老了,生病要找誰看?政府官員都睡覺了嗎?」古朋晟附和道。

「怎麼會沒有想辦法,只是方向錯誤吧!比方說現在不是沒有醫師,以每年一千位以上的醫學系畢業生,如果逐年投入職場工作依比例投入科別,那「五大皆空科」多少都會得到人力的補充。這也是政府官員老神在在的原因,所以問題被大夥喊得沸沸揚揚,沒有一位在檯面上的領導者覺得是問題!他們實在錯得離譜,笨蛋……問題的重點不在沒有醫師,而是沒有醫師要從事危險、事多、錢少的科別……」

徐允文侃侃而談,語氣說著說著愈來愈高亢,聽得古朋晟是頻頻點頭,他的話匣子被引發出來,最後竟然來了個令古朋晟覺得十分俏皮的結尾!

「所以,現在的學弟才有選科的標準,叫『十利』與『十害』!」

「什麼是十利？又什麼是十害？」古朋晟顯然很有興趣，迫不及待想要知道答案。

「所謂『十利』是選擇科別，甚至是工作的地方可以達到得利多多，順口溜是『事少』、『錢多』、『離家近』為其基本三原則，符合之後人生便有『老婆賢慧』、『孩子乖』的機會，自然日後就能『位高』、『權重』、『責任輕』、『睡覺睡到自然醒』、『數錢數到手抽筋』。」

聽到這「十利」的順口溜，古朋晟笑得合不攏嘴，直說「妙極」、「妙極」。

「這也是為什麼目前臺灣各醫院的高層，始終有很多人可以幹這麼久的原因，他們已經得到『十利』的精髓！」

徐允文又補上了這一句，古朋晟笑得更大聲，之後忍不住又問：「那『十害』是什麼？」

「『事多』、『錢少』、『離家遠』，結果是『老婆三八』、『孩子呆』，之後的人生可能黑白的，變成『位低』、『權輕』、『責任重』、『睡覺總是不安穩』，『送到法院無人問』！」

「這些順口溜是誰想出來的啊！我笑到快脫肛了！」

古朋晟此話一出，連想逗他笑的徐允文最後也爆笑出來。之後笑聲歇息，古朋晟想到也叨擾一段時間，趕忙向徐允文告別，因為他還要回實驗室去。

「學長，真忙！」

「唉！不是做什麼實驗，而是忙一些行政工作，你知道現在是暑假時間，為了下一年度的新生，還要有什麼課程排定、考試日期安排以及準備大體等等……」

古朋晟似乎有點抱怨，但一想到那十利、十害他又順口加上一句，自我解嘲說：「我就是屬於十害的那一群！」

「哪會，學長，你是作育英才！我幹的心臟血管外科才是十害之科，家人都陪著受苦！」

徐允文忽然想到夏美美，一時語塞，不好再說下去了。

送走古朋晟，細心巡視動物實驗室後，徐允文將它的水電門窗都關好才安心離開。此時的他肚子咕嚕響，於是他想到醫院的美食街買些東西吃，不然九點鐘一到，他又得去外面吃飯了。

為了能夠快速到達美食街，徐允文抄近路從北辰醫學院附設醫院的急診室走進醫院。

6.

私立北辰醫學院附設醫院的急診室是出了名的人滿為患。不管何時到達這裡，始終是人聲鼎沸、擁擠不堪，徐允文每次經過都很訝異人是從哪裡來的？因為在急診室走廊打個照面，兩人可能都必須側身而過，以應付兩側或坐或臥的病患及家屬。

這種令醫護人員厭惡，病患及家屬心急與無奈的情況，幾乎臺灣從南到北的醫學中心都一個樣。最大的原因當然是醫院的分級制度沒有做好，政府又不願花時間教育民眾正確的觀念，醫療的便利性加上民眾對醫學中心的過度信任，以至於有什麼大小病症都只願意往醫學中心擠，往往造成急診室的不堪負荷。所以，急診室往往變成二十四小時大型的「門診中心」與「臨時觀察所」，更遑論它是等待床位的「過渡病房」。

要不是為省時間懶得繞院區一小圈，也為了趕快去祭祭五臟廟，徐允文說什麼也不會主動從這裡走進去。因為每次來到這裡，不管是否要緊急會診或是被通知來看老病人，當他看到滿坑滿谷的患者時，內心其實是交雜著「難過」與「討厭」的情緒：難過的是有太多的病患一股腦兒往急診室送，即使是利用「檢傷分類標準」也無法確實有效管理，在這裡值班的醫師，每天都在走鋼索，哪一天怠慢了他誤以為的小毛病，結果可能是重症的病人，到時背了誤診的惡名，成為法院的被告，可是吃不完兜著走；而厭惡的是，這種「醫病同歸於盡」的品質造成資源浪費，急重症的患者與輕症患者在這裡「爭地盤」，或者是病患就診無法有效消化，到頭來不是只有病患的權益，恐怕連臺灣急重症醫療的水準也跟著陪葬。

徐允文在擁擠的人潮中前進，有一幕景象吸引了他的注意。

一位年輕的值班住院醫師，被病患年輕的女兒緊緊拉住衣角，不斷哀求這位醫師說道：「醫師大人，求求您能不能快一點，我母親右小腿已經痛得讓她開始掉眼淚了！求求您啊，行行好……」

「我知道啊！可是妳母親X光片已經照過了，看不出什麼骨折或脱臼的現象，應該只是扭傷而已，關於這點，我剛才也已經解釋過了。至於止痛針，我早已經開立好了醫囑，就等護士小姐打針了，相信不會等太久，叫妳母親稍稍忍耐一下……」

「可是我們來這裡已經快兩個小時了！」家屬提高了音量，提醒眼前的值班住院醫師。

「我知道，小姐，這裡可是急診室吔！妳母親的病症應該去看骨科的夜間門診就可以了，我們檢傷分類的護理師讓她掛號已經算是優待了，急診室還有很多等著處理的患者呢！」

值班住院醫師急忙答著，並且試圖想要離開家屬的身邊，無奈衣角被她揪住不能順利脫身，形成了一幅滑稽的畫面。

看到這樣的情形，徐允文只能苦笑無法替他解圍，撇過頭想快步離開，冷不防迎面和某人撞個滿懷。

「對不起……啊，學長！」

徐允文道歉才剛說出口，就發現撞上的是剛剛和他在動物實驗室聊了一段時間的古朋晟，他一開始沒有任何答話，卻一臉嚴肅用手指了那對母女與值班住院醫師所在的方向，再語重心長地說道：「老弟，你可能要去看看那位老太太，事情恐怕沒有那麼單純，她可能急需要你的幫忙！」

說完之後的古朋晟，竟拉著徐允文要往那對母女的方向走去，力量既重且急，讓徐允文覺得像是被鐵鍊鉗制住。

「好好，學長，我這就過去看看！」

受了古朋晟的「刻意」指示，徐允文答應前去之後他才放手。等到兩人逐漸靠近他們三人時，古朋晟在他的耳邊輕聲提醒道：「老弟，你應該教那位年輕的值班住院醫師看看，哪有人腳扭傷可以痛成那種樣子？要教他好好做理學檢查，而不是只會安排檢查，看冰冷的片子與數據，不好好接觸病人早晚會出事的……」

拗不過古朋晟的耳提面命，徐允文走近他們之後，替眼前這位一直被家屬拉住衣角的醫師解圍主動問道：

「吡……方醫師，有什麼問題嗎？」徐允文瞄著他的名牌問道。

「徐主治，沒有什麼，只是一位病患扭傷腳而已……」

看到有外科主治醫師身著便服出現，而且還詢問病患的狀況，讓這位方醫師有些詫異，但仍是大略地向他說明了病情。

一旁的家屬雖然不知道徐允文是何方神聖，卻明顯感覺到，眼前這位穿便服的人應該是位階更高的醫師主動來關心自己的母親，所以態度就相對和緩一些，不若之前激動。

「你摸過病人的腳嗎？真的只有扭傷而已？」徐允文問道。

「他是誰？」家屬在一旁小聲問方醫師，但還是被徐允文聽到了，於是轉而向她說道：

「我是心臟血管外科主治醫師徐允文，恰巧走過這裡，順道看一下，抱歉，穿這麼隨便有些唐突！」

「謝謝，不會隨便，謝謝徐醫師的關心！」

家屬在回答時，眼神充滿對徐允文的感激，看在方醫師眼裡，卻很不是滋味，尤其他更苦惱的是想脫身的企圖，被徐允文的出現硬生生打斷了。

「謝謝、謝謝、謝謝徐醫師的關心！」

病患又再次感謝徐允文，態度甚至很恭敬，不若剛才對方醫師之咄咄逼人，又讓晾在一旁的方醫師心裡更不爽。

此時徐允文走向病患，發現她的臉因為右小腿的疼痛而冷汗直冒，表情很痛苦。於是徐允文打開患者的棉被，看到她的足背與腳趾有些「發紺」（指病患周邊組織因為缺氧而造成的變紫或發黑）的現象，立刻摸了她的右下肢以及檢查足背上的動脈，發現都沒有脈搏的跳動。他心頭一驚，但仍保持一貫的神色，不想讓家屬看到他的表情而造成情緒波動。

「伯母等一下的檢查會比較痛，請忍耐一下哦！」

徐允文親切的提醒減低了病患的緊張，只是他接下來的動作卻還是讓患者失聲叫了出來，因為他雙手如鎖鍊扣住其右膝蓋，用雙手的食指、中指及無名指緊緊壓住膝蓋後的膕窩，檢查動脈是否有任何搏動。

只是隨著病患的叫聲以及檢查病患後的結果，徐允文掩飾得再好仍是不小心閃過了憂慮的臉色，眼尖的家屬發覺出異樣，立刻脫口而出問道：「徐醫師，有什麼發現嗎？」

「我先和方醫師討論一下……」

徐允文不動聲色，假意向方醫師借了筆及病歷，順便翻著病歷參考了一些檢查結果，然後若無其事在空白處用英文寫了下面這段話：

「Strongly suspected acute right lower leg arterial emboli; maybe induced by Af」

翻譯成中文則是：「強烈懷疑右側下肢急性動脈血栓症，可能是心房顫動引起！」

徐允文透過接觸患者的理學檢查，參考了病歷裡的心電圖，研判患者應該是「心房顫動」（心律不整的一種）造成心臟裡的血栓，隨著循環打到了下肢的動脈裡造成阻塞。患者在阻塞初期，可能只覺得有些疼痛，腳沒有力量，以為是腳扭傷而送醫，之後情況加劇，血管阻塞造成缺血的體積擴大，終於使得整個右下肢發紺、疼痛，而且沒有脈搏跳動。

下肢急性血栓症的原因有些是心因性（如心律不整、心肌梗塞或心臟收縮無力等），或者是血管壁硬化的斑塊掉落造成。一開始若沒有好好詢問病人及研究其疾病史，加上沒有仔細檢查患者就很容易誤診。就像急診室的值班方醫師，可能是急診室患者太多，把眼前腳疼痛的老太太當成是輕病，只有抽血、照X光而不仔細檢查患者，終究忽略了她的病情。

方醫師畢竟在急診室也算是老鳥，在徐允文旁邊看到他在病歷空白處寫下的臆測，當場嚇出一身冷汗。老江湖的他依然是面色不改，也跟徐允文一樣將剛才檢查患者的動作重複了一遍。

徐允文沒有點破目前病患的狀況，反而選擇在一旁看看方醫師如何自圓其說，然後再視情況介入替他解圍，結果他萬萬沒有想到，情況有了很大的逆轉。

方醫師利用了自己的三寸不爛之舌，摻雜了很多中、英文混雜的醫學名詞，東拉西扯地歸納了病患的情形，覺得她的病況是慢慢變化而演變到目前的樣子，和剛剛到急診室所看到的不一樣，尤其配合翻病歷，讓家屬看了無關緊要的抽血報告證明自己所言不假。

他之後的重點就是巧妙地把功勞引到徐允文身上，說他是一位如何克盡職責、醫術高明的外科主治大夫，遠遠看到患者痛苦的表情就能「見微知著」，主動出擊來指導他看病人，甚至「提早」診斷了患者可能是心律不整造成血栓，慢慢堵住她右下肢動脈！

「妳看，妳媽媽的心電圖呈現的是一種心房顫動的心律不整……」

方醫師拿著病歷中的心電圖晃一下給患者女兒看，還把之中的形狀說成是蚯蚓抖動。

最後，方醫師轉身對徐允文說道：「徐主治，患者的病況剛好是貴科診治的範圍……啊，太巧了，今天是您值班吧？」方醫師看了外科值班表，很快向徐允文道謝，明顯一臉如釋重負的感覺。

「真有他的，這方醫師能夠化危機為轉機，替自己誤診做了很好的掩護！」徐允文覺得相當佩服，只是他有點驚訝忘了自己是今晚值班。

這並非是方醫師舌燦蓮花，而是徐允文如「救星」般出現，所以家屬看到他時內心已經是充滿感激，自然方醫師將診斷出「右下肢急性動脈栓塞」的功勞算給他時，家屬更是感動，已經不會想到原先方醫師可能的輕忽病患與誤診問題。

所以接下來這對母女，當然對徐允文言聽計從，即使是要接受緊急的手術治療，她們已經死心塌地地跟隨眼前被視為「活菩薩」的外科醫師。

徐允文拿出筆，在空白紙上解釋著病情，以及即將施行的手術。雖然聽到併發症及癒後種種有些懼怕，但一想到他是最先發現病況變化的醫師，也只能乖乖跟著簽名，希望盡快接受手術免得有更不好的事情發生。

看到患者簽完同意書，徐允文開始交代方醫師後續的準備與聯絡開刀房的工作。方醫師此時不敢怠慢，不消幾分鐘已經把所有的事前準備做得乾淨俐落不拖泥帶水，當然他的心中很慶幸，而且有把燙手山芋甩掉的感覺。

徐允文忽然想到了古朋晟，環顧著急診室想把他找出來，不過他早已不知去向。

「方醫師最該感謝的人是學長才對！」徐允文有些悻悻然。

7.

徐允文趁著病人進手術室前的空檔趕到醫院地下室的美食街，只是大多數攤位已打烊，讓他只能到便利商店買了可樂與泡麵。

他並不想在準備清潔的餐廳用膳，反倒是躲到樓梯間，想靜靜地享用這難得的一餐，同時盤算等一下的手術計畫。

平時少有人打擾的樓梯間頓時充滿了泡麵的獨特香味。

一口熱熱的泡麵加上冰涼的可樂是以前徐允文在實習時最喜歡的組合，因為忙於照顧患者與值班，往往錯過了正常的用餐時間，於是偷懶的他只能像今日一樣在醫院地下室的便利商店買泡麵與可樂，草草結束一餐，以免浪費時間。這種習慣直到正式成為主治醫師之後戒除了，今日卻又因時間緊迫讓他可以重溫舊夢。

很快結束自己的晚餐，滿足地摸著自己的肚子打嗝，徐允文忽然想到了在動物實驗室撿到的筆記本。他依稀記得裡面有特別整理的章節，和等一下要動手術的患者狀況相似。所以他從背包拿出它快速翻動著，果然有著「急性下肢動脈栓塞的處理原則」及「注意事項」用各色鋼筆字註記著。

雖然所占的篇幅不是很多，但筆記本內條列的重點與偶而點綴其中的手繪圖，都是從教科書摘錄下來的金科玉律，這些徐允文早已了然於胸，只是沒有像筆記本的所有人一樣，盡可能將會遇到的狀況整理在一起，因此，說它是快速溫習的寶典也不為過。

「處理下肢急性動脈栓塞的重點，第一要注意手術時，患者否已經超過所謂的『黃金六小時』，得要好好注意！」

接著他又讀到：「如果超過六小時的黃金時間，當血栓被清除時，下肢的動脈循環重新暢通後，反而容易產生所謂的『再灌注傷害』，病患在血管接通的當下，可能因為壞死組織的代謝物流經全身，造成立即的心律不整或急性腎衰竭的傷害；而已經壞死的下肢肌肉組織也可能在循環重新建立後，造成『腔室症候群』（Compartment Syndrome）需要接受『筋膜切開術』（Fasciotomy）……」

徐允文在這裡讀到的「腔室症候群」並非是急性下肢動脈栓塞打通後獨有的病症，舉凡組織受到骨折、壓砸傷或任何阻斷血流的傷害過久時，組織會造成腫脹壞死，若血流循環打通，這時候需要實施所謂的「筋膜切開術」讓組織減壓，使血液循環不再受到壓迫，以打破可能的「惡性循環」。

只是上述的方式還是沒有辦法處理所有的狀況，徐允文知道還有更需要細心應對的潛藏危機，筆記本之後也這樣寫道：「如果在清除血栓後，下肢動脈循環不順暢，在手術中必須立刻施行血管攝影，找出動脈其他隱藏的狹窄處，立刻施予氣球擴張術或繞道手術……」

徐允文津津有味看著筆記本，他慶幸有這本筆記本的適時出現，讓他可以在最短的時間，複習之前有關下肢急性動脈栓塞的處理原則，不用再去翻查教科書，浪費了手術前的寶貴時間。

於是徐允文闔上了筆記本，想閉目養神一下希望在等待手術前的空檔，能夠把握時間再小憩一下以應付可能徹夜的工作，但冷不防背後又傳來剛剛聽過的咳嗽聲。

徐允文知道這種熟悉感，轉頭過去一看，果然是古朋晟沒錯，因此接著打趣道：「學長，你怎麼在這裡出現？真是神出鬼沒？」

「我來美食街用餐，結果發現到你的身影。忽然看見你往樓梯走去，我當時快用完餐，來不及和你打招呼。在結帳後還沒有看到你走出來，我不知怎麼搞的就想進來看看，發現你認真讀著筆記，不好意思打擾你，剛好你闔上筆記本，只好出個咳嗽聲以免嚇到你。」古朋晟笑著答道。

「真是有緣啊，學長……」

徐允文走向古朋晟，然後兩人就隨性坐在樓梯上，徐允文接著又說：「剛剛在急診室應該好好謝謝你，結果你神不知鬼不覺，一下子揮揮衣袖，在轉瞬間消失了蹤影！」

徐允文用徐志摩的詩調侃古朋晟，他不以為意反而笑得有點尷尬，因為和他接下來要說的話有關。

「現在的住院醫師很可憐，訓練沒有辦法像你們以前那般扎實，而且一下子又要處理滿坑滿谷的病患，以至於很容易忽略藏在「細節裡的魔鬼」，容易產生誤診。不過，這也無法太責難他們，因為現今環境和以前大不同了，除了工作繁重之外，大部分的人都太倚賴精密儀器的檢查，因此和病患第一線的互動就馬虎起來了……」

「學長，你分析的真是一針見血！」

徐允文聽到古朋晟的評論，覺得他說的話相當中肯，甚至還很佩服他，一位投身於基礎醫學研究，沒有接觸臨床工作的學者，竟可以了解到目前的處境，只是他心中仍有些不解之處，不禁又問道。

「不過，學長，你也真是有夠厲害了！我很好奇，你怎麼知道剛剛那位女病患的下肢動脈血管有急性栓塞？」

「我沒有那麼厲害，只是在路過急診室看到那位女患者不停喊痛，一直搓揉她的小腿肚，而且遠遠看起來顏色不對，於是才認為有問題，因為相信一位會來掛急診表情又是如此痛苦的患者，八成有什麼事要發生……」

古朋晟停頓了一下，臉色變得有些凝重，接著又說：「原來我並不想管，但是看著學弟對待患者的態度是如此隨便，就想繼續看著事情的發展，好在有你的出現，讓我可以找到人處理，如此押著你看病人是有點班門弄斧！」

「哪裡，學長，要不是你今晚的幫助，醫院的急診室可能又要多一件醫療糾紛。」

徐允文所說的話也不無道理，剛剛他也看到了那位值班方醫師的態度。一開始根本不願意仔細去關懷病人，還好有古朋晟提醒他介入，才發現病患真實的情況，要是那隻動脈急性栓塞的腳一直擺著，還真不知道後續會如何發展，搞不好方醫師會被送上法庭也不一定。

「哪兒的話，你才是救了那個病人的主角。還有更重要的是，那個可以將黑轉成白，有如三寸不爛之舌，硬是把劣勢轉成優勢的方醫師，讓患者把你當偶像看，而且替自己安全下莊也很厲害，哈……」

古朋晟不禁笑出聲來，而徐允文知道箇中原因自然也是跟著發出會心的一笑。

「後續還要靠你力挽狂瀾啊！老弟！」古朋晟笑聲歇了後如是說。

「說『力挽狂瀾』是有些誇大，只是外科的工作有時真的是瞬息萬變，沒有辦法保證。事前看起來準備周全的計畫，在手術刀劃開病人的皮膚後，可能無法一直照著劇本走，有時只能見招拆招！」

聽到徐允文這麼說，古朋晟也跟著附和道：「這點，我們從事基礎醫學研究的人最有感，因為同樣照表操課的實驗，只要一不小心，稍微一個參數的改變，結果可能會差個十萬八千里。」

「這就是所謂的『蝴蝶效應』嗎？」徐允文插話道。

「是有那麼劇烈！確實符合那句『差之毫釐，失之千里』的俗語。但再怎麼有誤差總會比外科工作好，因為實驗可以重新再來過，外科手術一旦施行就無法為做過的事後悔了！」

「那倒是！所以我們外科醫師再怎麼有名，都必須承受很大的壓力與挑戰，畢竟成功了就是患者與家屬心中的英雄，失敗了就成了一位過街老鼠、人人喊打的庸醫，因此才會不時看到報紙上常有外科醫師被告的新聞，有時還會出現天價的賠償。」

說到這裡徐允文用臉上的苦笑做註解。

聽到徐允文說了喪氣與負面的話，為了鼓勵他，古朋晟說了一段語重心長的話：「老弟，我覺得外科醫師的養成雖然辛苦，但卻有如偉大的工程，所有手術的成功，就如某位作家所說的，傑出的工作成功之處，不在於它們毫無瑕疵，而在於一顆明澈洞察的心靈所展現的無窮說服力……」

古朋晟所說的，是伍爾芙在《飛蛾之死》中的一段話，接著又說：「我覺得身為一位外科醫師，就有如實驗工作者一樣，要在過程中投注努力，如果不盡人意，除了繼續努力外，實在想不出任何替代的方法。所以不幸遇到法律訴訟，只能坦然面對，因為它只應該暫時地影響你的心情，不應該影響你工作的態度。

「學長，很難啊！」徐允文感嘆道。

「對，很難，老弟，永遠要記住，外科醫師的態度和心情永遠是兩條平行線，而且不會相交，如此才能成為一位偉大的外科醫師。」

「對！就只有一句話，『盡力而為』。只要外科醫師不放棄，病患就還有希望，一旦外科醫師投降了，那患者就沒有希望了；如果你的心情影響了態度，那就很難把眼前的工作做好！」

徐允文的回答雖是認同古朋晟的話，但心中覺得他所說的似乎是紙上談兵，因為要達到那樣的境界十分困難。他身為一位基礎醫學研究者，怎麼會懂得臨床工作醫師所承受的壓力？他的話大概只是年長者鼓勵後輩的一些打氣話吧。

此時，徐允文的手機突然響起，接了電話才知道患者已經在手術臺上做準備了，他不得不和古朋晟道別，熱切地握著他的手道謝。

「這學長真的如他所說的，身體不是很好，手好冰啊！」

徐允文接著快步跑出樓梯間，充滿鬥志地準備去手術室接受挑戰。

鬥爭的開始

CHAPTER 2

1.

睡在手術室休息區的沙發上，徐允文是被打掃清潔的老伯用掃帚柄敲打沙發叫醒的，原因是徐允文的手機不知響了多少次，他卻是無動於衷，老伯最後受不了，才把他從睡夢中努力拍打回現實，希望電話不要再響了。

徐允文被叫醒的那一刻，迷濛中聽到了手機的鈴聲，雖然不太願意去接，但深怕又是病患出了問題，還是按下了通話鍵。

「同學！終於接電話了！」電話的那頭似乎鬆了一大口氣。

「幹嘛！哪裡死人了啦！昨天晚上快被患者擊垮了，特別交代住院醫師向你請假，搞什麼東西……」徐允文聽到是外科部行政總醫師胡學恆，心頭的怒火直冒，像連珠炮似地抱怨一大堆。

胡學恆是剛上任不久的總醫師，是徐允文大學時代的同班同學及麻吉，因為服了一年多的預備軍官役，所以比罹患扁平足不用當兵的徐允文晉升的慢。

「今天是每個月一次的期刊新知討論會，你一定要參加，鄧老板特別要求的，不要怨我……」

「真他媽的不通人情，我昨晚沒睡什麼覺……什麼新知那麼重要……」

徐允文直接對著胡學恆咒罵，胡學恆知道徐允文火氣很大，只得暫時遮住聽筒，等徐允文發洩一段時間後，才插話道：「同學，你就勉為其難來參加一下，今天有更重要的檢討會，什麼期刊新知討論會只是陪襯！」

「檢討什麼東西，非得要一個徹夜未眠的人到場？」徐允文聽到了還是很火大，再次詢問道。

「同學，講白一點，今天不是什麼檢討會，是真材實料的鬥爭大會，好多人已經磨刀霍霍準備大幹一場，等一下現場絕對是刀光劍影，鄧老板怕擦槍走火，自己可能無法控制場面，所以會拿出慣用那招『全體表決』來壓一下那些人的氣焰，到時候一定會把你挖出來，管你有沒有睡飽，還是要來啊！」胡學恆不斷強調徐允文要到場。

「什麼事那麼重要？需要動用到表決？又是公基金要撥錢給誰嗎，還是要加薪?!」

「加薪就不用找你了！因為不可能。今天的事根本和錢一點關係也沒有，電話裡講不清楚，反正你來就是了，部裡頭那隻老虎準備要大開殺戒了，泌尿科的朱主任不知道會不會遍體鱗傷？」

胡學恆談到的「老虎」是一般外科主任董自強。此時他的口氣透露出有些幸災樂禍的感覺，徐允文聞出了其中的煙硝味。接著答道：「兩個互看不順眼的人要開幹了！」

「應該不叫開幹，而是朱主任被插在鐵架上烤，外科部主任爭奪戰第一回合，噹噹噹……不知道朱主任會不會被KO？你一定要現身，絕對會很精彩！就這樣了！」

胡學恆催促了徐允文，隨即迅速掛上電話，根本不讓他有拒絕的機會。

和胡學恆通完了電話，徐允文從沙發上起身，突然感到一陣眩暈、頭眼昏花，接著耳朵裡嗡嗡作響，還可以感覺到血管擊打太陽穴的力道，隨後接著襲來的是一陣想嘔心嘔吐的不舒服，他只好閉上眼趕快坐下，大大深吸了幾口氣，然後才又睜開眼睛，看了手錶，又開始在心底咒罵著：

「他媽的，才睡不到兩個小時，真是流年不利！」

徐允文會有這種表現不是沒有道理，因為昨夜的緊急手術，折騰到清晨才結束。他整整在手術臺上待了有七、八個小時之久，除了中間有下來短暫休息，上個廁所喝口飲料提神之外，一直都在處理那位下肢動脈栓塞的病患，過程是驚險萬分，幾乎片刻都不得鬆懈。

一臺血管手術的時間搞得和開心手術一樣久，而且困難度並不遜色，確實遇上了很多可以預期但又不想碰上的情況。

首先是值班的麻醉科對患者接受麻醉的方式有意見，徐允文只能靜靜待在旁邊等著他的處理，心急也沒有用。

因為老太太是年紀較大的患者，心電圖的報告又有心律不整，同時胸部X光呈現心臟肥大的影像，再加上她送到手術室前二小時才吃了晚餐，這些種種不利的因素加起來，麻醉科醫師決定不以插管方式執行麻醉，選擇所謂「腰椎硬膜外麻醉」（epidural anesthesia）的方式，以因應可能的長時間血管手術。

上述的「腰椎硬膜外麻醉」，是利用透過放置在脊椎硬膜外的細小管路，來注射麻醉藥物，這種方法能讓藥物緩慢釋放，浸潤脊椎旁的神經根，以達到手術上止痛的效果。相對於傳統的腰椎麻醉，只能適用於三到四小時內的手術，硬膜外麻醉因為有導管置入，可以在手術中不斷加入麻醉藥，使得麻醉作用延續下去。除了前面提到的好處以外，此方式的麻醉對患者的呼吸、心跳以及術中的血壓影響比較小，所以也相對安全，在手術後還可以將導管留置，作為止痛藥物給予的路徑。

麻醉科醫師決定如此做是好意，可惜的是老太太的腰椎因為年紀大而有側彎的現象，硬膜外麻醉的細小管路要放到正確的位置有困難，所以等到麻醉科醫師完成工作後，已經折騰好一段時間。

徐允文算是手腳相當俐落的醫師，沒有多久時間就切開了老太太的下肢動脈，利用導管拉出血栓。原本以為到此就可以完成手術，但後來發現導管無法暢通到達下肢部分，在膝蓋的位置就卡住了，於是他當機立斷加做下肢動脈的血管攝影，看到了老太太的膝蓋下動脈相當的狹窄必須處理。

上述的問題和徐允文那本筆記所整理的一樣，患者本身有慢性下肢動脈狹窄合併急性栓塞，運氣是相當不好。可是運氣不好的不只她，徐允文的運氣也好不到哪裡去，因為一開始他想用氣球擴張術打通那些狹窄處，無奈嘗試了一段時間由於血管硬化太厲害而放棄。

為了爭取時間，在氣球擴張術失敗之後，徐允文當下決定擷取了老太太下肢同側的大隱靜脈作為材料，施行下肢動脈的繞道手術，以重建她的下肢動脈循環，但是等待靜脈取好完成了此一手術後，問題才真正浮現。

老太太的血管因為缺血不通的時間過久，在接通血管的瞬間徐允文歡欣鼓舞，以為手術已經過關的心情，卻在看到她的腳逐漸浮腫沒有血色而跌到谷底。

難關一波一波襲來，老天爺彷彿和徐允文及老太太開了個玩笑。徐允文把筆記本內所摘錄的重點如同是演習那樣從頭走過一遍——老人太下肢缺血過久的時間早已超過「黃金六小時」，以至於所謂的「再灌注傷害」發生。

對於這樣的難題，徐允文不得不在大半夜的時間緊急會診了整形外科的值班主治醫師杜如新，考量到的不只是「筋膜切開術」，而是請他一起來評估患者之後可能的因應策略，幫忙他和老太太度過難關。

不只是徐允文，徹夜和他在手術室工作的醫療小組每個人隱約聞到那股「醫療糾紛」的倒楣味，心中各自捏了把冷汗。

為了爭取時效，在等待杜如新醫師的空檔，徐允文只得硬著頭皮先開始執行「筋膜切開術」。看著患者被他用刀片劃開小腿肌肉的筋膜，徐允文的心和它一樣也是淌著血，他對於急診室值班的方醫師浪費掉的時間感到非常懊惱，不能在「黃金六小時」診斷出患者的情況，他更覺得氣結，這些疏忽只能由他概括承受。

被會診來的杜如新醫師顯然比徐允文樂觀多了。

當他看到徐允文被眼前血淋淋的小腿，以及因為筋膜層被切開而暴露在外的肌肉組織搞得有點失魂落魄時，就利用電燒探頭刺激那些肌肉組織使得它們震動而攣縮，然後利用這種結果鼓勵著徐允文：「允文，你所做的下肢動脈繞道手術結果不錯哦。」

徐允文臉色沒有絲毫改變，仍然有些洩氣，於是杜如新接著又說：「你看……，允文，這肌肉組織的顏色……還有被電燒刺激之後抖動成那樣，顯示其中大部分的組織有存活的希望，截肢的機會大大降低……」

「哦！學長謝謝你！大半夜還來幫我。」

「不會啦！為了病人好，我們醫師只有往前衝去。對了，等一下我會用 Biobrane（一種暫時覆蓋傷口的人工敷料）將外露的肌肉組織蓋起來，這幾天我會替你注意傷口，等待它消腫後，我再將它們補個皮，相信患者的下肢功能不會損傷太多……」

「謝謝學長，有你在真好！」

徐允文終於有些信心，臉上的憂心緩解了不少。

「你先下去休息，剩下的工作我跟值班的住院醫師完成就好，你也可以先去和家屬解釋一下情況了。」

杜如新最後一句話挑動了徐允文多慮的神經，也不再勉強當他的第一助手，直接下了手術臺。

對於焦急在手術室外等候的家屬，徐允文是在手術室的自動門內深吸了好幾口氣才出去解釋病情。沒有想到除了原先的患者女兒，另外又來了一大堆家屬，數量之多著實讓他嚇了一跳。

還好所有人是以老太太女兒的意見為主。看到徐允文徹夜替母親奮戰，她心中只有充滿感激，完全沒有任何不敬的態度，即便是知道母親的小腿接受「筋膜切開術」，必須在醫院住上一段不算短的時間，她依舊是含著淚向徐允文深深鞠躬道謝。

徐允文剛剛擔心的心情被家屬的態度減輕了一大半，他想起了方醫師及古朋晟，今晚這兩位有趣的組合替他找了個折磨心志的手術。雖然和開心手術比起來，今晚耗費的人員及材料都比較少，但精彩刺激的程度卻是可以比擬的。

2.

徐允文到達外科部會議室時會議早已經開始。他整個人是輕飄飄的，兩邊的太陽穴依然隱隱作痛，多次用冷水沖洗臉部只能脫離短暫的疲憊，雖然耳朵嗡嗡聲已停止，但不時仍有想要嘔吐的感覺，可能是和他徹夜用眼過度有關，所以他只能在手術室內的自動販賣機購買了兩瓶特濃的咖啡，藉以提振自己的萎靡不振。

走到會議室後面坐下來，徐允文慢慢清醒，只是心臟怦怦跳著，讓他覺得有些心悸。

「大概是咖啡因過量了，真是難過！」徐允文自忖道，覺得自己可能是拿著毒藥當解藥喝。

講臺上正持續著「專題演講」，主角是泌尿外科某位主治醫師，最近參加國外的醫學會議向外科部全體同仁報告參加心得，及有關最新的醫療新知。因為他是拿著外科部的公費，頂著北辰醫學院泌尿外科學系的名銜出國並發表海報展示，所以有義務做相關的議程解說，這是拿著公費出國的人應盡的責任。徐允文擔任主治大夫這幾年，每年都有做這樣的報告，去年甚至出國兩次。

為了讓自己的思緒保持清醒，徐允文漫無目的地整理自己的隨身背包，又翻出了在動物實驗室那本筆記。

「對了，今天一定要問一下科裡的資深主治醫師，看看它到底是誰的！」

徐允文心裡雖這麼說，但潛意識總想將筆記本占為己有，倒不是它的內容有任何創新之處，而是它的主人費盡心思，將教科書內的重點整理得十分完整，而且為了配合條列的重點，畫上了很多醒目且易懂的各色卡通圖。

賦予這本筆記最重要的靈魂，就是密布在裡面的各種心得記載，讓他翻閱起來是頁頁有驚奇，處處有發想。他津津有味看著其中有興趣的章節，漸漸忘了剛剛咖啡因所造成的心悸。

「老弟，昨晚的手術你開得應該相當不錯吧？」

徐允文的肩膀冷不防被拍了一下，藉由聲音及冰冷的手感，他知道又是古朋晟。

「學長，你怎麼會在這裡？」徐允文驚訝回頭，低聲答道。

「剛剛從醫院美食街吃完早餐，就看到你急忙走來，我有向你揮手致意，可能距離有些遠，以至於你沒有回應，所以就一路跟著到這裡了！」

古朋晟低聲回答著，而且從後排前進坐在徐允文身邊。

「你不用上班嗎？」

「哎唷！你又不是不知道這是我們基礎學系的特權，只要工作能如期完成，隨時可以找得到人，沒有人會查你的班，也不需要打卡！」

徐允文想想也是，自己擔任主治大夫以來，完全是自律的生活，只要會議不遲到不早退，掛名的患者照顧好，基本上也沒有人會要求你像上班族一樣，朝九晚五上下班打卡。

徐允文和古朋晟兩人就在會議室最後面低聲聊了起來，首先徐允文談到昨晚的手術，抱怨自己沒有受到老天爺的眷顧，一個看似不太困難的手術卻是危機四伏，以為自己可以順利完成，卻屢屢被帶往下一個難關，接受嚴格的考驗。

「不錯呀！正所謂『關關難過關關過』！」

對於古朋晟的引喻，徐允文只能苦笑以對，接著說道：「哎呀！這種陷入泥沼的手術很煩人，尤其要『見招拆招』去應付接踵而來的難題，又是在大半夜碰到，我有幾條命可以玩啊！」

「外科不就是這樣充滿挑戰嗎？常常有意想不到的情況發生，這也是我差點選擇它的原因。不過手術的成功與否，除了臨場表現之外，還是要套句老話『機會永遠留給準備好的人』！」

「嗯！」徐允文點頭表示贊同，他心裡忽然想到手上這本筆記，還好有它在手術前替他作了複習，好像聯考前的總複習，考題全被抓到的感覺。

正當徐允文想再說話，腰間的手機忽然震動起來，他只得趕快接聽，原來是胡學恆。

「同學，你到底來了沒？你真的不怕鄧主任臨時點你名問意見？」

「你的聖旨我哪敢不從，不過我又不是主任級醫師，他不可能第一位找我，幹嘛神經兮兮……我正坐在最後面。」

「坐那邊幹嘛，等一下有好戲可看，快點往前坐到我的身邊來！」

「我利用窗邊透過的光線看筆記……而且還和解剖生理學系的學長聊天！」徐允文一面坐在胡學恆旁邊低聲回答道。

「假用功，這種昏暗的會議場合讀什麼書？還跟什麼鬼學長聊天？」

「有啦……怎麼不見了，真是神龍見首不見尾。」

「誰不見了？」

於是徐允文大略介紹了一下古朋晟，但胡學恆顯然不買帳，急忙插話道：「不要管那麼多了，報告快講完了，下面的case才是重點，要仔細聽一下哦！鄧主任因為不想在『M&M』裡瞎攪和，所以才提前到今天這個時段做專案報告！」

胡學恆口中的M&M並非是巧克力品牌名稱，而是Morbidity and Mortality Conference的簡稱，意即「併發症及死亡病例討論會」。在醫學中心的外科部，每個月都會舉行service meeting（業務會議，即檢討每個月收療患者「質」與「量」的會議），而其中必定含有此M&M，藉此提醒與會的外科醫師能知前車之鑑，以會議中討論的併發案為提醒，不要犯下相同的錯誤，希望彼此砥礪更加精進，所以此M&M也有傳承與教育的意義和功能。

胡學恆不斷提醒徐允文，即將報告的病例才是重頭戲，而且所有的人可能都會和它有關係。鄧主任在語氣上提醒過他，會後會點名臺下的外科部人員，要求給點意見。

最後那位發表出國開會的主治醫師在全體與會人員的掌聲中下臺。接著另一位住院醫師，默默低著頭走上講臺，向臺下的鄧克超及所有外科部工作同仁深深一鞠躬，此舉顯然有違平時開會的慣例，頓時場面的氣氛有些詭譎。

上臺的人是外科部第二年的住院醫師楊西源。在徐允文的印象裡，是位非常積極進取的年輕醫師，有著無人匹敵的自信與精力，難得是他的脾氣與耐心是醫院內公認數一數二的，所有帶過他的主治醫師都相當欣賞，而且充滿期待。

楊西源自然是外科部內眾所矚目的「可造之材」及「明日之星」，徐允文也曾參與說服的行列，希望他可以在第三年分科時，將心臟血管外科當第一志願，但他未置可否，讓徐允文碰了軟釘子。

楊西源最後和泌尿外科朱文俊主任達成默契，而且開始主動熟悉泌尿外科一般事務，希望很快可以在朱文俊麾下一展長才，於是這場各科搶人大戰才告一段落。

只是此時站在講臺上的楊西源看起來相當憔悴，眼神不如平日炯炯有神，失去了精神奕奕的模樣，彷彿是剛從戰場上被打敗回來的士兵一般。

更令大家驚訝的還在後頭。

簡報的影像似乎和楊西源的報告是解離的，他除了講話模糊不清之外，聲音還不時顫抖，甚至有時還前言不對後語，如此的表現簡直和一位新手沒有兩樣

從楊西源的報告裡，大家看到的是一個卒不忍睹的病例。

病患是一位七十九歲的老榮民，上個月因為右側腹股溝疝氣住進泌尿外科病房，主治醫師是張承先。他在住院隔天下午就接受了疝氣修補手術，由總醫師帶著楊西源執行，過程十分順利，三天左右病患就出院返家休養了。

在一星期之後的門診追蹤時，病患已呈現體溫偏高的現象，整個人看起來非常虛弱。張承先打開他的傷口時，赫然然發現這位榮民伯伯相當會忍耐，腹股溝已經有了一個紅通通的隆起，仔細觸摸之下，發現它影響的範圍可能往上入侵下腹部，而且往下造成會陰部的疼痛。

於是張承先只得趕快將這位老榮民收住院，接受緊急膿疱切開及引流的手術，由於感染的面

積非常大，所以確定他是個「弗尼爾氏壞疽」（Fournier's Gangrene）的病例。

「弗尼爾氏壞疽」是一種經由細菌感染而來的「壞死性筋膜炎」，通常是感染到會陰部及下腹部深層的筋膜，造成缺血性的壞死；可能發生在接受肛門、會陰或腹股溝手術的病人身上，其病程常因患者的免疫力低下（如年紀大、糖尿病等）發展快速，所以致死率高。

老先生接受了大面積的皮膚切開以及引流膿疱後，照片上的他很可憐，睪丸因為陰囊被切開而懸吊在外，下腹部和會陰部像是被「片開」的魚體一般，即便是外科醫師看在眼裡都覺得觸目驚心。

目前他還是住在加護病房中，依然未脫離險境，因為感染造成的敗血症讓他不得不插上氣管內管接上呼吸器治療，不僅如此，每天還要進手術室，在全身麻醉的幫助下，清洗傷口和換上敷料，彷彿生活在煉獄裡。

楊西源在報告時，指著照片的雷射點明顯可以看出因為他的手不停顫抖而晃動，他的嗓門更因情緒不穩而打不開。

「楊醫師，速度可以再快一點，時間有限！」看到楊西源畏畏縮縮的報告，坐在臺上的鄧克超顯得不耐煩，催促他趕快加緊報告的速度。

「是……」楊西源的回話依然可以感覺出他的緊張與不安。嘴巴上是這樣說，但他的速度依然是拖泥帶水，看著螢幕上的幻燈片，雖然上面有文字的重點提列，臺下還是有些不知所云。

「不要再報告了，楊醫師，今天最主要的是你要提出自我的檢討報告，這個病人你犯了什麼可以改正的錯誤？如果重頭再來一次，你的做法會有什麼改進？」

鄧克超索性打斷楊西源的報告，希望他直接說重點，檢討自己的缺失，避免時間過久影響大家接下來的工作。

「我覺得自己只是對『腹股溝疝氣修補手術』這件事比較有興趣，對於老先生這個『病人』沒有太大的興趣。雖然我獲得張承先主治醫師及郭恩典總醫師的完全信任，將病人全權交由我負責，老實說，手術我確實做得不錯，但我仍然失職了。病患的血糖在手術前應該控制得差強人意，術前我並沒有將手術喊停，提醒郭恩典醫師注意。術後我又粗心大意，覺得傷口很漂亮，即使病患的血糖控制很差，還是草率將他安排出院，因此造成了這次的大錯，我對不起信任我的老師及病人。」

楊西源在說出這段話時，反倒是沒有任何停頓，而是用很平順以及懺悔的口吻講完，會場內的每個人相信都可以感受他的真誠與悔不當初，一時之間有了短暫的靜默，氣氛變得很凝重。

徐允文聽到楊西源在大庭廣眾下坦白地說出懺悔，心裡有著不捨與難過。看到一位如此優秀的後生晚輩，能卸下心中的防衛機轉赤裸裸地細數自己的輕忽態度，以及可以避免的過失，是需要相當大的勇氣。他非常感嘆，一位熱心積極、前途光明似錦的學弟，只因為小細節的疏忽而造成病人巨大的傷害，和他星期六徹夜所做的手術相比，楊西源並沒有那位方醫師的好運，要不是古朋晟的好心提醒，難保方醫師和楊西源不會有一樣的下場。

「楊醫師，感謝你這麼坦誠在大家面前承認自己的錯誤，身為你的老師也難辭其咎。為了希望你早日訓練成功，投入外科部的大家庭裡，我們只注重了你的技術養成，而忽略了重要的醫病關係，把照顧病患應有的細節擺在次要的地位，也因為我們的懶散，沒有好好監督，直接或間接造成了這個傷害……」

鄧克超語重心長說了這些話，語氣之中似乎沒有任何責備楊西源的意思，接著他又說：「外科是不完美的學科，所以每個外科醫師都一定會有犯錯的時候，而這正是外科所以可愛的地方，因為我們可以面對錯誤，超越自己，然後以完成治療患者為目的。只是這種超越是不斷行進的過程，直到完美的境界才會停止，不過這一天並不會到來，如果你覺得到來了，表示你會面對無止境的失敗……」

鄧克超講得感性，接著問道楊西源說：「你有從這件併發症學到教訓嗎？還有你的主治醫師有檢討嗎？」

「報告主任，老先生的教訓我會銘記在心，也謝謝張承先老師在之後都有帶著我替老先生換藥……」

此時的楊西源似乎已經釋放了壓力，講話的語氣回復之前的自信與鎮定。

「很好，相信你一定可以從這件事得到很棒的經驗。但主任要訓誡你的是，不要像剛剛報告開始時那種看起來懷憂喪志的樣子，因為哀悼已成過去的不幸，是招引新的不幸的最佳捷徑；你的問題在於埋頭苦幹，反而失去該有的判斷，才會變得狂妄自大，增加了犯錯的機會……」

鄧克超看著講臺上的楊西源，他緊咬著嘴唇，態度嚴肅地聽訓著。鄧克超示意他下講臺，自己也緩緩走上楊西源站的位置，這時全場鴉雀無聲。

「開燈，有些打瞌睡的應該起來了！」

鄧克超站定之後，指示工作人員打開會議室所有的燈，接著嚴肅地對下面的所有外科部人員說道：「做為你們這些年輕新進醫師的老師，我們有義務要帶領你們走出『失敗』的死蔭幽谷，就如同我們以前老師做的一樣。不過一碼歸一碼，這件事我會向醫院自請處分，不會因為患者是孤苦無依，沒有家屬的老榮民，不會有向醫院興訟的可能，就將這件事高高舉起而輕輕放下，泌尿外科朱文俊主任、張承先主治醫師及郭恩典總醫師在現場嗎？」

被點名的三位醫師，其實就坐在講臺的正前方，一聽到被鄧克超點到自己的名字，就馬上連袂起身。

「底下是我對這件事的懲處，朱文俊主任我會報請醫院記申誡一次，張承先主治醫師記小過一支，並且停止收療病患住院一個月；總醫師郭恩典必須再交由外科部人評會決定，而楊西源醫師降級一年，明年仍是以住院醫師第二年的資歷開始計算。」

鄧克超下達了最後的懲處，申誡記過即表示年終獎金會依規定打折，停止收療表示收入會減少，至於原先擔任完總醫師的郭恩典可能晉升為主治的希望不只延後半年，而且可能不保；至於楊西源好像被外科部留級一年，處罰相對較輕。

鄧克超詢問上述四個人，對於自己所提的懲處結果有沒有異議，他們四人異口同聲表示「沒有意見」。

現場此時異常安靜，連一根針掉下來都可以聽見，鄧克超神情嚴肅，用著堅定的眼神掃瞄全場，並沒有如同之前胡學恆向徐允文說的臨時點名，請被點到名的人發表意見。

「如果沒有人有意見，今天的會議就到此結束！」

鄧克超此話一出，讓緊張的氣氛得到舒緩，人群瞬間要解散時，一般外科主任董自強高舉右手不停晃動。

「董主任有任何意見嗎？」

鄧克超此話一出，現場急欲解散的人有些懊惱，只得暫時坐下來。

被鄧克超點到，董自強迫不及待起身發言道：「我覺得外科部在鄧主任的帶領下，一直都是個很有紀律的團隊……」

董自強維持一貫的高傲態度，雖然語氣上特別強調了「紀律」兩字，還是讓在場的人聽起來很不舒服。

「泌尿外科這件醫療疏失……嗯，我這樣說是有些不好，但我們還是要面對現實……嗯，我認為身為一個領導大局的人，一定要痛定思痛，釐清所有人的責任，而且這種責任的釐清，才會讓後續有關處理的原則有所依據，符合『比例』與『等同』原則。所以應該要報請醫院的人評會，由他們開會議處，而不是像今天這樣『四四六六』就算了。」

除了一開始講到「醫療疏失」有些口吃外，董自強說這些話是義正嚴詞，臉不紅氣不喘。

「什麼『四四六六』就算了！我給他們的懲處不夠公平、不夠公開、不夠公正嗎？」鄧克超聽到董自強的評論，火氣就上來了，講話開始有點大聲，不若平時內斂。

「不是這樣的，主任，您不要生氣，發脾氣對身體不好！我倒覺得您處理得還算公正，但是院方的人評會搞不好會認為過於嚴重了些。如果我們請人評會裁示，讓他們這幾位醫師能陳述自己的意見，一來可讓院方懲處有所依據，二來可杜悠悠之口，否則還不知道有什麼人會去外面說三道四，批評您護短呢！」

「是你自己會去外面說三道四吧！」

會議室內很多人的心裡都冒出了這句話，明眼人都知道董自強話雖說得漂亮，其實是想把事情搞大，讓朱文俊四個人好像被「公審」或是「凌遲」一樣。可惜鄧克超聽完他說這些冠冕堂皇的話，一時三刻也不知道如何反駁，於是臉色一沉，想先詢問其他人的意見獲得奧援，以堵住董自強的攻勢。

「吳主任，你覺得如何？」

鄧克超首先點了大腸直腸外科主任吳玉銘，是他的門生。

「看吧！開始點名了。」胡學恆用手肘碰了徐允文低聲說道。

「我覺得董主任分析的有道理，老師的處理也很公允……」

鄧克超微笑地點頭，正想問下一步準備如何時，吳玉銘又說：「至於如何處置，先問一下其他人意見也不錯！」

「唉！」鄧克超心裡嘆了一聲，很想翻白眼。

眾所皆知，吳玉銘是鄧克超卸下大腸直腸科主任，榮升外科部主任後的接班人。也許是鄧克超太過強勢的領導，使得他常常只能做應聲蟲，所以他會說出上述的結論，沒有人會意外，只是最後那一句沒有替鄧克超打圓場。

「唉！你這麼說不等於沒說！」

鄧克超的話引得底下的人一陣竊笑，接著他轉頭到另一方向，又問道：「神經外科陳主任，你覺得如何？有什麼意見說一說。」

聽到吳玉銘說得不痛不癢，鄧克超只得轉向詢問神經外科的主任陳國祥。他雖然不是外科部最資深的主任，但醫術不錯又懂得經營自己的形象與人脈，可說是北辰醫學院附設醫院的媒體寵兒，稱他是當紅的炸子雞也不為過。

只是陳國祥自視甚高，和各科主任互動很平淡，不過發言常是直來直往，不喜歡拐彎抹角，因此得罪過不少人。

「主任，您是大家長說話算話，不要再問什麼意見了。還有董主任，得饒人處且饒人，不要趕盡殺絕啊！」

陳國祥優雅地起身回著鄧克超的問話，還不時用手撥弄他一頭自然捲的長髮，可是「啊」得很大聲，語氣頗是不屑。

「什麼叫做『趕盡殺絕』？把我說成什麼壞人似的！陳主任，請你不要亂講話！」

陳國祥與董自強素無交集，兩人不合都只是檯面下的傳聞，如今為了懲處泌尿外科人員的事，陳國祥沒有什麼好忌諱的，第一次在眾人面前衝撞董自強。

「不要吵了，現在立刻散會，主任級醫師等一下全體由我帶隊，去找院長好好談談，其餘人等趕快回到工作崗位！」

深怕場面失去控制，鄧克超當機立斷宣布會議結束，以避免陳國祥與董自強的言語衝突擴大讓外科部其他同仁看笑話。

董自強難掩怒氣，鄧克超宣布散會時就急著想找陳國祥理論，吳玉銘見苗頭不對，立刻藉故拉住董自強想和他聊聊，讓他暫時無法靠近陳國祥。

陳國祥依舊是那付不想理會董自強的態度，拿起他手上的玫瑰金iPhone手機，假裝說著電話，跟著鄧克超離開會場。

3.

被鄧克超「趕出」會議室的徐允文與胡學恆，兩人並肩走在醫院的長廊上一直交頭接耳，深怕別人聽到他們談話的內容，這兩位從大學就是死黨，感情深厚超乎別人想像。

至於為什麼要神神祕祕，其實是胡學恆所要求的。

「同學，音量放低一點，免得有心人聽到我們的談話藉題發揮！」

「OK，我知道。」

徐允文心領神會，於是接著壓低聲音問道：「同學，幹嘛今大開會煙硝味如此濃烈？這些人幹嘛火氣那麼大？鄧主任的懲處很有條理，而且符合比例原則啊！」

「喂，你住在山洞裡嗎？不知道外科部……」

深怕自己太過激動，胡學恆強自鎮定，假裝低頭看著手錶然後又說道：「外科部主任要換人你都不知道？」

「我知道。可是，就算要換人也不要火氣那麼大嘛！人非聖賢孰能無過？」

「我說你到底知不知道什麼是重點？楊西源的事情不過是個幌子，董自強想藉題發揮而已！」

「藉題發揮什麼？別人家的孩子犯錯，大家長都出面指示了，還在那裡鬧什麼？」

徐允文還是不知道有什麼道理潛藏在裡面，讓胡學恆急得插話說：「現在最有可能接外科部主任的人選是兩位最資深的科主任，朱文俊和董自強。你想想看，朱文俊手下的人捅了個『馬蜂窩』，董老虎會放掉這塊到口的肥肉？放掉修理朱文俊的大好機會？」

經由胡學恆的提醒，徐允文了解其中的緣故，但仍然有想不通的地方，不由得隨口問道：「平常是董老虎看人不順眼，今天挫了一下朱义俊的銳氣可以理解，但是陳主任為何要下來淌這攤混水呢？」

「那你就有所不知了！陳主任搞不好是隻大黑馬也說不定！董事會裡有某些人，還有包括他們的家屬，有幾個人被他開過腰椎或頸椎的手術，效果都很不錯。另外董事長的親家母還常找陳主任嗑瓜子聊天呢！所以他怎麼可以放過修理董主任的機會，他也想揚威立萬啊！」

「我看你這個包打聽，好像就在他們的旁邊似的！外科部主任就由你來接手好了！」

徐允文取笑著胡學恒，之後他想起了一件事，接著問道：

「陳主任的罩門是錢和女人，我看遲早會有人拿出來做文章，搞不好他哪天會成為數字周刊的封面也說不定？」

「你也蠻八卦的，同學！說不定你會去起他的底，到時候不要忘了提前告訴我哦！哈哈……」

胡學恒不禁笑出聲來。

「喂，不要亂說話，想陷害我的話，我搞不好先向數字周刊起你的底讓你幹不下去……」

徐允文玩笑話還未說完，他的手機忽然響了起來，一看是加護病房的電話號碼。

「徐 sir，你要不要來加護病房看你的患者？問題蠻嚴重的，老太太的下肢好像完全沒有知覺了……」

電話的那頭值班住院醫師甚為著急，語氣讓徐允文聽起來有些膽顫心驚，只能暫別胡學恒，三步併兩步走向心臟外科加護病房，深怕那位接受緊急手術的患者出問題。

老太太雖然恢復迅速，沒有多久就開始進食，但值班醫師在替她滲血相當厲害的筋膜切開傷口換藥時，發現她兩側下肢知覺很差，甚至已無法自由移動。

徐允文依邏輯判斷，應該是她背後那條硬膜外麻醉細小的留置管惹的禍。原本在手術完成後，它就應該被移除，但徐允文體恤患者接受筋膜切開手術的面積太大，換藥時必須使用大量鎮定止痛劑，容易造成人昏昏沉沉，所以決定留了下來。因為在換藥時，直接由此追加麻醉藥，可以減輕病患的不舒服。

只可惜上述管路的留置可能造成局部出血而壓迫到下肢的脊椎神經。基於這樣的疑慮，徐允文立刻召集家屬來解釋病情，並請值班住院醫師安排了電腦斷層檢查，在結果出來之前他還親自撥電話給神經外科的值班醫師，這個人不是別人而是陳國祥。

接到會診電話的陳國祥語氣非但沒有任何不悅，反而非常高興直說很快就會到。徐允文感到有點訝異，惡名在外的他通常不願意看緊急會診，都是指派總醫師代打，所以知道這個潛規則的都不會打電話給他，而是乾脆聯絡總醫師即可。

徐允文會打電話給他只是基於禮貌性的舉動，因為老太太處理不好搞不好會有醫療糾紛，他只是想提醒陳國祥有這種可能而已，沒有想到不待他說明，陳國祥即喜出望外說要立刻來看會診。

原來在外科的會議之後，所有科主任都到了鄧主任的辦公室，但咄咄逼人的董自強先打了電話向李院長告狀，於是院長聯絡了鄧克超之後，一行人全部都到了院長室集合。

董自強得理不饒人的態度是全院出了名，尤其這種性格在急欲爭取新任外科部主任人選的心態下，更是被推波助瀾。在他的盤算裡，這可是羞辱主要對手朱文俊的好方法，也是兵不血刃挫他銳氣的大好機會。

可惜除了董自強和鄧克超之外，在院部會議室裡的其他科主任並不希望這件事和自己有何牽連，尤其是陳國祥更不想和董自強在院長面前打爛帳，他在外科會議室的那番話，只是配合鄧克超演出，希望堵住董自強的嘴，只是自己的措詞有問題，反而公親變事主。

陳國祥最大的顧忌是院長李瑞麟，畢竟他是董事會前的紅人，如果自己和董自強在他主持的協調會上大幹一場，留下了不好的印象，可能會影響他及董事會對自己的觀感。

陳國祥的判斷是有些失準，雖然李瑞麟的輩分比鄧克超小，甚至和董自強相差無幾，但今天能爬上這樣的位置，自然不是省油的燈，他先讓鄧克超暢所欲言，把事情原委和處理意見陳述後，然後回應道：「鄧主任，這樣的處罰是不是重了一些？是否有違外科慣例？」

聽完李瑞麟的感想，鄧克超說了自己重視的部分：「院長，其實我覺得懲處還算中肯，至少比我當初受訓練的年代還輕了許多。處罰應該不要讓那位年輕的住院醫師楊西源臉上掛不住，我希望他還可以忍耐現在的情況繼續幹下去，不要因為今天的小疏失而斷送日後寶貴的前途，我的決定其實很痛苦……」

「小疏失？事情還沒有結束呢？病人還可能因此喪命，一條人命的價值有那麼小嗎？主治醫師、主任不應該負擔更大的責任嗎？不要只讓個小小住院醫師承擔最多！不要忘了，職務愈高者愈要負起監督的責任！」

董自強按捺不住心中想說話的欲望，認為會議室裡不該只有李瑞麟與鄧克超的對談，只好急著插話。

「董主任，尊重一下鄧主任好嗎？等一下自然有你講話的機會，幹嘛急著插話？」

從外科部會議室到院部的討論，一直保持沉默的心臟血管外科主任黃世均，終於不由自主加入戰局。

「那你要說說話、評評理，不要先是不吭氣，最後又來堵我的發言。」董自強也不客氣回嗆。

「我不表示意見就是同意鄧克超主任的決定！如果你不同意我和鄧克超主任所說，那可以請院長裁示用舉手表決就好啊。」黃世均也不甘示弱回話。

黃世均是外科部資歷僅次於鄧克超的科主任，只因為在美國長期進修，擔任心臟外科主任一職時，在時間上已經落後了董自強與朱文俊，在外科部主任的爭奪戰中，年資這一關就已經輸一著。這位素有外科部「孤鳥」之稱的他，只是潛心學術研究與照顧病患，自然不會給外界有企圖「更上一層樓」的欲望，只是今天在李瑞麟院長前對董自強開炮，不僅是頭一遭，也跌破在場所有人的眼鏡。

「看來我要對黃世均學長另眼相看了！」陳國祥自忖道。

「好了，兩位大主任，稍微降點火氣，讓我說句話！」

李瑞麟眼看兩位科主任可能槓起來，終於打斷他們的對話，先奪回會議主導權，接著又說：「各位大主任，我是內科出身，恕我不懂什麼是外科常規與倫理，所以對於鄧主任的懲處，適不適當一下子沒有什麼定見。但身為一院之長，虛占了這個位置，就不能有鴕鳥心態，只求事情不能擴大，『盡量大事化小，小事化無』就是很不負責任的行為。因此我對鄧主任能有道德勇氣，秉公處理這件外科病患的併發症一事，心裡覺得很佩服，因為他算是分擔了我極大的責任與義務……」

李瑞麟不愧有領導人的風範，一席話就先讓現場劍拔弩張的氣氛先降下溫來。

他環顧所有與會人員看到了董自強仍是繃緊著臉，一付火氣還是很大的樣子，於是就對著他說：「我想，董主任，你一定是有很多話悶在肚子裡面，那你就好好說一下！」

董自強見機會難得，立刻將準備好久的話說出來：「報告院長，我覺得這件事有討論的空間，不應該只讓年輕人負擔最大的責任，而讓督導的師長有逃過一劫的感覺。主治醫師、科主任應該勇於面對，承擔更大的責任，這件事如果發生在我的科內，我會一肩挑起所有的責任！」

「媽的，想宰朱文俊就大聲說吧！不要在那邊假道學，吱吱歪歪的！」

陳國祥心中暗罵著董自強，他本來有些話也想接在黃世均的後面說，但是看到李瑞麟出面而作罷。

而在此時，陳國祥接到徐允文的會診電話，平時很痛恨這種會診的他，此時卻有了一個很好的理由可以儘速離開這個是非之地。

陳國祥因為急會診而打斷會議的進行，讓現場因為董自強發言的緊繃得到緩解，可是等到陳國祥離席後，董自強依然是一付如鯁在喉的模樣，急著搶回發言權，李瑞麟卻示意他稍等一下，因為他也有話想說：「我覺得今天的會議到此為止好了，聽了大家的說法，我心裡也有個底了，請各位大主任給我點時間，但不會很久，我很快會給大家、甚至全院有個合適的交代。對於這件事，我不得不說出我心中的感想，請各位大主任回想一下這輩子到目前的行醫過程中，是否也曾經犯下需要檢討改進的錯誤呢？至少我捫心自問，自己也做了不少糗事，甚至有的還造成病患的人身傷害！我覺得犯錯不可怕，而是犯錯之後，我們用了不正確的態度來面對它，甚至在同一件事情上一錯再錯。還有，你們對待患者是否能用『視病猶親』的態度呢？如果覺得上述我說的都做到了，再來建議我怎麼做！」

和之前的緊繃相比，現場的氣氛被帶到一種內省的嚴肅氛圍裡，董自強聽到這番話也不好意思再說什麼。

「醫學本來就是有瑕疵的科學，在我們的工作內容裡，若有百分之百的成功，是『老天爺的恩賜』，不是單純良好的技術就可以過關。也正由於這種不完美，我們才會經由一而再、再而三的檢討，增進自己的智慧與經驗。因此，犯錯的重點不是處罰，而是犯錯後力求改進的態度，如果據此提醒自己，那我講的『老天爺的恩賜』就會出現。」

李瑞麟語重心長說出這段話，在場的人聽了都有所感悟，接著他又說：「我這樣說，不知道誰還有意見，不要客氣！」

幾乎在李瑞麟說完話的同時，所有人都轉頭看著董自強，而他終於放棄再度發言的機會。

「如果沒有人要說話，就換我發表一些題外話……」

聽到李瑞麟如此說話，在場的人都有些奇怪，眼光都向他的方向聚集。

「不管今天有什麼衝突，我希望大家都秉持著一家人的想法，不要為了一些煩心的事而傷了彼此的和氣。我並不反對大家關起門來拍桌子大小聲，但是在公開場合撕破臉，我覺得不管對誰都是得不償失……」

李瑞麟意有所指，董自強聽到他這麼說臉色頓時有些變化，不敢和他的眼神有正面交鋒。

「尤其最近是繼任的外科部主任遴選階段，更不要讓外人看笑話……」

李瑞麟話中有話，用著詭異的眼神看著所有的人，然後語重心長地說道：

「昨天董事長才剛找我去，原本要另外約時間找大家談，今天剛好有些機會，我就趁此難得的機會講一下。」

李瑞麟講到這裡看著鄧克超，兩人眼光交會之中彼此心領神會，顯然鄧克超事前知道董事長找李瑞麟的事。

「董事長最近為了遴選新任外科部主任的事很心煩，因為截至昨天為止，他的祕書小姐已經轉給他七、八封密告的信件，在座有幾位科主任都是主角……」

李瑞麟的說法讓所有人都露出十分緊張的神情，很在意他接著要說的話。

「董事長叫我傳話，雖然他的祕書小姐不敢擋下別人寄給他的信函，但是他特別表明，『沒有具名的信件』他是不拆開就直接丟廢紙箱，管它裡面是多麼罪證確鑿的事。他的家族有人是白色恐怖的受害者，自然很痛恨黑函，不過他並沒有在公開場合講過，為的就是怕有人亂搞，底下的人知情不告。」

李瑞麟的話深深觸動在場所有人的心，氣氛一下子變得很嚴肅。

「剛剛提到的七、八封黑函，大概和這次新任外科部主任遴選有很大的關係，可惜全都沒有具名，董事長一概不受理。」

李瑞麟講完話深吸了一口氣，看著面前的人都是表情嚴肅、正襟危坐，為了緩和一下氣氛不禁笑著說：

「大家不要那麼嚴肅，其實今天我還要分享這二十年跟著董事長的心得，不過話說在前面，出了這間會議室我不會承認說過這些話。」

鄧克超首先露出微笑，鄭正雄也被傳染，而其他的人雖然沒有跟著做，但表情顯然已經輕鬆很多。

「我跟各位說，董事長喜歡的人，又或者說他會給予機會表現的人有三個條件：第一個是能替這家醫院賺錢的人，這是首要條件，也是最重要的條件；第二是他也愛手腳乾淨的人，所以醫院的大型標案以前都是他主持，現在他年紀大了，把責任交給自己的人兒子，也就是我們醫院管理部主任，大家要記住，吃這家醫院的錢就等於吃董事長的錢。」

李瑞麟所說的前兩個條件，其實大家早就心知肚明。早期健保自費品項沒有那麼多的時候，醫院的紅人大都是業績嚇嚇叫的科主任，所以幾乎什麼手術都開的一般外科是醫院的明星，董自強之前的主任方有志，就屬於這樣的人物。原本他是外科部主任的大熱門，後來因為收受廠商紅包，對採購手術內視鏡標案上下其手才黯然離開。

「第三個條件，雖然比較不重要，但一定有加分的作用，那就是可以替醫院工面形象打廣告的人機會一定比較多，所以我和鄧主任都是因為這點而加分。」

李瑞麟講的直白也說出了重點，他是最符合這三個條件的人。除了努力創造心臟內科的業績，大量使用塗藥的冠狀動脈支架、自費的心臟節律器等等的「賺錢」品項，擔任各大醫學會的理事長外，更重要的，他是達官顯要還有名人首選的「大國手」，當上院長自然沒有任何意外。

至於鄧克超因為投入大腸直腸癌研究早已蜚聲國際，這幾年國家投入四大癌症篩檢，一下子多了不少大腸直腸癌的病例，所以患者門庭若市，替北辰醫學院及附屬醫院創造了名聲與財富，才讓他可以擊敗手腳不乾淨的方有志當上外科部主任。

「好了，言盡於此！如果沒有意見，大家解散了！」

李瑞麟結束會議，大家魚貫走出院長室旁的會議室，氣氛已不復之前緊張，每個人心中各自盤算著，並沒有什麼交集。

倒是鄧克超感激地看著李瑞麟，兩人一切盡在不言中。

4.

陳國祥在看了徐允文病患的電腦斷層片之後，臉上並沒有什麼特別的表情，倒是徐允文在旁邊急如熱鍋上的螞蟻，希望他快開金口，說明患者的情況。

「應該是使用硬膜外麻醉的管子造成的。它在進入腰椎附近產生了局部的血腫，使得脊椎神經有壓迫的現象，讓病患看起來半身不遂。」

陳國祥指著電腦斷層片上有局部血腫的位置，這點和徐允文判讀的結果是一樣的。

「病患還在使用抗凝血劑嗎？」陳國祥問道。

「對，為了保持剛接通的血管能夠暢通，我用了點 heparin。」

「Heparin 可以停掉嗎？沒有停掉血腫不但不會消，可能還會擴大！」

陳國祥提醒徐允文，他回答剛剛看到電腦斷層片時就心裡有數，所以就停用了，而且還打了肝素的擷抗劑（即解藥）。

「停了就不要再用了。既然拔掉管子，又打了 heparin 的解藥，大概等一個星期血腫慢慢吸收之後，病患應該可以恢復正常！」

「要一個星期那麼久嗎？」

徐允文語氣充滿了失望，陳國祥看到了之後，反而一派輕鬆勸道：「徐主治，病患又不是不會好轉。往好處想，這段時間她的腳沒有知覺，在換藥的時候就不需要再給她什麼額外的止痛劑，這可是和你當初要留置管子的效果是一樣的。」

徐允文沮喪的並非只有患者的腳而已。他心裡感嘆的是為何收了這個爛攤子，什麼莫名其妙、稀奇古怪的事都讓他在這個病患身上遇到，所以聽到病患會好轉的說明，他實在快樂不起來。

陳國祥看到徐允文很沮喪，為了替他打氣，於是搭著他的肩膀說：「幹嘛！徐主治，你的手術做得很成功啊！發生這種無可避免的併發症，只要病患能夠恢復沒有什麼好沮喪的，稍微難過幾秒鐘就好了。我們醫生不管內心的緊張與苦痛是如何，微笑面對病患與家屬，讓他們感覺醫師始終是信心滿滿、英姿勃發，他們也會比較不緊張！」

陳國祥平時並不是如此體貼細心的人，只是今天徐允文的會診如及時雨讓他可以提早離開院部會議室的火藥庫，順理成章不用再看到董自強那囂張與咄咄逼人的嘴臉，他想到心裡就快活，這種高興也感染到對待徐允文的方式。

「覺得不好啟齒解釋病情嗎？我們一起去見家屬，脊椎神經壓迫的事就推給我解釋，憑我的功力，不只家屬不會誤解你還會感謝你，走……解釋去！」陳國祥就拉著徐允文往加護病房外走。

一看到徐允文與陳國祥出現，焦急的家屬一擁而上，讓他覺得人數似乎又比之前多了一些。他稍微解釋了一下，就介紹陳國祥給家屬們認識。

老練的陳國祥不愧是平常做秀慣了，很快就用淺顯易懂的名詞解釋和比喻，加上生動的肢體語言，讓心急如焚的家屬了解老太太為何有如此的併發症，徐允文一旁看了不僅自嘆弗如，當然更從中學得了不少說話的技巧。

「有時候醫師救人也必須承擔很大的風險。但也不能因為風險大就畏懼不前，病人有放棄的權利，但是醫師沒有，如果連醫師都縮手了，那患者絕對是沒有任何希望。像徐主治醫師為了保留老太太的腳而徹夜未眠，是拿他的命來換病人的腳，考慮到病人不適合危險的全身麻醉，採用了較安全的方式，而且更好心將管子留下來可以追加麻醉藥，讓她不會使用嗎啡過量，用心良苦啊……」

聽到嗎啡過量，家屬的心糾結了一下，思緒全被陳國祥拉著走。

「所以是抗凝血劑造成管子旁的小出血，產生血塊壓迫了脊椎神經，老太太因此看起來像是半身不遂，但管子拔掉等到抗凝血劑藥效過了，一定愈來愈好……」

陳國祥的聲音充滿自信，聽起來彷彿有種魔力，全部的家屬很快就能了解他的病情解釋，以及徐允文的用心良苦才會造成如此的局面，他們臉上焦慮的神情逐漸有鬆一口氣的感覺。

徐允文不得不佩服陳國祥個人特有的魅力，了解為何在醫院的內外他有眾多的粉絲，真是百聞不如一見。只是他這個人徐允文還是有些意見，畢竟醫院內對他的評價不全然都正面看待，負面的批評始終沒有斷過。

例如，為了自己遠房的表舅需要動腰椎手術，徐允文才和原先不熟的陳國祥有了進一步的接觸，讓他傳說中的另外一面得以現形。

不知道是透過何種方式打聽，徐允文遠在南部的表舅，因為腰痛去醫院檢查，得知需要做脊椎手術時，就輾轉來到北辰醫學院附設醫院陳國祥的門診，結果得到一樣的建議，必須接受手術治療以解決他多年下背疼痛的困擾。

透過某位親戚的牽線，這位和徐允文關係有些遠的表舅親自拜訪了他，希望能得到一些指點，需要什麼樣的禮數才能讓自己的手術排程快一些。

對於表舅的要求徐允文表示愛莫能助。他事實上也是真的不知道有什麼禮數，不過他還是親自見了陳國祥，當面提出了表舅的需求，最後陳國祥似乎很給徐允文面子，很快就安排了手術。

一開始徐允文還真覺得是自己關說的功勞，然而在表舅出院前的一番閒聊裡，徹底粉碎了這種「自我感覺良好」的假象。

「阿文，明天我就要出院了，這次真的謝謝你！」

表舅的談話最先是擺出感謝的樣子，沒有料到他接下來話鋒一轉，說出了徐允文震驚的內幕。

「阿文，阿舅不會讓你丟臉的！」

徐允文聽不懂表舅的暗喻，只能不解地問道：「丟臉什麼？阿舅，你來開刀幹嘛會讓我丟臉？」

「當然沒有丟臉啊！我在你牽線之後沒多久，在開刀前就包了一些禮數給陳主任，所以手術很快就安排好，結果我是相當滿意！」

「啊！包紅包嗎？」徐允文驚訝地問道。

「你明知故問嘛?!你們這家醫院私下的規則你不知道嗎？」這下子反而是表舅感到驚訝。

「我是真的不知道！」徐允文像洩了氣的皮球一般。

「你是怎麼混的，你和陳主任是同一家醫院嗎？」表舅取笑著徐允文，口氣中充滿揶揄。

「阿舅，我是心臟血管外科，陳主任是神經外科，本來就是『隔科如隔山』，當然不知道陳主任有什麼規矩與禮數。」徐允文辯白道。

「怎麼會，價碼都寫在你們醫院的牆上，連醫院排班的計程車司機都知道，我給陳主任的比基本價碼還高一些呢！哈哈！」表舅此時開心笑著，彷彿在笑著徐允文。

「怎麼會？那你怎麼送的？」徐允文還是嘴硬，不想承認這個事實，繼續問道。

「你還年輕，等你以後成為鼎鼎大名的外科醫師之後，你自然就會有屬於你的規矩。記得阿舅的話，價碼隨便問都可以查到，更重要的是『錢有腳，自己會走路』，會神不知鬼不覺走到喜歡它的人身上。」

徐允文永遠不會忘記和表舅的那段談話，尤其最後表舅所說的「錢有腳，自己會走路」的理論，深深烙印在心裡。

所以，當他聽到胡學恆所說的，陳國祥是外科部主任接班人選的人黑馬之一，他從不看好。他相信總會有人設法找出和陳國祥在手術前有對價關係的病人，利用他來扒糞，把「收紅包」當成是個醜聞來操作打擊陳國祥。

5.

為了外科部住院醫師成立的，以「一般技術訓練」為目的的動物實驗室，終於在兩個星期後由鄧克超帶領所有同仁參觀，作為象徵的「啟用儀式」。

徐允文幾週的辛勞與疲憊逐漸開始慢慢釋放，他靠著努力工作試圖沖淡在處理「幫派鬥毆事件」病患的挫折，與夏美美分手的情傷，雖然那位接受徹夜緊急手術的老太太曾讓他心情跌落谷底，不過誠如陳國祥的預測，她已逐漸恢復知覺與動作，還可以站在床邊和他打招呼。

鄧克超要來巡視動物實驗室的命令下達，徐允文沒有覺得是壓力，反而覺得是種解脫。「工作」與「醫療」兩方面的折磨在動物實驗室啟用的今天，終於取得一個穩定的平衡。

象徵性的啟用儀式當然沒有什麼剪綵、照相或雞尾酒會等慶祝活動，充其量只是將所有人集合在一起參觀動物實驗室的設備，鄧克超卻將這件事情視為外科部「團結」的大事。

鄧克超的「要求嚴格」在醫院是出了名的，所以參觀動物實驗室的前夕，最緊張的莫過於總醫師胡學恆，他在當天約定時間於動物實驗室門口清點人數時，發現少了神經外科主任陳國祥以及心臟血管外科主任黃世均。

胡學恆努力撥著手機找陳國祥和黃世均，發現他們兩人不約而同將手機關掉，只能聽到語音信箱的留言。看到鄧克超遠遠走來，他急如熱鍋上的螞蟻，不知如何是好。

「該到都到了吧？」

一到動物實驗室門口鄧克超劈頭就問胡學恆，他只好老實回答陳國祥與黃世均未到，無法聯絡到他們二人。

鄧克超聽到胡學恆的回答起先是愣了一下，最後竟然催促著胡學恆，趕快帶著大家參觀動物實驗室。

「大家時間有限，不要拖拖拉拉，以免影響後續工作！」

胡學恆只能謹遵鄧克超的命令，不過他心裡卻有說不出的怪。做事一板一眼的鄧克超，對於平時不遵守他指示的同仁都會親自撥電話詢問，不會像今天一樣，對黃世均與陳國祥兩人睜一隻眼閉一隻眼。

撇開了這個心底的疑問，胡學恆領著鄧克超和所有同仁先進到一樓的空間。幾張陳舊的手術臺已經就定位擺設完畢，上面也陳列了很多堪用的手術器械，至於靠著牆邊的置物櫃，則有醫院手術室無償給予的過期縫線與相關的醫材。

鄧克超似乎很滿意這樣的擺設，同時也環顧四周，對於這幢老舊建物可以被整理得如此清潔整齊，不由得頻頻點頭，還問著胡學恆說：「整理這裡一定很辛苦，耗掉大家不少休息時間吧？」

「這都要謝謝徐允文主治醫師安排妥當，以及所有學弟妹通力合作才會有今天的結果！」胡學恆趕忙拉著身旁的徐允文一起向鄧克超邀功。

「很好，很好！謝謝你們了！」

鄧克超除了當面向徐允文與胡學恆握手致意外，一面也對著身後跟著他的年輕住院醫師群點頭致謝，接著又問道：「每個住院醫師都有排定時間來這裡練習吧？」

「有，而且還有多位熱心的主治醫師都自願撥空前來指導，尤其是胸腔外科鄭正雄主任，特別請廠商提供胸腔內視鏡手術的練習模組，免費給住院醫師練習！」

徐允文的回答讓鄭正雄的用心給了鄧克超相當強烈的印象，其他沒有伸手幫助的科主任相較之下就黯然失色。

「鄭主任，你在哈佛學的那一套技術可以在此施展，不藏私教給後生小輩們嗎？」

聽到鄧克超的問話，鄭正雄充滿白信地回答道：「主任，我盡量。廠商答應無償提供我們練習用的模組和器械，不只有胸腔鏡的部分，連腹腔鏡也可以，不知道董主任願不願意共襄盛舉呢！」

「ＯＫ！ＯＫ！沒有問題！」被鄭正雄拱出來的董自強，也只能滿口答應。

「只是使用的時間有限制，要請大家先向胡學恆登記。當然，不只是我，只要願意分享經驗的主治醫師都可以來！」

鄭正雄的話讓所有年輕的住院醫師們眼睛都亮了起來。這位溫文儒雅，北辰醫學院附設醫院最年輕的科主任及教授，最近幾年才從美國哈佛醫學院進修回國，專長是胸腔各種微創內視鏡手術，做得又快又好。更難能可貴的是師承哈佛醫學院米尼茲教授的他，也投入很多時間在研究工作上，目前是外科部所有主治醫師裡，論文在國際知名醫學期刊出現最多的一位，堪稱文武雙全。

「很好，很好，各位主治醫師或科主任要多向鄭主任學習，如果大家能保持這種傳承的精神，我們未來的發展是無可限量，可以和公立的醫學中心相抗衡！」

鄧克超的稱讚讓其他的科主任又被比下去了，心情上難免受到一些影響。在場為數最多的住院醫師知道有內視鏡手術的訓練模組，心裡早就盤算著要如何搶頭香登記練習的時間，免得失之交臂。

這裡面只有楊西源一人悶悶不樂，始終板著臉跟在人群的最後面，看在張承先眼裡覺得有些難過與不捨，於是主動和他走在一起聊著，算是給他打打氣。

看完一樓的設備之後，鄧克超一行人又被胡學恆帶領往二樓。

「二樓又有什麼把戲？」鄧克超有所期待地問著。

跟著胡學恆往二樓，映入大夥兒眼簾的又是另一個天地，正中央放著幾張舊辦公桌拼湊起來的大桌面，一面白板擺放在旁邊，而靠牆的位置也排放著很多鐵製的置物櫃，看起來破舊，但仍堪用。

「這地方是做什麼用的？」鄧克超問著胡學恆。

「這裡的空間除了可以利用成為開會的場地外，更是不定期和學弟妹討論外科技術與做期刊報告的地方，這是徐允文主治醫師的主意。如果還有多餘的時間，其他的主治醫師也可加入，不只可談談期刊新知，也可以提點教科書的重要部分，畢竟這對學弟妹考次專科醫師很重要。」

胡學恆口裡的次專科醫師考試是臺灣仿照美國的訓練制度，可是自成一格。基本上醫學系的學生畢業後，如果選擇了外科，必須要接受四年的混合訓練，到每一個分科擔任住院醫師，待四年期滿才可能參加「外科專科醫師考試」，及格之後可以選擇各個次專科，如整型外科、一般外科、心臟血管外科等等，以各個次專科學會規定的年限參加「次專科甄選考試」，因此外科的訓練相對上來說，是比較冗長的。

「設想得蠻周到的，比我原先想的多！」

鄧克超忍不住稱讚著，隨後他走到牆邊的置物櫃前面，一面打開並詢問著：「這些置物櫃堪用吧？」

鄧克超在靠近置物櫃時，徐允文和胡學恆兩人心裡就暗叫不好，最後他們倆最擔心的事情發生了。

「咦，怎麼會有這些盒子？」

鄧克超發現其中有兩個置物櫃並不是空的，分別各有一個黑色長方形的盒子，一大一小，裡面似乎裝著樂器。

「報告主任，這是我的小喇叭和徐允文主治醫師的薩克斯風，我們兩個把它們先暫時存放在這裡。」

「放在這裡幹嘛？替那些被實驗的動物吹送葬音樂嗎？」

鄧克超的話讓氣氛一直很嚴肅的現場瞬間爆出笑聲，而被發現私藏樂器的徐允文才不好意思開口說：「報告主任，我們的樂器吹起來很大聲，這裡鳥不生蛋、人跡罕至，我們在動物實驗完成後，可以在此吹奏樂器抒發一下壓力！」

「你們犯了嚴重的『公器私用』哦！我怎麼知道你們會不會在這裡開搖頭趴呀？」

鄧克超假裝很嚴肅，不過語氣可以聽得出來他也快要笑出來。

「不是啦！主任。我和徐允文主治醫師在大學時都是管樂社成員，最近都很想把樂器拿出來玩一下。我們吹奏的聲音太吵，剛好這裡地點適中，所以想利用一下，最多只會吵到隔壁的太平間而已。」胡學恒的回答又讓現場爆出笑聲。

「你們的行為不能原諒，似乎告訴別人我們外科部折磨你們太多，必須要抒發心中的鬱悶。被我打壓只能吹奏音樂給死人聽，哈……」

這次鄧克超再也忍不住跟著笑出聲音來，但隨後接著說道：「不過沒有關係，有正常抒壓的管道都是好事，不要去喝酒玩女人就好了！」

鄧克超隨口說的讓現場爆出更大的笑聲，眾人的心裡都知道他意有所指，認為是他趁著陳國祥不在藉機會取笑他，因為他不只喜愛品酒，身旁的女人是一個換過一個。

「不過，不能這樣輕易放過你們……那我要求你們兩人在下個月的外科部迎新餐會表演小喇叭PK薩克斯風，大家說好不好？」

前次的笑聲方歇，鄧克超又神來一筆提此建議，嚇得胡學恆與徐允文連忙說不，但鄧克超不想放過他們，於是又提議道：「要不然挪到尾牙餐會好了！離現在還有好幾個月，夠你們兩個練習了吧？」

眼看無法拒絕，徐允文與胡學恆兩人只能硬著頭皮接下這個任務，算是管理動物實驗室外另一個「從天上掉下來」的禮物！

6.

在動物實驗室開張的當晚，趁著是週末徐允文為了能抒解這幾個星期來的壓力，還有慰勞平日辛苦的住院醫師及加護病房幾位護理人員，於是做東請客找了胡學恆一起到臺北市林口街的熱炒店吃晚飯。

那天接受徐允文緊急手術的老太太真如陳國祥所言，恢復神速，已經返家療養。其中最大的助力，除了值班的住院醫師之外，當然還有時時盯著老太太狀況的護理師，因為病患手術完之後狀況不斷，著實也累壞了所有工作人員，甚至有護理人員說，她比開完心臟手術的患者還難照顧。

徐允文為了不讓場面冷清，特別請胡學恆作陪。他知道自己並不是很會帶動氣氛的人，平時喜歡插科打諢的胡學恆到來，應該能賓主盡歡。

「我向各位在場美麗的天使們報告一個馬路消息……」

這樣做有一定的風險，在菜餚上到一半，頻頻勸酒的胡學恆向他們吐露了一個天大的祕密。

胡學恆如此說時，大家都暫時停止動作看著他。

「我，胡學恆，已經死會了，明年就要結婚了！」

「嗟！說什麼屁話，提早叫大家開始準備紅包嗎？」徐允文不屑地說道。

「你才是說什麼屁話呢？你……你站起來！」

胡學恆拉起了徐允文，然後對著護理人員說：「大家看一看，徐允文主治醫師帥不帥？」

「帥！」在場的所有人，包括那些護理人員，異口同聲笑著說。

「你站好！」

徐允文使了個白眼，胡學恆不禁糾正他的站姿然後說：「大家都稱讚你，你什麼態度……」

徐允文不想理胡學恆，正準備坐下吃飯，卻又被胡學恆拉了起來。

「不准坐，在沒有說出這個馬路消息時，你不可坐下，要讓大家好好看清楚你這個人。」

「幹什麼？吃飯就吃飯，耍什麼猴？」

聽到徐允文回話得很不耐煩，胡學恆終於說出那個所謂的馬路消息。

「各位護理人員，我在此鄭正宣布，徐允文主治醫師在幾個禮拜前就和女朋友分手了，大家又都有機會了！」

胡學恆做了切斷的手勢，沒有想到在場除了住院醫師外，幾個護理人員忽然發出了詭異的微笑，都將臉朝向同一位護理人員，讓她不由自主紅了臉，大聲回應道：「你們看什麼看，干我什麼事？」

「你們……誰說說看，這到底怎麼回事？」

胡學恆一時之間想不出個道理，只好要求在場的護理人員解釋，沒有想到大家笑得更詭異，於是他單刀直入去問了被大家行注目禮的護理人員。

那位女生叫許秀穗，是加護病房的小組長，算是今天徐允文所請的護理人員中位階最高的。

「許秀穗小姐，能不能請問妳，為什麼大家要看著妳？」

搞清楚她是許秀穗後，胡學恆得理不饒人，繼續追問著她，讓她不得不嬌羞地低下頭。

「徐主治，你的動作要快點，秀穗聽說要回南部了，只有你能將她留下來。」終於有人開口替許秀穗回答。

「怎麼會？秀穗是真的嗎？」徐允文很驚訝，不禁問道。

許秀穗緩緩抬起頭，臉頰因害羞而泛紅，勉強擠出聲音道：「對，我正在考慮？」

看到與平日在加護病房中看到的強悍形象不一樣，加上她又說出令他驚訝的答案，徐允文心頭忽然覺得酸酸的。

這位許秀穗是心臟加護中心的護理員，幾乎和擔任住院醫師的徐允文一起加入心臟血管科的團隊，距今大約有七、八年的時間。她原先畢業於南部的護理專科學校，畢業後短暫在當地工作，隨後因為哥哥北上開公司，她才隨同來臺北找工作，被北辰醫學院附設醫院錄取之後就沒有再轉換工作地點。

雖說是只有專科的學歷，但許秀穗在工作上的優異表現並不輸給任何一位大學畢業的護理師。不只如此，由於她的精明幹練，很快就獲得護理長的賞識，除了升任為小組長，幾乎這幾年加護病房新進人員的訓練都是交給她負責，所以提到許秀穗，大家普遍的印象是屬於強悍、而且人人忌憚的「小辣椒」。

由於是和徐允文一起在心臟血管外科的加護病房中成長，她和徐允文的感情也異於其他人。只是徐允文知道輕重，一直視她為工作上的伙伴，不敢有任何不必要的遐想。許秀穗不一樣，在徐允文面前雖然表現正常，但明眼人都看得出來，她心裡可是非常喜歡徐允文。

徐允文有女朋友的這幾年，許秀穗的表現就比較收斂一些。同事們都知道她一直對徐允文懷抱著不一樣的情愫，或許她等著有朝一日，徐允文會認真考慮到她。

大概是加護病房的工作日趨繁重，加上遠在南部的雙親健康上有些問題，讓許秀穗認真考慮到要回老家，頻頻向工作上的伙伴吐露心聲。

在今天晚上的餐會上，知道許秀穗可能異動的消息後，徐允文有些不捨。他並非草木，不是不知道許秀穗一直對他存有好感，自然心頭有點悵然。

他心裡是非常感謝許秀穗的。他從住院醫師再成為總醫師，最後晉升為主治醫師，許秀穗一直是他堅強的後盾。別的不說，就以這次接受緊急手術的老太太為例，雖然號稱是值班住院醫師發現她腳不能動，其實是許秀穗不停在替她血淋淋的雙腳換藥時最先發現的。

徐允文在知道許秀穗可能考慮回南部的消息時，似乎暫時卸下了平時工作上的顧忌，開始殷勤地替她夾菜，也不時舉起酒杯乾掉裡面的啤酒向她致謝。

酒酣耳熱之際，現場的氣氛被胡學恒帶得愈來愈 high，於是他竟提議了一個遊戲。

「為了表達對工作伙伴的謝意，現在我提議徐主治要給人家『愛的抱抱』，以表謝忱！」

或許是酒力的關係，在場的護理人員竟然沒有表示任何的異議，反而是瞎起鬨叫得很興奮。

徐允文趕鴨子上架，和住院醫師抱得很高興，在抱著他的同時，徐允文很誠懇地說了聲謝謝，結果他竟然被住院醫師親一下，在場的人都笑得合不攏嘴，拍手歡呼。

「等一下後面的人都要比照辦理！」

胡學恒看到住院醫師親了徐允文，立刻大聲要求之後的護理人員要跟著做，而且他第一個就主動抱了徐允文，做出強吻的動作，想和他嘴對嘴玩親親。

「不衛生，你有沒有病啊？」

徐允文一把推開胡學恒，而他也很故意，順手拉了一位新進的護理人員往徐允文身上靠近，或許是年紀有差距，或許是有些微醺，她竟配合演出給了徐允文一個熊抱，之後不管徐允文同不同意，在他臉上用力親了一下，把在場的人逗樂了。

剩下的護理人員雖不至於如此放得開，但至少很識相地讓徐允文給她們愛的抱抱，在擁抱的同時，徐允文都大聲向她們道謝。

最後終於輪到許秀穗，但她反而顯得畏縮不前，所以她身後的學妹推了一把，徐允文展開雙臂抱住她，這是他第一次擁抱了許秀穗。

徐允文抱著許秀穗，明顯地感受到她不好意思想縮著身子往後移動，但徐允文緊緊地抱著她，感受到髮梢之間的體香。

「謝謝妳，秀穗，這幾年辛苦妳了！」

或許是這句話有著不可抗拒的魔力，許秀穗身子軟化，輕輕地靠在了徐允文的身上，沒有再像之前的抗拒。徐允文不知是哪來的勇氣，情不自禁地親了她的額頭，雖然很輕，可是在場的人看得很有感覺。

「在一起……在一起……」

年輕的學妹看到上述的畫面，一起鼓掌大聲喊著，讓許秀穗立刻從徐允文身上掙脫，不知如何是好，只能躲到學妹後面，大家這才停止嬉鬧。

吃完了晚飯，大家似乎很有默契，單獨讓徐允文送許秀穗離開。這是徐允文和許秀穗認識以來，兩人第一次肩併肩走在路上，許秀穗看來不是很習慣，泰半時間都是頭低低地看著地下。

酒的微醺加上氣氛使然，徐允文第一次覺得許秀穗很有女人味。這幾年看到的她，都是在加護病房裡那個強悍精明幹練的小組長，甚少時間看到她如此嬌羞走在自己的身旁。

不知怎麼搞的，徐允文此時又想到了前女友夏美美。

徐允文覺得許秀穗和夏美美相比是欠缺了那種女性柔美的氣質，夏美美平時和小朋友相處慣了，講話慢條斯理，有著不可抗拒的親切與魔力；許秀穗都是在緊張到令人胃痛的地方工作，講話有不可避免的簡潔與迅速，看到她工作時的模樣，可能還會覺得她是男人婆。

今天晚上看到另一面的許秀穗，徐允文是有點吃驚，雖然同是嬌羞，但徐允文認為夏美美代表的是那種柔弱順從的女人味，而許秀穗的調性又多了那麼點堅強的韌性在裡面。

兩個人各有特色，徐允文覺得如果要將許秀穗和夏美美比較，他會覺得夏美美屬於關心體貼的甜姐兒，而許秀穗是面面俱到的管家婆。

知道許秀穗可能真的要離職回老家，徐允文心裡是非常不捨。

「秀穗，妳真的要回南部老家嗎？」徐允文關心地問道。

「對啊！我的父母親一直要我回家，他們年紀慢慢大了，身體都不是很好，家裡沒有人看著，我哥哥勸他們來臺北，他們又說住不習慣……」

許秀穗一面說著，一面保持著笑容。兩人由於是在車水馬龍的路邊，徐允文聽的不是很清楚，只得往許秀穗身上靠近，讓她臉不禁漲紅了起來，可惜因為是晚上，徐允文根本察覺不出來。

「妳遲早要嫁人，能照顧他們幾年呢？」

徐允文的問題是認真而且實際，確實觸及到許秀穗心中的痛點，她只能苦笑地答道：「女生又沒有一定要嫁人，況且我又沒有人追，沒有關係！」

「不會啊，妳也長得不錯，可能是妳標準訂得太高了。」

徐允文回答得很真誠，可是許秀穗聽起來確實不是滋味，只能默默地在心裡罵著徐允文是呆頭鵝，不曉得這麼多年自己一直暗戀他，看著他有女朋友吃味著。

「你真的和女朋友分手了？」

為了化解自己的尷尬，許秀穗立刻轉移話題問著徐允文，沒有想到卻換得一陣沉默，徐允文聽到這個問題時，內心忽然糾結了起來，有說不出來的痛苦。

「還沒有脫離傷痛期吧！」許秀穗關心地問道。

「沒有像之前那麼難過了，只是真的還未脫離傷痛期！」

徐允文誠實地回答道，沒有想到許秀穗正色地說道：「那就把內心的傷痛說出來啊！說給我聽聽，心情很快就會好轉，我是很好的心理諮詢師哦！」

「有沒有搞錯？妳的戀愛經驗又不是很多，憑什麼可以替失戀的人做心理諮詢？」

「你才搞不清楚狀況呢！你不知道加護病房那些妹妹失戀時，都是來找我訴苦，接受我的開導呢！」

許秀穗不服輸的個性，因為徐允文的回答而被激發了出來，這個時候，她已褪去剛剛的羞祛，一付興師問罪的樣子說道：

「不然你就說說看嘛！不說怎麼會知道我是不是真的夠格當失戀者的心靈導師呢？」

許秀穗怒睜著一對杏眼，模樣甚是可愛，徐允文看到後有些招架不住，忍不住笑了出來，只能膽怯地說：「說出來很丟臉呢？」

「說出來會快活些。」許秀穗表情如偵探一樣，拷問著徐允文。

徐允文沉默了一下，此時心情和剛剛一樣，又陷入糾結的情況，不得已才坦白地說：

「是她向我提出分手的，原因是我很久沒有聯絡她……更丟臉的是，她跟別的男人睡五天了，我都還蒙在鼓裡！」

「的確是蠻丟臉的。不過你每日這麼忙碌，不要說是漂亮的女友，有腳的都會逃跑！」

「你說的沒錯，我也真的是這麼想，所以我並不怨恨她！哈哈！」

徐允文乾笑了幾聲，嘴巴上雖這麼說，但心裡仍是有著不小的痛苦。

「她很漂亮嗎？」許秀穗明知故問。

聽到許秀穗這麼說，徐允文忽然想逗一下她：

「妳看過她吧？和妳差不多漂亮，只不過妳比她黑一點，福氣一些，她有些骨感。」

「謝謝你的誇獎哦！我的實力我自己清楚得很！……她是幹什麼的？」

為了化解徐允文的逗弄，許秀穗轉移了話題。在她的咄咄逼問下，她知道徐允文和女朋友夏美美不少事情，例如她是幼稚園的老師，是同學聚餐認識的，而且兩人已交往五年，只可惜聚少離多，都是夏美美主動找他居多。

「所以，你這種男人要的是照顧你的人，而不是要你照顧的人！」

許秀穗評析了徐允文與夏美美之間的感情，最後下了這個結論，徐允文不便再表示什麼意見，只能同意。

「其實，你也可以留在臺北啊！說服父母親北上，或者請他們偶爾上臺北住一陣子，反正現在臺灣的交通很發達，有高鐵、高速公路、火車、客運，很快就可以往返北高兩地啊！」

「我也知道！只是家家有本難念的經。」

「為什麼？什麼難念的經？」

聽到徐允文的問題，許秀穗念在剛剛他坦誠回答自己感情世界的過往，只好回答說：「還不是父母親對我大嫂不滿意，他們彼此都看不對眼！」

「這就很難解了！唉！」徐允文似乎頗有同感。

兩人聊著聊著走了一大段路，終於在一棟公寓前停下來！

「我大哥家到了，謝謝你送我回來！」

「哪裡，應該的！」

許秀穗的酒氣已經散了，被徐允文看著臉色又羞紅了起來，不由得說道：「你這樣看人很沒有禮貌呢！」

「說真的，秀穗，這幾年非常感謝妳，沒有妳，我們加護病房不會有那麼好的照顧品質，是妳替我們科撐起一片天，比那些輪值的住院醫師還有貢獻。」

「哪裡！這是我應該做的。」

許秀穗不禁又羞紅了臉，低下頭來，沒料到徐允文拉著她的手說：「聽我說，秀穗，我很希望妳留下來。」

許秀穗不好意思推開徐允文的手，那位加護病房的管家婆又現身了，嘟著嘴說道：「那也要有值得的理由啊！」

看到許秀穗這付模樣，徐允文忽然摟住了她，情不自禁親了她的嘴唇。

一開始許秀穗有些驚嚇，身體不自主往後縮，但隨後卻主動靠了過去，努力迎合著徐允文，似乎急著釋放這幾年深藏在心中對徐允文得不到回報的感情。

兩人就這樣在馬路邊深情擁吻了好久，直到許秀穗的口水要滴出來才停止，可惜她仍是掙脫不開徐允文的擁抱。

「這樣的理由夠嗎？」徐允文深情地看著她，貼心地問道。

「我可以考慮看看，理由的強度讓我有轉寰的空間。」

許秀穗幾乎是喘息著說出這段話，她很滿足於現在徐允文深情的擁抱，多希望時間就停留在這裡，不要繼續下去。

7.

送了許秀穗回家，徐允文內心的情緒仍是高漲的，他不想回租屋處休息，又回到了動物實驗室想拿出薩克斯風好好吹奏上一曲抒發一下壓力。

這幾個星期是他人生相當難熬的階段。經歷了手術失敗，女友提出分手的劇烈衝擊，再加上那個折磨人的緊急手術，有段時間他覺得彷彿世界末日降臨到他的身上，沒有信仰的他甚至在心中咒罵起玉皇大帝、釋迦牟尼，甚至是耶穌基督，讓他有「全世界都在跟他作對」的瘋狂想法。

隨著緊急手術患者的好轉，尤其是許秀穗的示愛，讓他脆弱的心靈如天雷勾動地火，排除了內心的障礙，給了許秀穗多年的等待一個溫暖的回應。

其實徐允文並非草木，他很早就知道許秀穗暗戀著自己，可惜他內心有條跨越不過的鴻溝，倒不是受了俚語「好馬不吃窩邊草」的影響，而是他認為工作上親密伙伴盡量不要有感情上的糾葛，這樣容易在工作上產生負面的效果。譬如說，他愛的人若犯了不可原諒的錯誤，那就無法給予公平的處置，連帶其他人可能會有樣學樣，工作效率不彰時，就可以用他心愛的人當擋箭牌。

上述的想法或許是杞人憂天，但確實是徐允文一直以來的態度。

許秀穗想離職的原因，讓徐允文有些不捨，再加上最近他沉到谷底頹喪的心情，終於讓徐允文卸下了心房，給了許秀穗一個正面的答案。

剛剛深情的一吻，感覺還留在徐允文的嘴裡，第一次抱著許秀穗，感愛她迷人的體香與柔軟雙唇，當下的感受讓徐允文彷彿衝上了雲霄，他可以感覺自己和許秀穗的心都在一直怦怦地跳著。

在目送許秀穗走進家門後，徐允文激動的情緒依舊是無法平復，他不斷想著許秀穗批評他的一句話。

「你需要的是照顧你的人，而不是你要照顧的人！」

是這句話撼動了他的心房，轉瞬間接受了許秀穗。

為了平復激動的心情，徐允文在動物實驗室的二樓，又吹起了他心愛的薩克斯風，而且是選了美國樂手 Paul Desmond 版本的〈秋葉〉，讓自己的情緒逐漸在樂音裡，進入渾然忘我的境界。

徐允文很喜歡 Paul Desmond 的薩克斯風演奏，欣賞的就是他「柔如棉花」的特色。Paul Desmond 原先是吹奏黑管出身，後來卻選擇了中音薩克斯風為終身表演的樂器，他吹奏出的薩克斯風樂音有股獨特而柔順的感覺，才被樂評家形容為像「棉花般」的特質。

在吹奏完時，在徐允文身後響起了一陣掌聲。

「Bravo，Bravo，老弟，真是太精彩了！」

徐允文不用回頭聽聲音就知道是學長古朋晟。

「學長，會被你嚇死，希望你以後不要再這般神出鬼沒好嗎？」

「對不起！對不起！我是不喜歡打擾投入的表演者，這樣容易破壞興致！」

兩人又開始聊天，徐允文才知道古朋晟剛完成實驗準備回家，經過了動物實驗室被他的薩克斯風聲音吸引前來。

「你知道嗎？老弟，你吹的〈秋葉〉真是溫暖舒暢！讓聽的人有身心安頓的感覺。」

「我吹的是 Paul Desmond 版本，所以才能柔如棉花。」

聽到徐允文的回答，古朋晟忽然眼睛為之一亮，高興地說：「我喜歡的是 Nat King Cole 版本，不知怎麼搞得今天晚上玩興大發，忽然好想唱上那麼一段。」

古朋晟像是小朋友一樣，等待徐允文的贊同，因而得到他「順水推舟」的回答：「好極了，學長，那我來當伴奏了。」

在徐允文先吹一段序曲的帶動下，古朋晟清了清喉嚨，說句「獻醜了」，然後在徐允文的點頭示意下，就開始唱了起來。

The falling leaves drift by the window

The autumn leaves of red and gold ...

古朋晟一開口就震懾住徐允文的心，因為他的嗓音非常低沉渾厚，和他說話的調性相差了十萬八千里，有幾分神似 Nat King Cole 的味道，除此之外，他音質的磁性又像極了東方民謠中那種山歌對唱的感覺，帶著空靈的韻味。

聽到古朋晟的歌聲，徐允文的指頭瞬間開始不安分起來了，在歌聲段落裡也配合著吹出薩克斯風的間奏，讓整首歌更有爵士風情，讓人有如置身於演唱會裡。

正當古朋晟忘我演唱，加上徐允文熱血地吹奏薩克斯風的同時，病理科主任馬小芬就在隔壁太平間，她因為姑姑今晚在醫院的加護病房中去世，最後陪著姑姑的遺體來到這裡，算是送她人生最後一程。

在太平間聽到徐允文吹奏薩克斯風曲〈秋葉〉時，馬小芬當下已感到震驚與心神不寧。在和親戚們安頓姑姑的大體後，她就迫不及到外面找尋聲音的來源，她萬萬沒有想到，走出太平間時聽到古朋晟唱〈秋葉〉的歌聲，那首每次聽到都會心酸的歌曲。

她循著聲音的方向，發現它是來自隔壁燈火通明的動物實驗室。

雖然動物實驗室成立馬小芬的支持功不可沒，可惜負責聯絡她的徐允文多次邀約，馬小芬始終藉故不來，鄧克超對這件事也沒有勉強，因為知道這裡是她的傷心地。

為何動物實驗室是馬小芬的傷心地？沒有在北辰醫學院附設醫院服務超過二十年以上的員工是不知道的。

這幢建築以前是北辰醫學院和它附屬醫院共同的動物實驗室，馬小芬的男友胡明成以前是這裡的常客。因為當時心臟血管外科主任黃世均所有的豬隻心臟移植實驗幾乎都是靠胡明成協助完成的，可惜胡明成二十年前卻在這裡因為腦溢血而猝死，這裡自然變成了馬小芬傷痛的記憶。

今晚馬小芬似乎有些心動了，從動物實驗室流瀉出的歌聲是如此吸引著她，讓她兩行熱淚竟慢慢流了下來，因為低沉的嗓音和她之前男朋友胡明成相去不遠。

在歌聲暫停之後，馬小芬不知是哪裡來的勇氣，擦去了淚痕，想去那裡一探究竟，看看是誰的聲音？

此時的動物實驗室一樓空蕩蕩，只有昏暗的壁燈，並沒有什麼人在裡面，馬小芬順著樓梯慢慢走向二樓。

隨著腳步離二樓愈來愈近，馬小芬可以感覺到自己的心臟在劇烈跳動著，她的臉龐也因緊張而發燙著。

上了二樓，馬小芬看到徐允文正在收拾著薩克斯風。

「馬主任，妳好，真是稀客！」

眼尖的徐允文看到馬小芬突如其來的造訪，有些驚訝，但立即上前去歡迎她。

「允文，剛剛的歌聲是你唱的嗎？」馬小芬熱切地問道。

「不是啦！是我的學長，解剖生理學系的古朋晟副教授。他剛下樓妳沒有碰到嗎？」

「沒有啊，我剛上來，哪有什麼人？」

馬小芬的回答沒有讓徐允文驚訝，反而笑著回說：「唉，這個學長就像急驚風一樣，每次都咻一下就不見了。剛剛他說想起實驗室有東西沒有整理好，就在妳上來之前匆匆離開了！」

「你說他叫什麼？」

「古朋晟，古今的古，朋友的朋，成功的成有日字頭，解剖生理學系副教授。」

「我怎麼一點印象也沒有……，或許是回國不久吧？」

「好像是吧！」

徐允文附和著馬小芬，然後說道：

「主任，我要關燈走人了，妳要不要先走？」

「沒有關係，我們一起走好了!?」

馬小芬看著徐允文關好燈，輕輕勾著他的臂膀走下樓梯，還提醒他說：

「常年看病理切片，現在老花有些厲害，你要走慢點哦！」

馬小芬輕柔的聲音交待著徐允文，聽得他有些怦然心動，尤其她的手勾住自己的臂膀，讓他有點錯亂的感覺。

不知怎麼搞得，徐允文想到了夏美美，心裡沉潛的酸楚又慢慢浮了上來，讓他剛剛激動的情緒瞬間被凍結了。

CHAPTER 3

紅包疑雲

1.

沒有幾天工夫，徐允文和許秀穗的戀情很快就加溫，尤其許秀穗的支持與照顧，讓徐允文這陣子心情上的陰霾一掃而空，整個人神清氣爽，重拾之前對於工作的熱情。

或許是老天爺感受到徐允文的喜悅，再次給了徐允文機會，希望他在「幫派鬥毆事件」中所受到的挫敗可以有扳回一城的可能。

離動物實驗室開放不到一個星期，值班的徐允文在醫院附近和許秀穗吃著晚餐，聊得很高興的兩人被胡學恆的緊急呼叫電話所打斷。

「同學，趕快回來，有嚴重的傷患……快來急診室！」

平日嘻笑怒罵慣了的胡學恆，語氣也不禁慌張起來，就連幾星期前「幫派鬥毆事件」的大量傷患也沒有讓他如此著急過。

徐允文不敢怠慢，晚餐沒有吃完就和許秀穗道別。

「我就知道，剛剛那救護車的鳴笛聲就讓我覺得心慌慌的！」徐允文掛上電話就說道。

「小心，加油哦！」許秀穗替值班的徐允文打氣，兩人擁抱了一下，而徐允文在許秀穗的額頭上輕吻了一下，接著就像勇士要急赴戰場一樣，朝醫院快走回去。

看著徐允文離去的身影，許秀穗雖然瞬間有種失落的感覺，不過內心還是洋溢著幸福，甚至以有這樣的男友感到驕傲。

徐允文趕到醫院的急診室，並沒有看到之前「幫派鬥毆事件」那樣的混亂。工作人員進進出出，加上已經有記者接獲第一手資訊開著SNG車前來，他心裡就覺得有些不妙，於是趕快進入急救區。

「同學，三十六歲男性，焊接工，不知什麼原因工作現場爆炸，被很多金屬碎片擊中胸部、下肢、頭部，因為有焊接的面罩沒有受傷，但是跌下來時後腦有受到撞擊，目前狀況不明！」

徐允文看到該員焊接工全身已被扒個精光，已經昏迷的他被插上氣管內管及接上呼吸器，胸、腹、下肢有大大小小的傷口，不明就理的人會以為他是被霰彈槍擊中。

胡學恆此時穿上隔離衣戴著手套，手指壓著病患的右鼠蹊傷口：「主要的傷勢是什麼？」

徐允文一面問道一面看著生命監測器材，發現患者血壓只有70/40 mmHg（釐米汞柱），心跳每分鐘一百四十左右，整個人相當蒼白沒有血色。

「可能是碎片貫穿大腿造成血管損傷而失血過多，目前應該是Hypovolemic shock（低血容積休克）！我已經替他大量輸液，血庫正準備將血拿上來輸。」

胡學恆口中的「低血容積休克」指的是病患因為大量出血或者是體液喪失太多，造成全身有效血流減少，使得微循環出現障礙，若拖延沒有救治可能會導致重要器官缺血及缺氧，嚴重者甚至會致命。

「你現在按住的地方是怎樣的情形？」

徐允文走近胡學恆，發現患者在右鼠蹊附近有繩索，一堆被剪開的繃帶上面已被鮮血浸透。

那裡有著一股駭人的血腥味，胡學恆戴著手套的指頭，正插進患者鼠蹊部一個貫穿的傷口。

「原先現場的工作人員剛開始看到右鼠蹊出血，有人用一條繩子綁住他的大腿以防他失血過多。隨後的消防隊救護員到場又加了一堆紗布繃帶，可惜不得要領無法完全止住流血……」

胡學恆的解釋，讓徐允文很快了解為何病患身上有這麼多帶著血漬的敷料包圍，接著又聽到他說：「我看到病患似乎快掛點了，當機立斷剪開這一大坨包紮的傷口，發現是個深及血管的貫穿傷，於是往下直接壓迫，好像止住了失血，患者慢慢開始對輸液的灌注有反應，血壓雖然低，應該慢慢會上來……」

「幹得好，同學，有其他的地方有損傷嗎？」

「後腦有個血腫，我覺得是跌倒後間接造成的，目前可以不需要理會它，要將患者現在鼠蹊部的貫穿傷口處理好他才有活命機會。」

徐允文很同意胡學恆的分析，於是建議道：「同學，我去跟外面家屬及相關的上司與朋友解釋，現在直接進手術室，如果能救得下來，再將他送去做頭部電腦斷層！」

胡學恆表示同意，徐允文就走到急救室外面，發現只有工地負責人在場。仔細了解之後知道家屬住的比較遠，一時半刻也到不了，於是解釋了患者病況的嚴重性，請他代為簽署手術及麻醉同意書。

病患就這樣被胡學恆壓著傷口送進手術室，在運送的過程中有著好幾條靜脈管路讓病患接受輸血，值得慶幸的是患者在妥當的處置後，送至手術室前的血壓已回升到 100/70 mmHg，心跳也逐漸回到每分鐘一百次左右，顯示休克狀況已逐漸好轉。

「同學，接下來如何做？」

將患者轉送至手術臺上，按著傷口的胡學恆問徐允文自己要如何幫忙，結果他卻說：「同學，你就不要動，我要連你的手整個消毒，然後鋪單直接手術！」

胡學恆有點吃驚，但想想也是沒有錯，只能任徐允文將消毒水淋在他的手上與患者的身上，然後完成了整個手術鋪單的工作。

這裡形成了一個有趣的畫面——病患傷口沒有處理前，胡學恆也算是他身體的一部分。

待所有手術前的工作準備就緒，徐允文以胡學恆的心為中心，在患者者鼠蹊部上下用刀各劃開十五公分的傷口，迅速找出其中兩端的動脈血管，用手術用棉條繞住後，立刻指示麻醉科給病患注射一些肝素，讓他的血液不要太容易凝固，好為等一下暫時夾住下肢動脈循環做準備。

「好了，同學，你的手可以完全放開，整個人離開手術臺吧……」待肝素作用時間完成之後，徐允文夾住傷口上下端的動脈循環，示意胡學恆放開他的手。

此時只有一些殘餘的血水滲出來，徐允文迅速加大加深傷口，終於看到原來傷口底下的情形。一顆如同蠶豆的不規則金屬片卡在肌肉層之中，將它旁邊的動脈劃開了一道約〇．五公分的撕裂傷，它就是造成大出血的元凶。

最近因為天氣炎熱，焊接工穿的褲子相當薄，他焊接製造的火花引爆工地裡的瓦斯金屬罐，造成它破裂四射，金屬的碎片如同霰彈槍一般噴向焊接工，還好臉部有面罩保護，上半身則因為工作服較厚，僅造成皮膚層的大面積金屬碎片滯留，但右側鼠蹊的傷口運氣就沒有那麼好，一個高速行進的金屬碎片，造成動脈受傷。

仔細察看了損傷狀況，徐允文先清潔好傷口，再將撕裂傷部位做了適當的清創，留下了健康的組織，而它卻變成了一個將近二公分長度的破口。

徐允文靈機一動，取下了動脈附近健康完好的一段靜脈當做綴補片，把上述的傷口補起來，最後放開血管夾重新建立好了下肢的動脈循環，整個過程不到半個小時。

「病患血壓及心跳，麻醉科！」徐允文在完成工作後問道。

「血壓 120/80 mmHg，心跳每分鐘八十下，穩定！」

麻醉科醫師特別在之後加了穩定兩字，和剛剛病患大陣仗送進開刀房的驚險情況做區隔。

「同學！漂亮！Good Job！又快又好！」

徐允文聽到胡學恆的稱讚並沒有特別高興，尤其他因為帶著放大鏡工作，大家看不到他臉上的表情。

徐允文不吝嗇地感謝著所有工作伙伴：「辛苦大家了，有你們才會如此順利，更要特別謝謝胡學恆總醫師，沒有他我不可能在這裡救活這個病人，沒有他的『一指神功』止血，病人可能早就死在急診室了！」

徐允文終於鬆了一口氣，他覺得上次「幫派鬥毆事件」沒有處理好病患的挫敗，今天在這位焊接工的身上討了回來，雖然他的情況比前者簡單很多。

「接下來要做什麼？」徐允文問道。

「傷口關好後，我們補做頭部電腦斷層檢查，看看患者是否有什麼顱內損傷。若是沒有，就要讓整型外科上場，把胸腹部的那些金屬碎片造成的傷口好好清創並取出，免得傷口之後二度感染。」胡學恆回答道。

「好！那我趕快關傷口吧！把傷口引流管送上來，等一下我會用到！」

徐允文長吁了一口氣，讓緊張的心情可以平復，同時在心中大喊了一聲「加油」，算是替自己打氣。

這次他補好的動脈可不像心臟那般脆弱，隨時有破裂的可能。

2.

趁著接受緊急手術的病患在做電腦斷層的空檔，徐允文躺在手術室休息室的沙發上。他主動撥電話給許秀穗，報告了他順利解救病患下肢動脈貫穿傷的過程，興奮的心情溢於言表，當然和許秀穗情話綿綿也是不可少的。

「看妳這淫蕩模樣，讓人看了真受不了！」

看到徐允文滿面春風似地躺在沙發上，一進休息室的胡學恆立刻大聲嚷嚷，目的就是要讓電話那一端的許秀穗聽到。

徐允文被他這麼一說，只得用手遮住話筒，面露凶光瞪著他。

「翻臉比翻書還快，真是『重色輕友』的代表！」

胡學恆的揶揄，讓徐允文不得不草草結束和許秀穗的通話。

「你就是見不得人家好是不是？」徐允文握起拳頭假裝一付要找胡學恆幹架的樣子。

「噯哦！有人還忘恩負義呢？不知道是誰替他撮合的？」

聽到胡學恆這麼一說，徐允文放下拳頭，好氣又好笑地說道：「同學，說正經的，病人腦部狀況如何？」

「OK啦！同學，大概是跌倒撞到地板造成血腫，電腦斷層沒有什麼大礙，整型外科等一下要做苦工，把患者胸腹部的那些零碎金屬碎片挑乾淨就好了！」

「真是命大！要不是他身體夠壯，就輪不到我們救了！不過還真是謝謝你那一指神功，才是他存活的關鍵！」

「要是有誠意的話，請吃飯！」

「好，一句話，我一定請！」

徐允文對胡學恆的提議不假思索附和，但胡學恆似乎還有額外的要求，接著說道：「帶你那個叫許……什麼的一起來！好不好？」

「許秀穗啦！好啦，那是當然的！那你女友要不要也一起來？」

聽到徐允文的回答，胡學恆的臉色很詭異，似乎有些話說不出口，讓徐允文有些訝異，不由得問道：「幹嘛?!不是說明年要結婚嗎？」

「那天是為炒熱氣氛騙你們的！我的女友和我不錯，但是她的父母親說話很機車，以為醫師賺錢很容易，一直問我有沒有準備房子、車子，以及有多少的存款，我看，啊……和她之間會很坎坷的。」

胡學恆的「啊」充滿無奈。

「Why？你們不是王子遇見公主的嗎？」

「屁啦！這是你說的！我看她父母親是看高不看低的，雖然是醫師，在他們眼裡我只是 B 咖的啦！」

「此話怎講?!」

好奇心驅使徐允文問著胡學恆，一開始先看到他沉默以對，最後才有氣無力回答道：「還不是最近和她父母親愈來愈熟了，被邀請去家裡吃飯。她父親竟然當面就問我月收入是多少？我就照實回答了！」

「結果怎麼樣？」

「可能和他預期的落差太大，不只臉色沉了下來，還直接說你們醫師不是都月入四、五十萬的嗎？讓我當場真想挖個地洞鑽進去！」

徐允文聽到胡學恆的抱怨也是愣在當場，變得啞口無言。

「算了，談點別的。」

胡學恆不小心透露自己未來可能的岳父是如此看待他，確實有些不舒服，不過這位醫院裡的「包打聽」立刻回魂，和徐允文討論有關外科部住院醫師楊西源的懲處案。

經過一段時間的醞釀，在李瑞麟院長主持的人評會上，對上述的事件拍板定案如下：「泌尿外科主任朱文俊申誡兩次，主治醫師張承先小過一支併禁止收療病患住院一個月，總醫師郭恩典延長職務六個月。楊西源醫師列入外科部專案輔導，待明年五月住醫師升等會議中，由各科主任依其臨床實務的表現，投票決定是否延後住院醫師第三年的晉升！」

表面上是一般外科董自強主任的強力介入，大大挫了泌尿外科主任朱文俊的銳氣，可是根據胡學恆的小道消息指出，在實際做決定之前，董自強也是被李瑞麟狠狠說教了一次。

「你怎麼知道？你也應邀開會了？」徐允文對胡學恆的說法嚴重存疑。

「我是什麼層級，哪棵蔥啊！」胡學恆故做神祕狀。

「那你為何知道那麼多？」

對於徐允文的問話，胡學恆先是環顧四周，確定沒有人在場，他才低聲說道：「我偷偷告訴你，但是你先答應我不可以透露任何訊息。」

徐允文點點頭，抬起手摸摸自己的胸口，做發誓狀。

「是院長祕書的特助告訴我的！」

「那個看起來很陽光，有酒窩的小妹妹？」

「對！」

胡學恆說起來有些心虛，讓徐允文覺得有些懷疑，劈頭就問：「你怎麼跟她那麼好？難道你……腳踏兩條船?!」

「我是什麼人，怎麼會……又不是像陳國祥那麼風流？」

「那你倒解釋一下！」

「不要那麼緊張，我沒有在把她，只是跟她出去吃幾次飯，我們是屬於那種……比普通朋友位階再高一點的朋友，談得來而已。」

「我聽你在吹喇叭！她怎麼沒有跟我談得來，我也跟她蠻熟的！」

「好啦！好啦！讓我保有這麼點小祕密。我們來說點正經的……」

徐允文本來想繼續取笑胡學恆，為了知道真相就停止窮追猛打，於是又問道：「那她又怎麼知道？難道她是會議記錄人？」

「不是！是那天他們一大群主任去院部會議室開會時，院長忘了關上會議室與祕書室之間的聯絡麥克風……祕書聽裡面討論很激烈，也不好意思打斷叫院長關掉麥克風。」

「我看是祕書也想聽吧，結果那位特助妹妹也一起聽了？」

徐允文知道事情的原委，還是想取笑胡學恆：「所以當個包打聽要有『閨蜜』，說，你到底還有幾個這樣的『閨蜜』？」

「冤枉啊！大人……我有幾個膽子這樣搞？真後悔告訴你我那個重要的線人……」

於是兩人你一言我一語互相逗著，徐允文終於知道那天在院部會議室會的火熱場面，而其中的點火人物之一竟是黃世均主任。

「你們家主任，真是真人不露相，『孤鳥』竟是『啄木鳥』偽裝的！」

「我只能說他有道德勇氣！」

徐允文聽到黃世均的「孤鳥」綽號，被胡學恆說成是「啄木鳥」有些好笑，胡學恆乘勝追擊更爆出另一個內幕。

「後來所有的主任都被請走，只有董自強主任被留下來和院長交心呢！」

「吔！真的嗎？」徐允文顯得非常有興趣。

「院長先捧了一下董自強，說他可以體恤年輕住院醫師的經驗不足與辛勞，也狠狠修理了泌尿外科主任朱文俊所帶領的團隊螺絲鬆了。董主任當時聽了應該是春風滿面，不過院長話鋒一轉，勸董主任不要動不動就火冒三丈，不僅對團隊和諧有不好的影響，同時被他凶的人也可能聽不進他所提的建議！」

「這倒也是！」徐允文附和道。

「最後院長說了一句非常經典的話，讓我覺得他年紀輕輕當院長不是沒有道理。」

「哪一句話？」

「金錢與權勢，甚至是職位都可以經由努力，或是不擇手段得到，但是要別人打從心底稱讚你才是了不起的一件事，也是一個成功的人應有的氣度與修為！」徐允文聽到李瑞麟院長會說出這樣的話也覺得相當佩服。

「不過你也很厲害！能和特助妹妹聊那麼多，不知道你們都是在哪聊這些嚴肅話題！」

「正常的地方！不要胡思亂想！」

胡學恆反常地臉漲紅了起來，徐允文看得有些狐疑，正準備繼續問下去，胡學恆很快再轉到另一個話題。

「最近還有兩件事很重要，也是特助妹妹說的！你要不要聽?!」

「好啊，我也有興趣。不過等一下也一併告訴我你們在哪聊那麼久。」

「再胡亂問，我就不說！」

徐允文看到胡學恆有些惱羞成怒，只好不再追問，示意他再說下去。

「第一件是外科部主任的遴選，聽說鄧主任和李院長兩人正在籌畫，準備於最近一次董事會上面報，考慮新一任的外科部主任是否由所有外科部主治醫師投票產生，或是請董事會參考票選的結果，從中選派新的外科部主任……這件事不要張揚，特助妹妹拜託我一定不可以說哦！」

「哇！好民主哦！這可能是臺灣醫學中心的第一次吔！說不定此方法提出後，外科部最近就不會如此劍拔弩張了。」

徐允文說的是真心話，目前的態勢若還是沿用以往方式派任新的部主任，難保董自強不會再藉機修理朱文俊。

「對啊！董自強面對這種遴選方式，我看他勝算就沒有朱文俊大了！」

胡學恆說的是實話，一直以來唯我獨尊慣了的董自強，平時樹敵不少，溫文儒雅的朱文俊確實比較討喜。

講完了第一件大事後，胡學恆清了清喉嚨，看一看四下無人之後接著又說：「另一件事比較負面，因為李院長說最近有病人準備訴諸媒體，控告外科部某位主任收受紅包才開刀！」

「哪一位主任？」徐允文故做吃驚狀。其實他心中早有定見，畢竟他認為紙永遠包不住火。

「明知故問，你這阿呆！」

胡學恆取笑著徐允文，他準備說出那個人的名字時，胡學恆用手指在嘴邊做了「噓」的手勢阻止他講話，但還是忍不住說道：「要控訴就控訴，這是病人的自由，尤其他又是想訴諸媒體，院長有啥辦法呢？只能見招拆招，叫公關去瞎攪和了！」

胡學恆聽了徐允文的反應沒有正面回答，反而故做神祕說：「不過據特助妹妹告訴我，事情似乎有轉圜的餘地。因為病人很厚道，留了自己的名字給醫院公關，要看醫院如何因應……」

「厚道？這也太不合理了吧？已經威脅要訴諸媒體，又好心留下自己名字，我想一來是想要回自己原先送出去的紅包，二來可能是病人最近經濟情況不好，希望從醫院恐嚇點錢來用吧？」

徐允文的想法雖然是有點「以小人之心度君子之腹」，胡學恆聽起來覺得頗有道理，可是他認為內幕恐怕沒有那麼單純，因為這是第一次有人找陳國祥麻煩，其次最近面臨遴選新接任外科部主任的階段，難保不是其他競爭對手搞鬼。

「你是說……」徐允文看著胡學恆詭異的臉色說道。

胡學恆欲言又止，他和徐允文心中的人選很一致。

徐允文因此心念一轉，提到了院長那句勸告董自強的經典名言：「怪不得院長才會獨自和董自強交心，語重心長提醒他，要讓別人打從心底尊敬你是件很了不起的事，告誡他這位想競逐外科部大位的人，不要壞了自己的格調！」

3.

受到爆炸傷的焊接工人，在隔日傍晚就完全清醒移除氣管內管，恢復狀況相當快速。在第一時間，醫院的公關張貴翔就立刻替徐允文安排了一個臨時記者會，不只是替徐允文，更是替北辰醫學院附設醫院打廣告。

在處理「幫派鬥毆事件」失敗的徐允文算是出了一口鳥氣。

一直急欲成為鎂光燈焦點的他終於可以笑容滿面地接受記者的訪問，在攝影機前侃侃而談。沒有人知道，眼前這位意氣風發、辯才無礙的年輕外科醫師，和一個多月前那個無法拯救夜店Kiss 21張姓保全組長的醫師是同一人。

電視臺的跑馬燈幾乎清一色以「妙手回春」，或其他同義辭來稱讚徐允文這位名不見經傳的外科後起之秀。

徐允文並沒有被這件事沖昏了頭，言談之中並沒有因此志得意滿忘了自己是誰。在回答記者的提問中，多次感謝了與他合作的醫療團隊，尤其是胡學恆是他感謝最多的人，因為他的「一指神功」，才使得他有替患者手術救命的機會。

陪在徐允文旁邊，平時笑容滿面慣了的張貴翔，此刻神情有些緊張，不停看著手錶，似乎相當在意時間，還會刻意搶答一些問題，希望記者會早一點結束。

他會如著急，完全是和另一位重要人物的約定時間已經相當接近，如果記者會拖太久，他一定會遲到。

張貴翔約定的人不是別人，而是神經外科陳國祥，他正準備前往幾公里外的咖啡館赴約，和張貴翔討論重要的事情。為了保持低調，他不開自己拉風的保時捷跑車，改搭小黃赴會，同時還戴了頂帽子，刻意隱藏自己蓬鬆的長髮。

陳國祥先到達約定地點，隨便點了個餐點與飲料。他的神情不若平時穩重優雅，無法安安靜靜地在座位上等著，不停起身望著窗口，或是看著手錶，讓人一看就知道相當心急的模樣。

終於在約定時間過了將近二十分鐘之後，張貴翔神色匆忙推門走進咖啡館，陳國祥迫不及待向他招手。

「怎麼這麼晚才到？」陳國祥劈頭就問道。

張貴翔把剛剛替徐允文辦記者會的原委快速說明了一遍，解釋遲到原因，陳國祥只能臭著臉接受，待他說明完後立刻問道：「事情辦得如何？有什麼眉目嗎？」

「還是主任神機妙算……」

張貴翔故做神祕壓低聲音說：「真的是院內有人下指導棋，不過並非主任想的那一位。雖然你想的人現在確實想利用這機會打擊你，不過他並不知道告你狀的人是誰。」

「還有別人？」陳國祥的表情有些訝異。

「禍起於蕭牆之內！」

張貴翔本想吊一下陳國祥的胃口，沒有想到他不假思索就脫口而出道：「若不是董自強的話，那應該是我科內的主治醫師蔡理群吧？」

「啊！主任，你怎麼知道？你會讀心術嗎？」這下子換成是張貴翔感到吃驚了。

「當你說禍起於蕭牆之內，我就有預感是他了，因為本人和他有些私人恩怨，在這裡也不便明講。」

聽到這裡，張貴翔只能按捺著好奇心，繼續問道：「蔡理群鼓動的病人，主任有印象嗎？」

「是有些印象，但已經有點久了，記憶有些模糊。我大概是在三年前幫他做了腰椎的手術，後來他應該在水果盒裡塞了個小紅包給我。他回診時恢復得很不錯，我就在徵得他同意之下，轉回當初介紹的醫師那裡，接下來我就沒有什麼印象了！」

陳國祥講得有些模糊，其實他很清楚，每位病患在什麼情況下給了多少錢的「紅包」都有翔實記錄，但不想洩露自己的祕密，才閃閃躲躲說了那些令張貴翔誤解的說詞。

「連三年前怎麼收到錢都記得，真令人佩服。」

張貴翔壓抑自己的好奇心，隨後向陳國祥報告他探聽到的消息。

原來該名患者是位接受陳國祥腰椎內固定手術的老先生，因為手術結果很滿意，依陳國祥提出的基本價碼，私底下用水果禮盒塞了紅包給陳國祥。

只是這是個「基本價」的紅包，他希望陳國祥能夠在門診給他特別的待遇。他並不曉得，和他一樣的人在陳國祥的門診比比皆是，還有不少人的紅包更大。

幾次術後的門診追蹤，老先生發現陳國祥對他不是特別親切，態度也很冷淡，於是在陳國祥建議之下轉回他原先的轉介醫師。

這位老先生不知道，他給的紅包是陳國祥要求患者的基本門檻，幾乎每個人都得包這個數目。如果要陳國祥熱情招呼，甚至是安排特別的門診，那就要「加碼」演出了——他更不知道的是陳國祥收的錢裡，還要吐出一些轉給他患者的院外醫師。

老先生不明瞭醫界部分人士死要錢的心態，加上對於陳國祥醫療行為運作的潛規則會錯意，以為給了紅包是大爺，不知道「人外有人」，自然會有錯誤的心理期待了。

可惜老先生仍不死心，逢年過節前他還是會提著禮物回來掛陳國祥的門診。陳國祥對他的態度並沒有想像中的熱情，常常因為就診人數太多，屁股還未坐熱，說不上幾句話就被打發走人，終於使得他不滿的情緒在最近爆發了。

「這個人也都沒有替主任想想，病人這麼多，像他這種手術後沒有什麼問題的人，應該要自愛一點，看門診不要一屁股坐下來就不想走，吱吱喳喳說個沒完，很討人厭……」

張貴翔想替陳國祥說些話讓他有臺階可下，不過他並不領情，只是急著問道：「你同學就只有訪問到這些內幕，還有其他的嗎？」

張貴翔知道的這些細節，都是來自八卦周刊採訪這則消息的記者，也就是他大學的同班同學。兩人交情非常好，因此在老先生選擇向周刊記者爆料時，張貴翔就將相關訊息先讓陳國祥有個頭緒。

張貴翔甘為陳國祥居中協調給予第一手資料，最大的原因來自他介紹很多患者給陳國祥手術，陳國祥給足了他面子，基本上都可以插隊，而且給不給紅包陳國祥沒有太計較。

所以，張貴翔不只是陳國祥在醫院的一顆重要棋子，同時為了答謝陳國祥，他也常動用自己在媒體界的勢力，免費替陳國祥塑造「名醫」的形象，讓陳國祥不只是媒體寵兒，更是北辰醫學院附設醫院的看板人物。

「只是，主任，如果要擺平這件事……記者先生也不能白做工的！」

「多少？」陳國祥沒有廢話，非常阿莎力答道。

張貴翔偷偷手放到桌子下，比了個「三」字。

「三萬嗎？」陳國祥回答地很悠哉。

「主任……這……主任，當然是再多一個零！」張貴翔有些口吃。

「這天殺的！」

陳國祥有些變臉，嚇得張貴翔不知如何接下去，所幸陳國祥還是忍了下來，考慮了一下之後，立刻回答道：「形勢比人強，只有答應了！」

聽到陳國祥回答如此乾脆，張貴翔立刻打了通電話，告訴電話那頭的人「ＯＫ」。

幾乎和陳國祥與張貴翔的聚會同時，北辰醫學院附設醫院神經外科主治醫師蔡理群也在焦急地等著一個人，他們碰面的地點選在二二八紀念公園某一個出口。

踱著方步不停走動著的蔡理群，最後被戴著棒球帽的八卦周刊王姓記者認了出來，從後面拍了他的肩頭，讓他嚇了一大跳。

「蔡醫師，周刊的截稿時間快到了，不過……」

王姓記者開頭就想嚇一下蔡理群，結果他急著詢問道：「有關陳國祥的報導確定會刊登嗎？」

「我就是來跟你討論這個問題，你所提供的那位爆料患者，他陳述的重點，以我一位專業記者的角度來看，著力點有些薄弱……」

聽到王姓記者如此回答，心急如焚的蔡理群，反覆問著為何薄弱？

「第一，這位老先生提不出任何文件、照片、錄音檔或匯款單據，來證明他所說的陳國祥拿了他的紅包；第二，陳國祥把他的手術做得不錯，也沒有什麼併發症，以醫療道義的論點來看，老先生要爆料是有些反常，不符合一般人的想法，畢竟再怎麼說，陳國祥也盡了醫師最大的努力；第三，陳國祥在門診對這位病患很冷淡，屁股還沒有坐熱就被趕走，這是目前臺灣很多「名醫」的診間會發生的事，沒有人叫老先生非得看陳國祥的門診，看你的門診也可以啊！」

王姓記者雖然分析得頭頭是道，蔡理群還是很快回嗆道：「他就是看我的門診，才向我抖出陳國祥收受紅包的事……然後我才找你的啊！」

「對，這句話你已經講了N次了，不要再說了！麻煩你要說『重點』，告訴我一些重要的事證當爆料的題材！」

王姓記者看蔡理群在同一件事情上打轉，語氣已經開始很不耐煩，而他還是白目地問道：「說什麼『重點』？」

「什麼『重點』?! 我跟你說了很多次了啊！就是之前政治圈的一句老話，簡單來說，就是你有沒有掌握可以讓陳國祥『一刀斃命』的重要資料，例如虧空公款、浮報帳目、收受紅包的照片、錄音檔等等！只靠空口說白話亂寫，我可是會被告的！」

聽到王姓記者的回話，蔡理群忽然安靜卜來低頭沉思。由於看不清楚他的表情，這會兒換王姓記者急了，趕忙問道：「有這種『一刀斃命』的資料嗎？」

「有是有，只是不知道你會不會覺得它是種『一刀斃命』的資料？」蔡理群似乎很難啟齒，不停地搔抓著頭髮。

「那說來聽聽。」王姓記者聽到之後眼睛跟著亮了起來。

「陳國祥……搶……了我……的……女朋友！」蔡理群似乎是用了「洪荒之力」吞吞吐吐說了上述的祕事。

「哦……所以……」王姓記者的語氣似乎覺得不稀奇，但仍充滿期待，覺得還有可為。

看到王姓記者的反應，蔡理群忽然覺得有些不好意思，但仍是以義正辭嚴的口吻對著王姓記者說道：「你千萬不要以為我是公報私仇，雖然我不否認裡面也有些這樣的成分在裡面。事實上是陳國祥壟斷了我們科裡所有的資源，即使身為主治醫師的我，也只是他的高級工友，尤其是各類脊椎手術，只有他自己、或者是他所允許的人才可以碰，我們這種唯唯諾諾不敢造反的人永遠只能由他擺布，因此我才想利用他這個患者揭發他『開刀要收紅包』的祕密……做完這件事，我也不在神經外科了，我已經向醫院遞出辭呈了。」

王姓記者聽得有些目瞪口呆，不過維持了記者一貫清楚的思維，相當理性地問道：「我是不懂你們科裡有啥問題，只是你爆這個料有兩件事你要先搞清楚，一是陳國祥的婚姻關係，一是你自己也可能會曝光，你能承受這種壓力嗎？」

「陳國祥已經離了兩次婚，目前是單身，至於我……你不用擔心，只要能鬥臭他，身分曝光又何妨？」

蔡理群回答得很堅定，表情看起來很冷峻，仍免不了被王姓記者潑一大盆冷水：「這哪談得上什麼『一刀斃命』的資料。男未婚女未嫁，現在是一個自由戀愛的世界，若有什麼男女感情之間的爭搶，乃天經地義的事情，何來什麼『爆料』之有？」

王姓記者還有一句「你臉往哪裡擺？」沒有說，因為怕傷了蔡理群，所以他忍了下來。

「那不就沒有希望了……」蔡理群的臉瞬間垮了下來，不知如何是好。

趁著蔡理群失望而心防軟弱的情形下，王姓記者說出今天一直要提醒蔡理群的話。

「其實，蔡醫師，事情也不是沒有希望，你只要貢獻那麼一點，或許我就可以幫你出口怨氣！」王姓記者用手比了「數鈔票」的姿勢。

「多少？」蔡理群口氣有些不屑。

「三十萬！」王姓記者不客氣回答道。

「有沒有搞錯？爆料的人還要出錢？這哪門子邏輯？」

蔡理群覺得不可思議，正準備發牢騷時，王姓記者手機響了，只得示意蔡理群暫停一下。

來電的就是張貴翔，兩人交談沒多久，王姓記者聽到他說了聲「ＯＫ」就滿意地掛上電話。

接完張貴翔電話的王姓記者態度丕變，前後判若兩人，他不等蔡理群開口，立即規勸他道：「蔡醫師，我們記者也是行走江湖討口飯吃的，不夠狗血，沒有致命一擊的感覺是沒有什麼報導的價值。我沒有那麼多時間和你瞎扯淡，歡迎你隨時和我聯絡，要是蒐集到什麼有關陳國祥『一刀斃命』的資料！」

說完這句話，王姓記者不理會蔡理群的想法，逕行轉身離開，只留下訝異望著他的蔡理群。

4.

在記者會上侃侃而談，徐允文的自信寫滿了臉上，他終於一吐之前的怨氣，讓自己這幾年成為主治醫師之後的努力，可以得到些許的肯定。

所以在記者會後，他就立刻邀請了胡學恆和女友許秀穗小聚，以感謝他們兩人在照顧焊接工人的幫忙。

胡學恆看到徐允文有了新女友，心情也跟著快活起來，因為前面幾個星期看到徐允文為了情傷，以及患者的突發狀況變得頹喪時，根本不知道如何幫助這位要好的同學早點脫離苦海，只能在旁乾著急。徐允文現在情場與事業都搭上順風車時，他也是跟著高興。

因為焊接工人的救治，胡學恆確實有不小的功勞，徐允文臨時提議請客吃飯時，胡學恆也老大不客氣邀請了另一人與會，那就是院長祕書的女特助。

當胡學恆帶著女特助妹妹到場時，著實讓徐允文嚇了一大跳，一直以來胡學恆都是帶著正牌女友出場，如今對象換了，讓他有些不適應，不由得拉著胡學恆偷問道：「換女友了嗎？」

「沒有啦！就吃吃飯而已啊！平時她給我那麼多消息，帶人家出來也是種禮貌上的表示。」

「哦！」

徐允文不以為然回了一句，心裡卻不是滋味，怎麼說今天晚上的東道主是他，還讓胡學恆圖了個方便。但他想想大概也不會有太大的問題，至少許秀穗還未見過胡學恆的正牌女友，自然不會亂說話。

徐允文有時還真有些羨慕胡學恆，因為他雖長得普通，卻靠著三寸不爛之舌，常常可以逗弄、甚至親近很多意想不到的女性朋友。

經由上面的敍述就可以想像，第一次和胡學恆見面的許秀穗，還有那位女特助，注意力都放在了胡學恆身上，徐允文看起來反而像是被請來的客人，只能跟著傻笑沒有插上什麼話。

徐允文也沒有閒著，在整個聚餐的期間仔細觀察著許秀穗，這位七年來都對他抱著好感的工作伙伴。

她其實也是頗有姿色，但或許是職業的關係，徐允文看到她的時候，幾乎都是素顏或是薄施胭脂，所以整個人看起來並不起眼。尤其為了勝任心臟血管外科加護病房的資深護理師與小組長，不得不武裝自己的情緒，自然在眉宇間流露出強悍、不屈服的威嚴。

今晚刻意打扮之後的許秀穗就表現出深具女人韻味的另一面，雖長了女特助幾歲，卻有著一股她所無法匹敵的成熟，舉手投足之間散發著特有的氣質，或許是平時工作的自信，讓她在卸下心防後反而更美麗。

徐允文被許秀穗的韻味迷住了，有時會看著她出神，最後在胡學恆拉回神之後，被好好取笑了一番。徐允文並不在意，與許秀穗熱戀的他，正籠罩在「情人眼裡出西施」的魔咒裡。

晚餐近尾聲之際，胡學恆提議到慶城街的啤酒餐廳續攤，趁著沒值班的夜裡，可以喝著冰涼的啤酒繼續談心。

徐允文聳了聳肩，表示沒有意見，看了一下許秀穗。

「我明天早上是白班，必須早起，七點鐘就要去點班。」

胡學恆很失望看著徐允文。他再度看著許秀穗，本想回絕胡學恆的提議，沒想到許秀穗卻說道：「難得你的同學有這種興致，不要壞了他想跟女朋友多聊聊的機會！」

徐允文本想解釋女特助並非胡學恆的女朋友，但一時之間也不想破了這個梗，只好順了許秀穗的意見，接受了胡學恆的提議，畢竟他也好一陣子沒有如此放鬆了。

在許秀穗離開之後，胡學恆三人便搭了計程車往啤酒餐廳移動。

下了車抵達餐廳之前，在店門口徐允文看到了一個熟悉的身影——那裡有一群朋友在互相道別，處在人群之中的是他的前女友夏美美。

雖然燈光並不是非常明亮，夏美美的輪廓徐允文依然看的很清楚，原本有些骨感的她身形更加消瘦。徐允文心頭有些酸楚，夏美美整個人看起來非常憔悴。

她似乎是和一群感情相當不錯的朋友聚會，剛結束正要離開徐允文三人要去的啤酒餐廳。由互動看來，他們的感情相當不錯，男男女女在離開前都會相互輕擁一下表示親密，被抱著最多、最久的是夏美美，徐允文遠遠地看到她雖是笑容可掬，可是原本秀慧的臉龐卻因為雙頰凹陷，讓她看起來非常頹喪與無神。

大家對夏美美道別的擁抱似乎是種安慰，她有幾度還抱著感情好的閨密不放，似乎要掉眼淚的樣子，對方也給予拍肩、撫摸背部的鼓勵。

徐允文是躲在胡學恆與女特助後面看到上述的情形。他看到夏美美的身影時，就本能地拉住胡學恆不再前進，胡學恆順著他的視線往前方看去也找到了夏美美。

胡學恆趕忙拉著女特助，刻意背向著夏美美的方向聊天，算是給徐允文掩護。機靈的他當然知道徐允文看到前女友會有一些尷尬，只是女特助不明就理想回頭張望怎麼回事，胡學恆只得明說「等一下再跟妳解釋」。

等到道別的人群散去，夏美美隻身地往捷運方向走去，徐允文不再躲在胡學恆身後，似乎想跟著她走，不過卻被胡學恆從後面拉住。

「同學，你想幹什麼？」

徐允文心頭一震，被胡學恆這麼一提醒又回到了現實，他沒有勇氣再往前走，只能跟著胡學恆進了啤酒餐廳。

女特助一直好奇想問剛剛到底怎麼回事，但觀察到徐允文的臉色不好看只得做罷。胡學恆很難讓氣氛再度回到像之前有許秀穗在場的時候，此時徐允文變了一個人，只能靜靜喝著悶酒放任胡學恆唱獨角戲。

這場由歡樂轉變成沉悶的聚會，因為徐允文接到一封簡訊而讓心情一下子沉到谷底，提前向胡學恆兩人告辭離開，而它就從夏美美的手機發出來的，上面寫道：

「寶貝，恭喜你今天在電視上大出鋒頭，可以做到你之前希望的那樣，期待你可以再突破成為一位術德兼修的心臟血管外科醫師。　小美 敬上」

徐允文看到簡訊之後，急著離開的原因是希望能夠打一通電話，直接找到夏美美談談。無奈電話依然是轉接語音信箱，擺明了就是夏美美不想接聽他的電話。

徐允文內心深處還會有不正常的遐想，除了夏美美還是用「寶貝」稱呼他之外，最大的原因是看到她憔悴的面容，或許夏美美真的後悔和他分手。

其實徐允文並沒有猜錯，雖然是夏美美主動提出分手，她的心裡始終無法卸下對徐允文的思念。儘管把他的電話號碼設為拒接的對象，仍無法脫離之前的愛戀，在幼稚園上班的時候，還是會不停望著窗外看去，希望徐允文會在那駐足停留；當然，在她回到租屋處之後，也會不由自主往對面樓下的騎樓張望，那個徐允文身影最常出現的位置。

夏美美的盼望都落空了，思念的苦楚把她折磨得形銷骨毀痛苦不堪，每個同事都以為她生病了，希望她要去看醫師，或者能請假好好調養。

沒有人知道，夏美美都是暗夜裡躲在棉被裡掉淚。她當然也有將自己和徐允文分手的消息告訴幾個知心的姐妹淘，不過感情再怎麼好，對於失戀一事，只能傾聽夏美美訴苦，說一些場面話、勸夏美美放寬心胸而已。

由於心情與健康變成負擔，夏美美決定先暫辭幼稚園的工作，打算回到家裡陪著父母親，一方面調理身體，一方面能在家人的支持下，早日走出陰霾。

無巧不巧今天是夏美美辭職首日，好朋友特別為她辦了歡送會，所有人都盡己所能努力開導夏美美，希望她能過得快樂一些，趕快開始另一段戀情，不要再躲在昨日的陰霾裡。

夏美美稍稍開朗的心情，在餐會離別的時刻看到徐允文的身影而再次瀕臨崩潰邊緣。

雖然徐允文刻意閃躲，但畢竟是相愛過五年的人，夏美美很快用眼角的餘光就知道是徐允文出現了，而且是躲在朋友身後。她只能不動聲色，和朋友一一道別之後，快步往捷運站走去，連頭也不敢回直奔裡面的廁所。

夏美美在廁所啜泣了好一陣子，最後終於忍不住心裡的煎熬發了一通簡訊給徐允文。她也看到了徐允文今天的記者會，電視畫面裡的他是風度翩翩，在記者提問下侃侃而談，夏美美很為他高興，於是將思念化為祝福，忍不住發了封簡訊。

夏美美下意識的動作用了「寶貝」起頭，發了簡訊才知道不妥，但已經沒有轉寰的餘地，於是又在廁所裡哭了好一陣子。

徐允文在撥話給夏美美之後，知道她又拒接，不知道哪來的勇氣，立刻招了一輛計程車，前往夏美美的租屋處，希望能比搭捷運回家的她早一點到達。

徐允文真的有想再見她一面的熱切渴望。

只是徐允文並不知道，夏美美已退租搬離，他在冷清的街頭枯等超過午夜，始終沒有看到夏美美的身影。

「或許她去男朋友那裡過夜了吧?!」

徐允文只有調侃著自己，悻悻然離開夏美美租屋處對面的騎樓。

5.

接受記者訪問之後，徐允文的心情雖然因為偶遇夏美美而惆悵，但依然保持著相當興奮的情緒。不過他心中有一件事還罣礙著，那就是想好好謝謝那天在老太太的急診刀中，半夜裡來應援他的學長杜如新。

老天爺沒有辜負徐允文的懸念，在記者會後沒幾天，一個耳鼻喉科的開刀房會診中，他又和杜如新在同一個手術臺上合作。

會診徐允文的是耳鼻喉科的主任許澤茂，因為他必須處理一位口腔癌的病患，除了切除腫瘤之外，還需要心臟血管外科與整型外科一同實施「顎顏面重建手術」，把患者因為切除腫瘤而損失的部分用身上的皮瓣補回來。

根據病例記載，患者是位四十多歲的男性，職業是大貨車司機，有長年吸菸與嚼食檳榔的習慣。最近半年右邊的口腔黏膜有一個不易癒合的傷口出現，有時候伴隨局部腫脹，只是他得過且過並不在意。

由於情況一直沒有改善，他最後在家人的要求下，終於到醫院接受診治。初步切片報告證實為口腔癌，因此在一系列的檢驗完成後，在友人的推薦下轉診到北辰醫學院附設醫院找許澤茂，求助這位處理顎顏面癌症的專家。

經過許澤茂檢視所有的資料後，發現該病患的情況還能以腫瘤切除，加上顏面重建與放射線治療。在移除腫瘤的過程中，不可避免觸及侵蝕附近大血管的癌細胞，所以許澤茂在開刀前會診了徐允文及杜如新，希望他們能在手術中待命，隨時加入幫忙。

在手術臺旁等待的徐允文覺得許澤茂有些亂搞，就是不想提早放棄，以免讓人覺得他在手術前判斷失準，所以徐允文剛開始如同晾在一旁的雕像。

手術進行中胡學恆忽然走進來，躡手躡腳走到徐允文身旁。他是站在許澤茂身後看著他設法移除腫瘤，至於杜如新則在另一側，努力忙著取下患者左側的「闊背肌皮瓣」，做為等一下重建患者顎顏面的材料。

為何「闊背肌皮瓣」可以做為顎顏面重建的材料？因為皮瓣本身是一具有「血液供應」及其「附著的皮下組織及肌肉」所組成，杜如新所選的「闊背肌皮瓣」大小剛好可以做為補足患者顎顏面移除腫瘤後失去的體積。

「同學，怎麼樣？」胡學恆偷偷走到徐允文身旁低聲問道。

「我看不妙，腫瘤組織應該侵犯到頸動脈和內頸靜脈，許主任還在撐，不想表態投降提早讓我上場，怕他面子掛不住！」徐允文也低聲回答道。

胡學恆順著徐允文的視線看過去，許澤茂已經分開了患者顏面大部分的腫瘤，卻無法分離它延伸到右頸部的組織，因為它和血管周邊沾黏得相當緊。忽然許澤茂開口道：「我看……允文啊！」

聽到了許澤茂在叫他，徐允文連忙應答，而許澤茂又繼續說：「我先想辦法將這一大塊組織切下來，先不碰到血管，然後把檢體送到病理科做『冰凍切片』。如果邊緣仍有癌細胞浸潤，再請你將整個被癌細胞侵犯的血管通通幹掉，由你先重建血管，然後如新取下的皮瓣才可能種在你重建的血管上！」

所謂「冰凍切片」是一種在低溫條件下，使組織冷却到一定的硬度然後再進行切片的方法。由於製作過程較傳統方式迅速簡便，所以在外科切除惡性腫瘤時，常可以利用它讓病理科醫師判斷外科手術切除範圍否適當與足夠。

徐允文覺得許澤茂有些多此一舉，想建議他直接截斷大血管重建，但畢竟不是自己的病人，還是尊重他的決定。

趁著許澤茂處理著腫瘤組織，胡學恆才偷偷向徐允文說出來此的重要目的。

「同學，晚上的外科部迎新餐會，一定要想辦法參加！」

「為什麼，等一下幫忙完這臺刀，難得今天沒有值班，想好好休息一下，幹嘛去吃那麼無聊的飯局？」

對於胡學恆的要求，徐允文不為所動，沒有想到胡學恆接下來的回答著實嚇到他：「很多人藉故不到，再加上三個人一定不會到，鄧主任心裡不是很舒服，叫我這個行政總醫師來道德勸說大家，能去就盡量去，至少要維持外科部一貫迎新的意義，顯示我們很注重傳承的感覺。」

「為什麼有『三個人』一定不會去？」徐允文覺得胡學恆的語意有問題。

「讓我告訴你一個八卦……」

胡學恆刻意放低聲音，不希望手術室內有任何人聽到，接著又說：「最近外科部有三個人遞出辭呈，都卡在鄧主任那裡沒有批。他試著努力去約談，希望三個人慎重考慮留下來，結果都沒有成功，鄧主任就一直對我碎碎念，看可不可以替他找人想辦法？」

徐允文聽完心頭一驚，但苦於身在手術室，只能將情緒掩飾住，於是忍不住輕聲問道：「是哪三個人？」

「就是楊西源，還有現在依然在手術臺上奮鬥的杜如新，以及神經外科的主治醫師蔡理群……」

「啊！」徐允文在心裡叫了一聲，但依然強裝鎮定，聽著胡學恆說下去：「楊西源掛冠求去，不用說是受不了大家的異樣眼光，而杜如新應該是有更好的位置，至於原本幹得不錯的蔡理群，我就不知道為了什麼。」

胡學恆雙手一攤，擺出無奈的樣子。

「杜如新學長要走讓我相當驚訝，等一下若有機會必定要問一下。」

徐允文心中掛念著這個令他不敢置信的消息。他之所以會有如此的反應是因為杜如新是他在外科部交情最好的學長，自然想好好問他原委。

他心中一直放不下的是上次和他一起處理過那位老太太的緊急手術，對於其情義相挺，還找不到機會請他吃飯，結果竟然聽到他要離職了！

「好了，真他媽難搞，終於切下這小王八蛋了！小姐，趕快叫阿嫂送它去病理科，有請我們馬大主任看一下冷凍切片的結果。」

許澤茂如釋重負，粗魯地將手上的檢體一傢伙丟在器械臺上，嚇得刷手護理師尖叫，因為有血水濺了出來差點噴到她的臉上，讓她在心裡一直咒罵許澤茂的粗魯行徑。

許澤茂脫下沾滿血跡的衣服與手套，立刻轉身搭著徐允文與胡學恆的肩往手術室外走，而且跟著大聲說道：「你們兩人剛剛在我身後吱吱喳喳說了什麼？像娘們一樣咬著耳朵說個沒完，有什麼祕密不敢讓人知道嗎？我也想知道你們聊什麼八卦？跟我去休息室，我請你們喝咖啡好好聊一下！」

不管徐允文兩人同不同意，許澤茂硬是將他們拖出手術室朝休息室走去，似乎真的想利用等待冰凍切片的空檔，好好拷問他們兩人。

當許澤茂三人從休息室喝完咖啡回來後，病理科主任馬小芬還沒有來電告知凍切片的結果。因此性急的許澤茂還是迫不及待撥了馬小芬的專線電話，而且還使用擴音功能。

「親愛的馬小妹子，冰凍切片的結果如何呢？」許澤茂裝著可愛的聲音問道，一點也不顧及主任該有的形象。

「許大主任，你急也沒有用啊！處理檢體需要一定的時間，而且切片我可要仔細看哦！免得打了錯誤報告，連累你我都上法院！」

也不待許澤茂回應，馬小芬就將電話掛上了。

「我就是喜歡聽她的聲音，雖然很正經，還是那麼有韻味，古文裡面不是說那個……什麼，哦……是『新鶯出谷』，還有『乳燕還巢』，大概就是這個意思！」

雖然覺得許澤茂的行為很輕浮，有失耳鼻喉科主任應有的風範，但在場的所有人也不得不同意，馬小芬的聲音讓人聽起來很舒服，一點也不像個超過五十歲女人的口吻。

「我在十年前剛到這裡任職時，看到她就覺得驚為天人，真是有種相見恨晚的感覺。你們算算，十年前，馬主任早就四十歲了，我還覺得她很幼齒，真是……」

許澤茂愈說愈興奮，竟然把十年前的舊事拿出來和手術室內的人分享，完全不害臊。

「唉！屁什麼，馬主任差點就成為我的嬸嬸呢？踐什麼啊！」

看到許澤茂旁若無人地說著，胡學恆氣得在徐允文耳邊低聲嘀咕著，算是說出心中久藏的一個祕密。

「什麼?!」徐允文感到相當震驚。

「我本來是不想說的，但不知為什麼今天心裡有些傷感，或許是楊西源要離職的關係吧！不知不覺就說出口了。」

胡學恆表情有些落寞，向徐允文說出藏在心中很久的一段故事。

「同學，你知道為何我要選擇本院醫學系？」

徐允文搖搖頭，表示不知情。

「其實，我是追隨叔叔胡明成的腳步……」

雖然同學加好友的情誼有不少年，徐允文始終沒有聽過胡學恆這一段故事。原來胡學恆的叔叔叫胡明成，二十年前就是私立北辰醫學院附設醫院外科部的一員，而且和徐允文一樣都是心臟血管外科主治醫師。

「我之所以沒跟你說，是因為叔叔年輕早逝，不想因為他的過往而影響你的心情……」

透過胡學恆簡潔的敍述，徐允文了解到在胡學恆就讀小學時，他的叔叔胡明成和馬小芬一起在北辰醫學院附設醫院已服務多年，而且論及婚嫁，是大家公認最登對的戀人。

「叔叔曾經帶馬主任到臺中老家拜訪，那時候沐浴在愛情裡的馬主任才真是迷人呢！」

胡學恆還說了一個不為人知的小祕密，那就是馬小芬被胡明成所取的綽號。

「那時候我的叔叔都叫馬主任『牙牙』，因為她笑起來就會出現一對可愛的虎牙，所以才被叔叔取了這樣的暱稱！」

這時候徐允文才憶起，馬小芬真的很少笑開懷過。即使是大笑，也會忍不住以手掩口，讓人不知道她有一對虎牙。

「只可惜紅顏薄命呀……」

胡學恆接著向徐允文說到，最後自己的叔叔是因為腦出血而英年早逝，而馬小芬竟然改嫁陳國祥。

「你說陳國祥和馬小芬是夫妻？」徐允文掩不住驚訝，臉上的表情忽然凍結住了。

「是『曾經』！我也是之後聽親戚說起，因為陳國祥似乎是叔叔的好友。不過好像結婚不到兩年又離婚了，所以我奶奶才一直說馬主任是掃把星！」

陳國祥和馬小芬的過往已將近二十年，只有這家醫院的老員工才知道其中的細節，而徐允文與胡學恆確實沒有聽到誰提起過。

「所以說，嫲人無嫲命（臺語）……」徐允文感嘆道。

「什麼事又可以聊得這麼起勁！你們兩個人真的很像娘們一樣，一見面話匣子打開，就像噴泉一樣不會停，真想知道，你們聊天的功力平常如何訓練的……」

和護理人員聊了一段時間的許澤茂，發現徐允文兩人都不怎麼在意他，於是臨時插入他們的談話，想知道兩人聊些什麼。此時手術室的電話聲又響起了，護理人員將電話改成擴音，裡頭傳來的是馬小芬柔美的聲音。

「許主任，我看有些危險哦！我不知道腫瘤的方位是如何，但是你做 mark 的地方布滿了腫瘤細胞，其餘的地方都算安全！」

「好吧，逃不過了，謝謝妳了，親愛的馬小妹子！」許澤茂又輕挑地回答。

「不謝！」馬小芬不想跟他打哈哈，立刻掛上電話。

「好了，徐主治，It's your turn，該你上場了！」

許澤茂在此時終於宣告投降了，用病理科主任馬小芬的專業判斷做下臺階，要徐允文將右頸部有腫瘤沾黏的組織拿下來，因為他做 mark 的部分就是那裡。

聽到許澤茂的要求，徐允文向胡學恆說道：「同學，要不要和我先取大腿的血管？表現你家族的優良傳統，動作快一點，晚上的迎新餐會，我就可以參加！」

「好啊！衝你一句話，我可以配合，順便複習一下以前在心臟血管外科擔任住院醫師的記憶，看看我是不是和叔叔一樣有潛力……」

徐允文和胡學恆一刷手消毒上了手術臺，兩人合力在住院醫師的幫助之下，先替患者的右下肢消毒，準備取下右大腿的靜脈，做為在移除腫瘤組織後做為重建頸部血管的材料。

忙了一陣子的杜如新，把皮瓣範圍分離得清楚之後，準備下手術臺休息，待徐允文重建好血管之後再上場。

看到杜如新準備暫時離開，徐允文趕忙交待著胡學恆和住院醫師，把剩下工作交給他們，他自己則是想下手術臺和杜如新聊聊。

被徐允文拉著往手術室外走的杜如新，心裡當然知道他的意圖是什麼，只得先說道：「學弟，我已經遞辭呈了，準備離開這裡去做醫美！」

「不會吧！學長，你怎麼會有如此想法？你可是本院整型外科的明日之星呢！你走了，整型外科的戰力會下降一半以上吔！」

徐允文的驚訝，不料卻換來杜如新的一陣牢騷。

「學弟，不要再說我是什麼『明日之星』了！我最討厭別人說我是『前途光明』，或者說我是多麼優秀了！我並沒有因為這些稱讚比別人有更好的機會，或者是更多的收入，反而這句『明日之星』，讓長官強加在我身上更多做不完的工作。更重要的是，我不會因為是『明日之星』就有免於恐懼的自由，工作上表現優異，也不能保證有任何閃失時可以逃過法院的訴訟！」

杜如新似乎將這些話悶在心底很久了，語氣有些憤憤不平，接著又說：「今天在臺灣的外科醫師，根本就是在血汗健保制度下被凌虐的一群『醫工』罷了。就像我們今天在開刀房所救治的病患，是一個多科整合手術的患者，但許主任、你和我三個人的手術費加起來，是絕對比不上我同學在醫美診所幫病人打脈衝光加肉毒桿菌的費用；更可笑的是，我們的所作所為，在健保署浮動點值的苛刻折扣下，如果審核委員助紂為虐，大筆一刪所有手術費，我們可就要絞盡腦汁，去編一些冠冕堂皇的理由申覆，向健保署那些『不食人間煙火』的長官搖尾乞憐，多少補一點回來。更無恥的是，核刪我們的委員雖然也是醫師，但可能對我們的核刪案件根本就是一知半解的門外漢！健保署知道『隔科如隔山嗎』？他們根本就知道！他們就是想利用那些自以為是的門外漢來審核專業醫師的案件，造成彼此之間的矛盾，然後省下健保費用，用這種文人相『侵』、『一石二鳥』的計謀來維持搖搖欲墜的健保制度……」

杜如新肆無忌憚開講，讓徐允文覺得非常訝異，無法想像平日溫文儒雅的學長，轉瞬之間如「猛虎出柙」，批評力道是「鞭辟入裡，針針見血」。

「還有那些無恥官員，根本不疼惜勞苦功高的醫護人員，還將功勞往身上攬，向國外炫耀，用比較少的錢辦出高品質的健康保險，簡直不要臉到沒有界限……」

杜如新火力全開，不管是否為意氣用事的評論，他所說的情況，還讓徐允文能感同身受無法辯駁。

「就像我最近被剔退很多手術費用，根本就是無理取鬧，胡亂刪除！只因為我的業績在這一季暴漲，費用申請太多就被健保署的電腦覺得是異常，不挫一挫我的銳氣怎麼可以？但他們有沒有想想，如果我的業績下滑，健保署會補貼我嗎？不可能，健保署搞不好會額手稱慶說你該死！我已經忙得焦頭爛額了，還要整天抱著被核刪的病歷去說服那些不學無術的審核委員，完全是外行刁難內行，真他媽是一肚子大便……」

杜如新罵得是有些「失心瘋」，火氣漸漸大了起來，讓徐允文不得不勸他，不要生那麼大的氣。不過他似乎意猶未盡，繼續說道：「總之，現在外科的執業環境是愈來愈差，健保署放任所謂內、外、婦、兒、急診變成『五大皆空』，又挑撥不專業的媒體，舉著正義的大旗，支持不明就理、無理取鬧的家屬弄僵醫病關係，搞得現在臺灣醫師被判刑是全世界最高的地方……」

杜如新雖然是降了火氣，還是不停抱怨著，徐允文只能苦笑勸他不要生氣，以免傷了身體。

「還是俚語說得好，『救命不如救醜，醫人不如醫狗』，無能的政府創造無力與無奈的環境。老弟，你怎麼還會往火坑裡跳……學長只能勸你苦海無邊，回頭是岸！」

杜如新用開玩笑的語氣勸著徐允文，希望他認真考慮自己目前在外科的執業環境。

「徐 sir，血管已經取好了，該你上場了。」

手術室裡流動的護理人員開了門大喊著徐允文，讓他著實鬆了一口氣，可以暫時躲避這尷尬的場面，不必再聽杜如新的抱怨。

「學長，走吧！我們可是要一起合作，還要分秒必爭呢！」

「做一天和尚撞一天鐘了！」

氣消了的杜如新，拉了徐允文往手術室裡走，徐允文此時有些感傷，只能搭著杜如新的肩說道：「學長，搞不好這是我在醫院和你最後一次合作了，總之，謝謝你一直以來的幫忙，預祝你鵬程萬里賺大錢！」

「鵬程萬里是不必了，但賺大錢是一定要的啦！哈……」

杜如新此時開懷大笑，響遍了手術室裡。

6.

胡學恆取下的血管大小適中，所以徐允文將癌細胞組織與右頸的血管整片挖掉時，可以完美地使用於血管重建，讓之後杜如新可以把皮瓣穩當地吻合其上，不會有技巧上的困難。原本做到這裡，徐允文兩人就可以離開了，但他沒有看過「闊背肌皮瓣」如何填補在許澤茂和他所挖除的組織空腔，所以等到杜如新接好血管，擺好位置以補上缺損的部分他才開了眼界。

皮瓣填補上病患右側臉頰及頸部，缺損的空間仍有些不協調，但是總比留下一個大洞好看。徐允文兩人看得是津津有味，也由於看得太過入神，差點耽誤了時間趕不上外科部的迎新餐會。

今年外科部的迎新餐會和往年一樣氣氛很 high，沒有因為三個人離職而有低氣壓的現象，可能是這個全醫院酒量最好的單位利用把酒言歡的氛圍，麻痺掉很多不愉快的經驗。

今年的氣氛也可能是因為胡學恆善盡行政總醫師的職責而更顯得歡樂。他在鄧克超身旁插科打諢，勸酒加上提供即時笑話，逼得鄧克超及圍在他身旁的人哈哈大笑，也多了不少黃湯下肚，讓人看不出鄧克超因為有三人離職而心情欠佳。

後來找鄧克超敬酒的人愈來愈多，跟著在他身旁幫忙擋酒的胡學恆也大感吃不消，只好趁著尿遁的機會，躲到徐允文那一桌避避風頭。

他躲到徐允文身邊似乎安全，但眼光仍是在附近遊走，深怕被其他好事的同仁撞見，又把他拖回主任身邊。

胡學恒就這樣打量四周的環境，不知道忽然看到什麼，他聚精會神看了一下，然後壓低聲音對著徐允文說：「同學，我知道蔡理群為什麼要遞辭呈了！」

「你這個包打聽，是不是又有什麼妹妹告訴你第一手內幕了！」徐允文以為胡學恒酒喝多了，人有些茫茫然，所以回話也不由自主輕浮起來，不過胡學恒立刻嚴肅答道：「真的，同學，我告訴你，原因就在那裡……」

胡學恒的手放到桌子底下，然後用食指偷偷指著一個方向，徐允文依著指示看去，正好看到陳國祥面對著他，搭著一位衣著入時，打扮得花枝招展的女生肩膀，和同桌的人敬酒。

「你說的是陳國祥主任？」徐允文問道。

「你只猜對一半！」

胡學恒一直吊著徐允文的胃口，讓他好奇心大起，不停地問另一半是什麼原因？胡學恒只好附在他耳邊說：「我猜，另一半就是坐在他身邊，被他搭肩陪喝酒的女生?!」

鄧克超很注重家庭觀念，所以外科部主辦的聚會都非常歡迎同仁帶著家眷、男女朋友參加。沒有人會去特別注意陳國祥旁邊的女人是誰，因為來來去去已經很多人了，於是徐允文問道：「你是說，他旁邊那個……那個是不是陳主任的新女友？」徐允文也搞不清楚，現在他身邊的這個女人到底是誰？

「你有健忘症嗎？那個女的是誰你不清楚？再想想……」

胡學恒有點不耐，一直強迫徐允文搜尋腦海裡的記憶，而且還不斷告訴他，那個女生他以前絕對見過。

「真的沒有什麼印象，可能太『大眾臉』了！」徐允文只能和胡學恆打著迷糊仗，不斷搖著頭說沒印象。

「讓我提醒你，去年外科醫學會在南部舉行，是誰和女朋友在街上逛被我們逮到，最後請大家吃臺南擔仔麵的？而且還要我們發誓，吃完不得透露半點口風？」

經由胡學恆這個重要事件的提醒，徐允文腦海裡薄弱而且遙遠的記憶被喚醒了。他再仔細看了陳國祥身旁的女人，雖然濃妝豔抹，畫得像唱戲的一樣，但深邃的五官輪廓的確和他想起的人有些雷同，於是他不安地問著胡學恆說：「是那個……那個蔡理群的……」

「不要激動，知道就好！」胡學恆提醒徐允文不要說出口。

在徐允文的記憶裡，他去年參加了在臺南市舉行的外科醫學會，兩天的議程讓他第一次投宿該地的旅館。除了參加會議之外，更利用休息的時間遊走在古蹟之間，去品評在地的人文與風情。

第一天的議程結束之後，徐允文、胡學恆和幾位與他們熟稔的主治醫師出來逛街閒晃，不小心讓他們撞見混在人群裡的蔡理群和他的女友，親暱地摟著。

沒有人知道蔡理群有這位女友，這下子被他們不期而遇之後，好事的人自然一陣喧鬧。最後蔡理群拗不過大伙兒的瞎起鬨，只能任人宰割，帶大家去吃臺南擔仔麵，並且爽快答應買單。

經由蔡理群介紹，他的新女友是骨材公司新進的業務，專門負責北辰醫學院附設醫院的相關醫材，做的是有關脊椎手術使用的自費骨板、骨釘等等用品。因為接了這份工作，所以常常跑神經外科的辦公室，最後被蔡理群看上，展開追求而成為男女朋友。

只是這關係還未曝光，所以在那次聚餐中蔡理群央求大家不要說出去，希望用這頓飯讓看到他和女友的同仁可以守口如瓶，而之後確實也沒有人在這上面做文章。

經過了這一年多，徐允文已經忘記有這次飯局。剛剛胡學恒的一番提醒讓他如夢初醒，記起了那晚在臺南擔仔麵餐館裡的一切。

「這中間的轉折也太離奇了吧！」徐允文驚訝地說道。

「離奇個什麼勁啊？你也不想想，神經外科裡誰的脊椎手術做最多？蔡理群充其量開一點腦袋瓜，加上一些急診刀，沒有陳國祥允許，他可能開到脊椎的手術，用他女友的骨材？我要是那個女的，再笨也是選擇陳國祥，蔡理群有什麼利用價值！」

胡學恒雖然輕描淡寫說了這段話，讓徐允文聽了也只能表示認同！

「我要是蔡理群也會自行離開。我根本無法接受和自己的主任是『表兄弟』的感覺，這實在是太窩囊了！整天看著『北港香爐』會倒盡胃口！」胡學恒附在徐允文耳邊咒罵道，雖然很不好聽，卻也很實在。

「注意你的音量，不只我耳朵痛，旁人也可能會聽到！」

胡學恒只得閉嘴，看看四周不敢再放大自己的音量，倒是徐允文此時竟也脫口道：「這應該是男女生都有問題吧？正所謂『一個巴掌是絕對拍不響』！」

「對啊！世界上本來就是弱肉強食的生態，商場如此、情場也一樣！就像某個人類學者講的

『處女膜』，是為了淘汰那些老二不夠硬的人而演化出來的。」

「你這傢伙，從哪裡聽來的？」

徐允文被胡學恆逗笑著，直問他在哪本書裡讀到的，結果卻得到一個瞎攪和的書名與學者。

接著胡學恆再爆一個更有趣的料。

「上次的『紅包事件』聽說也不了了之。陳主任真是神通廣大，竟然可以鼓動病人和他在院部會議室來個『大和解』，讓病人說自己是老糊塗了、亂說陳主任的壞話。兩人在院長前相擁，最後病人還激動落淚，後悔地說著差點做了傻事……」

「又是你那個特助妹妹爆的料?!」

胡學恆不好意思點點頭，徐允文想取笑他，繼續問道：「以後乾脆說那個特助妹妹是你女朋友好了！」

胡學恆表情很詭異但未置可否，為了化解這股尷尬，又說道：「這個世界都一樣，永遠都是不要臉的當道。就好像上述的大和解戲碼結束幾天後，陳國祥竟然在晨會裡，對他們主治醫師說到『紅包』的議題，替它做了一個註解……」

「什麼註解？這見錢眼開的人有什麼謬論？」徐允文口氣難免有些不屑。

「陳主任說，對於紅包，也有它的正面意義。因為我們醫師用自己的專業解決了病患的痛苦，甚至救了他們的性命，所以在事後只要他們自己送上門來，不管多少我們可以拿的心安理得。尤其不容否認，只要我們拿了紅包之後，應該也會解除他們不知如何感謝的不安，更重要的是我們不會因此減低患者對我們的尊敬。」

「幹！不要臉！這種事如果訂價碼可以嗎？」溫文儒雅的徐允文竟然會口出穢言，讓胡學恆嚇了一大跳，但接著他又說：「當權者永遠可以掌握資源。所以外科部主任的遴選，一定有一齣接著一齣的好戲等著上演。畢竟誰當了主任，就可以掌握整個外科部的資源，好的人如鄧主任，永遠把科務擺前面！如果繼任者是自私自利的話，我們可有苦日子了！」

「不要想這麼多了，同學，喝酒吧！今朝有酒今朝醉……」

胡學恆舉杯向著徐允文時，看到他臉色有異，還未想通什麼環節，卻冷不防被人從後面抓了一把。

「醉什麼醉！你這小王八蛋躲到這裡來，不幫我擋酒！」

說話的是鄧克超，他正好逐桌敬酒到這裡來，一看到胡學恆就把他拉回自己身邊，他只能乖乖再陪鄧克超敬酒。

看到外科同仁如此和樂的場面，徐允文心裡不知為何有種「山雨欲來風滿樓」的感覺，忍不住在鄧克超敬酒離開之後，坐在椅子上輕嘆了一聲。

徐允文不知道陳國祥的「紅包問題」能解決，除了是付了三十萬元堵了記者的嘴之外，同時也是靠著張貴翔的幫忙擺平了那位送紅包的老先生。條件是以後門診隨時可以插隊，而老先生則必須配合說是自己誣陷了陳主任，並且在院長面前演了那齣大和解的好戲。

7.

外科部的迎新餐會後，徐允文獨自回到動物實驗室，這個在開放後成為他心靈的避風港或是禪修的地方，每天夜裡除非有急診手術，幾乎都可以看到他的身影。

尤其在認識了古朋晟之後，這裡變成是他們兩人談論基礎醫學、還有臨床實驗，甚至是人生道理的地方。古朋晟淵博的解剖知識，解答了很多徐允文在置換心臟瓣膜所遇到相關結構的疑問，甚至在心臟移植的手術概念上，這個徐允文一直想獨立完成的手術，他更提供了一些空間的對應與結構的解說，尤其配合了那本筆記，讓徐允文有種豁然開朗的「頓悟」，認為自己隨時有機會可以成為該手術的主刀醫師。

古朋晟也因為年紀較長的關係，幾次與徐允文的促膝長談中，把豐富的人生經驗與處世哲學教給了徐允文，讓他被徐允文視為是「心靈的導師」也不為過。

今晚腦袋被酒精攪動的徐允文不知不覺地又走到動物實驗室，他沒有什麼特別的目的，就是想來看看，因為楊西源、杜如新以及蔡理群三位即將辭職離開的同事，讓他有口氣壓迫在胸口上，很想在這裡放空自己，抒發這些難以化解的悶氣。

或許是酒精催化的作用，在動物實驗室無所事事踱著方步的徐允文忽然不知哪裡來的勇氣，撥了通電話給楊西源。他覺得杜如新與蔡理群的離職他確實使不上力，但是楊西源這位他一直相當看重的學弟，自己有義務要盡棉薄之力，設法勸他打消辭意，留下來繼續在外科部奮鬥。

楊西源接到徐允文的電話，一開始是有些吃驚，但心裡卻是很明白，大概和自己提出辭呈有關係，雖然鄧克超和他都沒有對外宣布，不過這種重要的事難免在公開前會引發一些波瀾。

「西源，最近還好嗎？」

徐允文再普通不過的問候語，楊西源聽起來仍有些令他不安的因素，所以他很靦腆地回答「還不錯」。

「今天晚上在迎新餐會，我聽到了你的一些消息，所以打了個電話，想向你求證一下……」

徐允文沒有掩飾，直接就想知道問題的核心，當然楊西源一開始想裝傻若無其事答道：「我又有什麼問題了嗎？學長！」

「你真的提出辭呈了嗎？」

外科的性格讓徐允文不喜歡拐彎抹角問著楊西源，聽到此一問題的楊西源先沉默了一下，不久之後說道：

「是鄧主任在餐會中宣布的嗎？」

「不是，西源，你想太多了！主任目前還想蓋住消息，他只向胡學恆總醫師『訴苦』而已……」

徐允文特別提到「訴苦」兩字，為他之後想說的話鋪路。楊西源聽到「訴苦」兩字是有些驚訝，反而問道：「訴苦？學長我又搞了什麼 trouble 嗎？」

「沒有，你哪有搞什麼 trouble？是主任覺得你提出辭呈，他心裡很難受，告訴胡學恆是否有什麼辦法可以留住你！」

楊西源知道徐允文所言不假，因為在將辭呈提給鄧主任時，確實感受到他「愛惜」自己的心意，也體會到他強力慰留的心情，所以聽到徐允文的話暫時先保持沉默。

「西源，真的沒有挽回的餘地了嗎？」

「學長，你覺得我還有臉留在這裡嗎？」

楊西源的語氣有點哽咽，讓徐允文感受得到他心中強大的壓力，但這句話反而激起了徐允文心中的熱情，力勸他說：「什麼話！什麼叫還有臉留在這裡？老弟，你犯的錯根本不是什麼滔天大罪，哪一個醫師不在自己的執業生涯中犯下缺失？」

「可是學長……畢竟是人命一條！」楊西源的語氣也開始有些激動。

「拜託！你搞出問題的病人已經愈來愈好了，至少彌補了之前的錯誤，若說是人命一條，那我補心臟沒有成功的病人，那位值班的麻醉醫師不早該被我斬首示眾以謝天下？」

徐允文這樣評析讓楊西源也不得不認同，他也知道前一陣子夜店鬥毆事件中，那位張姓保全組長之死的「促成原因」，徐允文概括承受，沒有對任何人說出抱怨的話。

「可是學長……我在這裡必須承受異樣的眼光……內心的壓力幾乎快要達到崩潰的邊緣！」

楊西源此時慢慢釋放心中的壓力，語氣雖不激動卻充滿著頹喪與失意。

「西源，往好處想，這不也正是你可以藉此成長的動力？」

徐允文的回答對楊西源來說並沒有任何吸引力或是說服力，他沒有答話。

徐允文接著話鋒一轉，以自己為例說道：「每個人在不同階段都必須承擔不同的壓力，以我為例，你認為我的壓力低於同一層級的人嗎？我想答案是否定的。鄧主任拔擢我成為院內外科最年輕的主治醫師，這三年來我兢兢業業，幾乎是用命來當主治醫師，連女朋友和別人睡了好多天我還不知道……」

楊西源聽著徐允文說著自己的故事，低落的情緒忽然一下子得到了緩解，他這才驚覺自己並不是那個最衰的人，若和徐允文比起來，不管是壓力與運氣，似乎都比他好得多。

「所以說西源，當你覺得沮喪的時候，你要記得自己為什麼要幹外科？這就是現在我要問你的……你為什麼要幹外科？」

徐允文說完了自己的故事，反而問了楊西源一個最根本的問題，問題簡單但每個人都有自己的想法。

「我……這……」被徐允文如此問道，楊西源一時半刻還想不到一個好答案。

「我替你先說一些好了，西源……」

聽到楊西源一時語塞，徐允文理了一下思緒告訴他說：「我們外科的性格都不喜歡拖泥帶水，總希望病患在我們的手上病情立刻緩解，除掉他們身上的痛苦來源，你說對不對？」

楊西源想一想也對，立刻回答「是」，接著徐允文又說：「這種想替病患解決『病痛』的想法，也是我們本身壓力的來源，所以說外科醫師怎麼可以視壓力為畏途呢？」

楊西源保持了靜默，不敢正面回答徐允文的問題。

「因此你認為你今天在北辰醫學院附設醫院卸下了壓力，沒有面對它，壓力就不會跟著你嗎？」

「是沒有!!」這回楊西源答得斬釘截鐵。

「西源，這就對了！在這裡我要送你兩句話，第一句話是要相信自己身上藏有強韌的力量，雖然我們的身上也有懦弱的特質，不過你必須要時時刻刻從相反的觀點來思考，這點相當重要。你雖然犯了錯，但不容否認，唯有勇氣認同現在的自己，才能成為真正的強者！」

「學長，你教訓得極是。」

「說什麼傻話，學長這是人生經驗的分享，不要從負面的思考來解答，要找正面的方式……」

「是……」楊西源顯得很不好意思，此時心情已不若之前低落。

「另外第二句話，我希望和你分享的是希望你能『莫忘初衷』，要將心情回到最純粹的初始狀態，去好好想想當初你是為了什麼原因，才選擇了外科成為你一生的志業？如果你沒有興趣面對這件事，即便你今日逃離了這裡，所有的壓力和陰影，還會伴隨你到老死，除非你選擇放棄不幹外科了！」

徐允文的話似乎深深觸動楊西源心底的痛楚，兩人之間保持了一段時間的靜默。

「真的連外科都不想幹了？」

徐允文打破了沉默問著楊西源，他深吸了一口氣才回答道：「學長，那還不至於……不過謝謝你的開導，我會記得『莫忘初衷』這句話。」

「對，如果覺得心情不好的時候，就用這四個字提醒自己！」

徐允文覺得很興奮，似乎是他引用「莫忘初衷」這四個字讓楊西源變得不再那麼低落。

「那學長就不再煩你了，好好考慮一下哦！不管如何，學長都會支持你的決定！」

徐允文和楊西源終於結束了對話，掛上電話的徐允文不禁長吁了一口氣，他心裡覺得熱血沸騰，真希望自己真的能說服楊西源打消辭意。

「好一個『莫忘初衷』！」

徐允文身後又出現了古朋晟的聲音，著實嚇了他一跳。

「學長，拜託！再來幾次我會被嚇死……」

「對不起！對不起，看你聊得起勁，不敢打擾你，只好等你說完再出聲……」

古朋晟對著轉身的徐允文道歉，接著又說道：「和誰談話那麼嚴肅？」

「就是那個住院醫師楊西源。」

「楊西源？哦……就是那個犯錯，被外科部想爭主任大位的人用來鬥爭的那位！」

「對！學長記性不錯。」

「今天迎新餐會，我同學說楊西源向鄧主任提出辭呈，主任想盡辦法慰留，不過好像沒有成功。我覺得他是一位優秀的學弟，如此離開是有些可惜，所以剛剛才當說客。」

「我聽你說得不錯啊！我要是楊西源，也會想留下來！」

「楊西源真要是那麼想就好了！」

徐允文有些感傷，語氣有些沮喪，他也沒有把握可以說服得了楊西源。

「這是楊西源的機會，反正一切得靠他自己，如果他沒有想通，一切的後果都由他自己承擔。如果他想通了，真的可以如你說的，他可能成為一位強者，此舉符合卡繆說過的一句話……」

「哪句話？」徐允文顯得很有興趣。

「那些殺不死我的，正是足以讓我變強的根源！」

徐允文連連稱是，他今天之所以能堅持下去，沒有被治療患者的失敗所「打死」，正因為強烈的意志驅使自己要成為一位頂尖的心臟血管外科醫師。

「那談談你的初衷吧！為什麼要選心臟血管外科那麼累的職業？」

「愛慕虛榮吧?!總覺得自己可以因為這個頭銜在醫師群中高人一等……」

「沒有那麼膚淺吧?!你一定有更重要的原因。」

古朋晟的疑問似乎點中徐允文內心深處的小宇宙，這是別人一直無法知道的部分。

「或許是真的那麼膚淺，學長。我除了不喜歡看書治病，在門診裡不斷和病人討論數據外，內心深處就渴望做些大事！」

徐允文眼裡泛出興奮的光芒，讓古朋晟不禁開口問道：「做些什麼大事?可以說說看。」

「例如，我就希望自己可以有朝一日主持心臟移植手術。」

「拜託，心臟移植手術的技巧又不是開心手術內最難的。」

古朋晟潑著徐允文冷水，不過他卻回答道：「誠如學長說的，技術層面它雖不是開心手術內最難的，不過資格上卻有一定的限制，不是說你會就可以開！」

「這倒也是！」

古朋晟並不是附和徐允文的話，而是國內外擔任心臟移植手術的專家，除了要有一定年資之外，更要符合一定開心手術的病例數才可以從事此一工作。畢竟技術本身不是最難的，而是之後照顧與長期追蹤，都需要醫師累積一定的經驗。

「雖然我現在自己也開了不少心臟手術，當了好多次心臟移植手術的第一助手，但是如果真的要主刀心臟移植，心裡還是不踏實！」徐允文說出心中的憂慮。

「我們討論很多次心臟的3D結構，我看你空間概念很好，接下來你只需要實做縫合就好了！」

「學長，那些都是圖譜，大抵是紙上談兵……如果我可以將心臟捧在手心不停研究，相信我的技術會更精進！」

徐允文點出問題，沒有想到古朋晟不覺得是困擾，反而提醒他說：「找病理馬主任啊！你們家主任的心臟移植手術，那些從心衰竭患者取下的心臟，都被馬主任分門別類泡在福馬林放在病理科保存得好好的！你去開口找她幫忙，讓你看到吐出來都行……」

「對哦！」

徐允文恍然大悟用力拍了自己的大腿，感謝古朋晟的提點。因為確實如他所說，黃世均這近二十年來的心臟移植所有留下的檢體，一直都存放在病理科。徐允文並不知道，馬小芬利用這些心衰竭患者被取代的「壞心」提供的不少數據，發表在醫學期刊上，讓她最終可以得到教授資格。

「你如果開口向馬主任借，相信她一定樂意借給你，到時把它們拿到這裡，我把自己所知道的全部都教給你。」

徐允文終於為自己的問題找到解決的方案，喜悅之情溢於言表。

「老弟，看心臟的檢體還不只有助於心臟移植手術，如果配合那本你撿到的筆記本，相信裡面各式各樣開心手術的精髓，你一定可以心領神會、更上層樓。」

徐允文不停地點頭稱是，內心是相當高興，這時反而捨不得讓筆記本曝光，想占有它的時間久一點。

抉擇

CHAPTER 4

1.

每年的九月分都是各大專院校新生入學的日子。對於這些即將進入校園的新血，每個學校都是以歡欣鼓舞的心情來辦理各種方式的「迎新活動」。可惜今年北辰醫學院並不是如此的情況，全校反而是籠罩在傷感與祈求的氛圍，原因是今年醫學系的新同學王秉正還未就讀，人就已經在心臟血管外科的加護病房中與死神拔河。

王秉正就讀小學的時候，一次感冒發燒造成呼吸困難而入住北部某醫學中心。經過了心臟內科專家的診斷，證實為先天性心臟病「亞伯斯坦異常」（Ebstein's Anomaly）。

「亞伯斯坦異常」是一種罕見的先天性心臟病，占全部先天性心臟病的〇．五到一%。此病的患者在胚胎發育時期，由於右心房與右心室之間的「三尖瓣」較正常位置下移而造成，常合併心房中膈缺損或肺動脈狹窄，其治療方式常取決於異常的程度與心臟衰竭程度。

王秉正在發病初期只接受了藥物治療就獲得改善，但是在國中時代因為三尖瓣逆流程度愈趨嚴重，造成心臟擴大症狀無法控制，五年前經人輾轉介紹來到北辰醫學院附設醫院尋求黃世均的幫忙，最後接受了三尖瓣置換手術使得鬱血性心衰竭得到緩解。

手術後這幾年，王秉正一直都在黃世均的門診追蹤。

因為對於自己病情的了解，再加上崇拜黃世均的情結作祟，王秉正雖因為開心手術耽誤了一年的時間，卻以極優異的成績考取了建國中學，而且矢志要以考取醫學系為目標。

或許是病情時好時壞的影響，王秉正高中畢業後第一次的應考並不理想。他發憤圖強努力重考，終於在今年二月分的學測中如願以償，順利錄取北辰醫學院醫學系，成為黃世均的學弟。

基於這層醫病關係的淵源，醫院的公關張貴翔怎能放棄如此大好的機會？於是利用媒體的力量，大肆報導了王秉正考取北辰醫學院醫學系的故事。雖然美其名是為了能「激勵人心」，實際上也是利用他及黃世均拉抬醫學院及醫院的知名度。

黃世均原本是一位行事低調的醫師，可是基於醫院政策的考量，也不得不放下身段與矜持，被張貴翔拉著走，配合參加了與王秉正一起的各種平面報章雜誌或電視、電臺的訪問，過足了名人的癮。

張貴翔計畫在這之後，等待王秉正真的成為北辰醫學院醫學系新生，再將此事「冷飯熱炒」一下，結果事與願違，在即將入學的前夕，王秉正身體不堪長年苦讀的負荷，終於爆發了不可收拾的場面。

雖然在國中時期接受了三尖瓣置換的手術，王秉正沒有因此完全受益，因為某些「亞伯斯坦異常」的患者並不會在接受手術之後阻止心臟功能走下坡，王秉正是其中之一。尤其是為了準備醫學系的考試，他必須投入大量的體力與精神，加速了此一惡性循環的開端。

黃世均發現王秉正心臟功能愈來愈不穩定，於是他在每次追蹤問診中，特別耳提面命希望他不可太過操勞而弄壞身體。

在準備重考的階段，王秉正對於開始走動太快會喘的症狀不以為意，還以為是睡眠不足造成的感冒症狀，並沒有特別在門診時間向黃世均說明。而且為了時間上的考量，之後的追蹤都是以拿藥為主，沒有讓黃世均有充足的時間評估。

在靠近入學的階段，王秉正開始感到不舒服，不只喘氣不足的情形愈見頻繁，雙側下肢也有浮腫的情況，他本來想等到約定的門診再找黃世均，反而因此延誤了病情。

黃世均與王秉正最後見面的地方變成是急診室。此時的王秉正已經沒有辦法完全平躺，由於身分特殊，立刻被收療到心臟血管外科的加護病房接受診治。

高濃度的強心劑對王秉正的病情助益有限，急轉直下的心臟衰竭造成了急性肺水腫，黃世均不得不指示醫療團隊替他插上氣管內管，接上呼吸器治療。

王秉正的病情似乎和黃世均開了個大玩笑，任何積極的治療似乎都造成反效果。在氣管內管插下不到三天，惡化的心臟功能無法支撐王秉正的生命徵象，於是值班的徐允文在黃世均的要求下，終於替他裝上葉克膜（ＥＣＭＯ）續命，希望因此可以得到換心的機會。

裝載在王秉正身上的葉克膜，正確名稱是「體外膜氧合」（Extra-Corporeal Membrane Oxygenation，縮寫為「ＥＣＭＯ」），由音譯俗稱為「葉克膜」，是一種醫療急救設備，協助大部分醫療方法皆無效的重度心肺功能衰竭的患者，以體外進行呼吸與循環，暫時取代患者的心肺功能，為醫療團隊爭取更多救治的時間。

王秉正在入學前就是北辰醫學院醫學系的看板人物，所以狀況不好自然得到媒體空前的關注。張貴翔打的如意算盤是想要經由媒體報導，一方面可以提振臺灣器官捐贈的風氣，也想替王秉正爭取機會，可惜他的體質特殊，血型是RH陰性，得到相同血型腦死的器官捐贈機會比較低。

王秉正為了等待換心造成的壓力不過是黃世均的「近憂」之一，另一位從美國回來接受第二次「冠狀動脈繞道手術」的患者佟先生更棘手——雖然距開刀完成已有五個多月，他的狀況一直時好時壞，不斷折磨著黃世均的心志。

佟先生是位上市公司的老闆，幾年前掏空公司的資產和股東們進行訴訟。案件還在法院審理中，他就趁著沒有境管的空檔溜到美國躲了起來，利用其美國公民的身分作為保護傘，臺灣的執行單位因此對他發布通緝。

正所謂「惡有惡報」，佟先生在滯美期間因急性心肌梗塞在那裡接受了第一次的「緊急冠狀動脈繞道手術」——而這個「不幸」卻「有幸」成為他與臺灣司法單位談判的籌碼。

最後佟先生回來臺灣了，但不是以通緝犯的身分被捕返國受審，而是主動投案接受法院審判，原因主要有兩個：第一個是他愈來愈不信任美國的醫師。第一次手術之後，他併發了肺炎在醫院休養了快一個月；不只如此，在術後不到一年的時間，佟先生又開始胸悶不舒服，再次接受心導管檢查，發現去年接上的血管又不通了，嚇得他計畫返臺找臺灣的醫師處理。第二個是美國的醫療費用十分昂貴，佟先生這趟滯美接受的醫療服務，前後已花掉他數百萬美元之譜，這點也是他慎重考慮返臺的原因之一。

臺灣的健保制度在輕視「醫療珍貴性」的公衛學者領導下，以犧牲醫療從業人員的權益方式，把它打造成臺灣的「小確幸」。和其他與臺灣醫療技術相去不遠的國家相比，臺灣的健保是「便宜又大碗」，以佟先生為例，他第一次的手術若在臺灣執行，費用只消數萬元新臺幣即可解決。他第一次在美國接受手術付費的「零頭」，可以讓他搭乘商務艙從美國來回，而且入住臺灣任何一家醫學中心的特等病房之外，接受同樣手術都還夠用。

在未返臺前佟先生透過好朋友介紹，知道黃世均的技術不錯，於是利用既有的政商關係，透過北辰醫學院某董事居中牽線，強迫黃世均收療替他手術。

也許是「報應不爽」的關係，佟先生第二次手術依然狀況百出，一會兒是因為手術後出血過多，重新進手術室清除壓迫心臟的血塊；在隔天他又發生了輕微中風現象，讓黃世均疲於奔命。

手術後一星期佟先生的腎臟功能急遽下降，開始由腎臟科醫師替他血液透析（Hemodialysis，即俗稱的洗腎）。可想而知，之後的佟先生身體虛弱恢復更加緩慢，以至於無法脱離呼吸器，終於在一個半月後接受氣切手術。

會發生諸多的併發症，歸咎其原因並非美國外科醫生及臺灣的黃世均技術不好所導致，佟先生本人也必須承擔一半的責任。因為年紀六十出頭的他，是個不忌口又菸不離手的老菸槍，不到五十歲就三高纏身，是醫院的常客。

好不容易在住院將近五個月之後，在普通病房準備接受出院轉介時，佟先生因為家屬的疏離，完全將照顧的責任交給外勞，加上一次餵食不小心嗆到造成吸入性肺炎，黃世均將他接上呼吸器送回加護病房診治，而其時間點就是王秉正生命徵候最危急的時刻，所以不少責任他就交予徐允文分擔。

徐允文算算已升任主治醫師第四年，不過還是醫院心臟血管外科裡年資最小的主治醫師。可是在這個號稱有五位主治醫師的團隊，黃世均最信任的只有他，其他三個人年資最長的李郁琦，雖然跟了黃世均有十多年，卻一直無法獲得他的真正信任。

了解了黃世均目前的壓力與工作狀況，你就可以了解在九月分第一臺的二尖瓣置換手術裡，他的耐心為何變差、脾氣更加陰陽怪氣，以至於在他對面擔任第一助手的徐允文也受到影響，不得不在過程中暗示主任在清除患者二尖瓣膜嚴重鈣化部分時過於粗心與毛躁。

「主任，你好像清除太多鈣化組織了……」

「主任，這裡可能要輕一點，下面是心室的肌肉了……」

對於徐允文善意的提醒，黃世均沉浸在自己手術的節奏而充耳不聞，只想趕快完成手術下臺休息，徐允文感受到他的心情，只能繃緊神經幫忙。

最後人工的二尖瓣膜在黃世均縫線確定位置，用手綁扎好固定之後，他就急著脫下手套並且交待徐允文說：「剩下的就交給你了，允文……你知道的，這種病人血壓不能太高！」

黃世均不忘提醒徐允文之後的重點，他不喜歡在手術臺上討論併發症的種種，這也是他的忌諱。徐允文當然知道他的習慣，說了聲「知道了，謝謝主任」，然後接手剩下的工作。

黃世均不想提的，也是剛剛徐允文最擔心的。在置換嚴重鈣化的二尖瓣膜患者時，對於清除那些鈣化的部分其實是要相當小心的，就如同處理水庫整修，如果不小心破壞了壩體的連續性，可能會造成水庫的崩塌。心臟也是一樣，二尖瓣膜的鈣化清得太少，新的人工瓣膜可能無法縫得牢靠，容易造成漏血；若清得太多，心臟結構可能受損，在置換手術完成心臟開始恢復跳動時，它會因此破裂，造成無法彌補的傷害，有時甚至是患者的死亡。

在手術後注意血壓不要太高只是預防的手段之一，真正的關鍵在於手術過程中清除鈣化要很小心謹慎，否則心臟結構受損，血壓再低也是一樣會有破裂的情形。

今天黃世均由於連日心情與體能上的勞累，以至於在手術過程中動作非常粗糙，雖然仗著經驗清除了二尖瓣的鈣化大致沒有什麼問題，但徐允文看起來可是膽顫心驚，為他捏了不少冷汗。

可怕的結果還是在徐允文的預期下發生了。

當他關好了心臟的傷口，在體外循環機的支持下讓心臟恢復跳動後，發現在它後面始終有血汩汩流出，而且隨著時間愈久有加大的趨勢。

「不好！」徐允文此時在心中大喊一聲，隨即交代體外循環師說：「趕緊把心臟血抽空，不要製造它的壓力，另外……趕快通知主任！」

徐允文第一步的處置就是減輕心臟的負擔，因為在體外循環機的支持下，可以人為操作心臟內容積的多寡。只是這樣做還是發現從它的後面依舊有血液不斷流出。

黃世均被請回手術室時，明顯是剛剛在小憩，眼睛有些浮腫的他立刻刷手上手術臺。

「主任，我剛剛摸了一下，好像患者左心室後側有一條小凹槽……」

黃世均臉上並無任何表情，直接將手往心臟後面摸了一下，發現那裡已經不是一條凹槽，而是有裂縫產生。兩人手術視野中，心臟雖然容積很少、扁扁的，出血量還是有擴大的趨勢。

「唉……」黃世均此時終於變了臉，閉上眼抬頭長嘆了一口氣。

站在對面的徐允文能感受黃世均身心俱疲的狀態，他整個人似乎被榨乾了一樣，有種欲振乏力的沮喪感。

「大概沒有救了。」

睜開眼的黃世均大聲說了這句話，表情冷漠好像要放棄病人了。

「主任，是左心室破裂了吧？」徐允文不安問道。

「對，而且不小，直接補人概沒有機會，這病人死定了……」

黃世均的態度依舊冷淡，雖然擺明了想放棄病人，不過腦中的思緒似乎仍在打轉，一副欲言又止的樣子。

「主任，我們不要放棄，要不要乾脆將患者的心臟剪下來放在手術臺上好好補起來，然後像心臟移植手術一樣『種』回患者身上？」徐允文誠心建議，勸黃世均不要太早放棄，還用「種」為動詞，好比植物的栽作一般。

「是誰告訴你可以這麼做的？」

聽到這樣的回答，黃世均反而吃驚問著，徐允文開心地回答道：「主任，就是你啊！在五年多前我還在幹總醫師的時候，你就在我面前表演過了啦！那時候你動作好快，一下子就補好了心室的缺損，你還告訴我靈感來自小時候腳踏車輪的內胎破掉時，那位車行的老師傅補內胎的方式。我印象很深刻，你說補心臟的缺損要從承受壓力的內面去圈制它，而不要想從外圍沒有依靠的地方做補綴，這樣很容易失敗……」

看徐允文正說得頭頭是道，黃世均嚴肅的臉孔也不禁露出得意的微笑，接著問他說：「那我還說了什麼？」

「主任還提醒我，在剪下患者心臟的時候，必須將心臟後面左心房的組織留多一點，這樣『自體心臟移植』回去的時候才不會礙手礙腳。」

徐允文如同留聲機一般，把五年多前黃世均教他的知識原封不動轉回給黃世均，他聽完後陷入了沉思，沒有再說什麼。

雖然黃世均只靜默了幾十秒鐘，徐允文卻覺得有好幾十分鐘之久。看著手術視野下的心臟旁已聚集了很多出血，他不得不提醒著黃世均。

「人生就是這樣奇妙……不是嗎？竟然要一個後生晚輩來提醒我不要放棄……」

黃世均在沉默後一開口，忽然變得很感性，讓徐允文聽了也不好意思說道：「沒有啦，主任，我相信你也只是說說而已，以我對你的了解，你一定不會放棄救治這個患者對吧？一直以來我都是看你奮戰到最後一秒。」

「允文，這個 case 我真的有點想放棄，因為你也看到患者二尖瓣的鈣化已經『成精了』。剛剛我清除得很辛苦，尤其患者的組織很脆弱，所以才造成現在左心室破裂的狀況……」

黃世均用很平靜的口吻說這段話，似乎想放棄這個病人，不想去修補已經破裂的心臟。

「主任，我想你最近太累了，王秉正和那位ＶＩＰ佟先生似乎把你折磨得不成人形了……」

聽到徐允文這樣說，黃世均繼續保持沉默，還在思考下一步怎麼走。心疼已經身心俱疲的他，徐允文不知哪裡來的勇氣，竟然向他說：「主任，如果您真的很累，不知道您可不可以信任我，就將這修補心臟的工作交給我？你先去好好睡一下，有問題我再叫你！」

「你真的這麼有把握？」

黃世均問得很直接，沒有想到他充滿信心地答道：「主任，我真的非常有信心！最近這段時間我把心臟的結構研究得非常徹底，甚至閉著眼睛摸都可以告訴你是心臟內部的哪個位置！」

「你接受了什麼特訓嗎？」

黃世均的疑問和手術室內每個人的想法一樣。徐允文於是將最近接受古朋晟建議，跑去向馬小芬借心臟檢體的事告訴黃世均。

「所以你提到的那位古朋晟副教授常和你在動物實驗室討論心臟的解剖構造？」

黃世均這才恍然大悟，眼前這位年輕小老弟的自信來源，也驚訝有古朋晟這種副教授，願意利用時間和臨床醫師分享經驗。

「我已經看過很多主任取下的那些被換掉的心臟，大概是馬小芬主任收藏的一半左右了……」

聽到自己這二十多年來所實施的心臟移植中，那些被移除的心衰竭患者原有的心臟，有將近一半已經被徐允文研究過，黃世均更加驚訝，不過也增加他對徐允文的信心。

「好吧！那我真的先去休息一下……你就直接按照五年前我做過的方法，修補患者的左心室破裂處，不要勉強……真的有問題，再把我找來。我真的累透了，不過休息個一、兩個小時之後，我應該還可以再上手術臺。」

終於在徐允文和手術室內工作同仁前，承認自己已經體力耗損的黃世均反而有種平日感受不到的輕快。他獨有的「陰陽怪氣」彷彿在他將重要的工作託付給徐允文之後就暫時消失了。

2.

徐允文完成手術回到租屋處，已經累得如一灘爛泥，連許秀穗好心想替他用溫水加熱方便包的雞精都沒有欲望想喝，直接倒頭就睡，連衣服也不脫掉。

看到自己心愛的男人累成這付模樣，許秀穗相當心疼，體貼地幫已經睡死的徐允文將衣褲脫掉，除了怕上面有從醫院帶回的病菌外，更想減輕他睡著時的負擔。

她和徐允文的戀情進展神速。第一次到徐允文租屋處看到如垃圾場，許秀穗自動捲起衣袖幫他整理，進而就這麼順理成章，在瞞著哥哥及徐允文的默認下，和徐允文同居了。

許秀穗想照顧徐允文的想法不亞於愛他的情愫，畢竟看著他從資淺的住院醫師成為獨當一面的主治醫師，中間那種辛苦與折磨的情況，讓她產生了崇拜的心理。如今真的可以和他住在一起，想辦法照顧他的起居生活，讓徐允文可以無後顧之憂地全心投入工作，許秀穗覺得再辛苦都會有「與有榮焉」的驕傲。

徐允文在身心俱疲的黃世均下去休息後，立刻小心翼翼將患者左心室破裂的心臟取下來，然後檢視其中結構崩解的部分，誠如黃世均所言，由於二尖瓣鈣化相當厲害，某些部分被他過度清理造成組織有弱脆的部分，成為壓垮駱駝最後的一根稻草，心臟恢復跳動後就從那裡裂開了。

憑著近來古朋晟精闢的指導，徐允文對心臟內部結構已經瞭若指掌，加上對於五年前黃世均修補類似的患者記憶猶新，徐允文首先在手術臺上另外設置的無菌桌面，用醫療用揉製過的「牛心包膜」當成類似補腳踏車內胎破洞的墊片，由內部將患者左心室裂孔補了起來。

等到破裂位置補得牢靠之後，人工瓣膜才又被固定在上面，完成了第一階段的工作。雖然說起來簡單，可是已經耗去了不少的時間，接下來才是解救患者的重頭戲。

沒有親自做過心臟移植手術的徐允文，接著將修補好的心臟重新「種」回患者的胸腔。由於取下的方式和心臟移植前的準備工作差不多，因此將心臟再擺回患者的身上就等於是做了一次「自體心臟移植手術」。

上述的過程一直都是很順利，可惜動作再如何快，患者心臟由於停跳的時間過久，在修補程序完成之後，功能變得很不理想，跳動的時候有氣無力。這都是可以預期的狀況，徐允文利用了強心劑以及體外維生器材「主動脈氣球幫浦」（Intra-Aortic Balloon Pump，簡稱ＩＡＢＰ）支持了患者的心臟功能，期待在幾天後可以慢慢脫離險境。

「主動脈氣球幫浦」是由美國康陀維茲（Kantrowitz）兩兄弟所發明的體外維生系統，利用「一體成形」附有氣球的導管放置於患者的主動脈中，通常由患者鼠蹊部置入，放在胸腔部的「降主動脈」，其目的除了可以支持心臟的功能外，最重要的是能減輕心臟跳動時的負擔。

IABP由於操作簡單，是心臟科急救心衰竭患者常用的第一線工具。

完成所有的工作之後，黃世均因為這難得的機會確實入睡三到四個鐘頭，所以還未等到徐允文向他通報情況時，已經迫不及待、精神飽滿地重回手術臺上。

看到徐允文能夠獨力完成這項艱鉅的工作，黃世均相當滿意，臉上也難得露出興奮與滿意的笑容。他幾乎是將徐允文趕下手術臺，希望他去好好休息。

下了手術臺的徐允文心情依舊是相當亢奮，但是以最近體能耗損的程度，他是不輸給黃世均。王秉正與佟先先的第一線照顧工作，黃世均全權委由他監督，唯一和黃世均不同的是，他並非是患者掛名的主治醫師，內心的壓力才沒有如此巨大。

看著如嬰兒般沉睡的徐允文，許秀穗是既心疼又不捨，可是在他躺下不到兩個小時，許秀穗也準備更衣睡在他身旁時，他的手機又無情地響了起來。

許秀穗原本想叫醒徐允文，但是一看到上面是醫院外線電話的代碼，就先接聽了。

「徐主治嗎？我是……」電話那頭不是護理人員，而是男性焦急的聲音。

「不是，我是他女朋友，請問是哪位？他現在很累在睡覺！」

許秀穗老大不客氣地回應，她相信自己的工作人員不會不知道徐允文剛替黃主任完成累人的手術。

「我是內臟內科總醫師白敬德，我們主任陳培元有急會診！」

「徐主治今天值班嗎？」許秀穗聞訊有點驚訝。

「對阿！所以我才直接找徐主治。」

「好，我幫你叫醒他。」

許秀穗這時才心不甘情不願叫了徐允文起床，睡眼惺忪的他接聽電話不停「哦」著，才知道是心臟內科陳培元主任有位緊急會診他的患者。他也不管徐允文同不同意，就先到心臟血管外科加護病房找床位，打算先簽床，然後強迫徐允文收療這個病人。

「好吧，我等一下就到，你在那裡等著……」

徐允文無奈起身，立刻穿好衣服，向許秀穗道別：「秀穗，我去看看患者，大概今晚又要開急診手術不回來了！」

「你可以嗎？」

許秀穗不捨地摟著徐允文問道，而他也在許秀穗的髮梢輕輕吻了一下，強打精神說道：「可以啦！又不是沒有人幫忙！」

徐允文快步離開租屋處，趕忙到心臟血管外科加護病房，他無法阻止陳培元硬要把患者塞給他收療的舉動。

到了那裡就看到陳培元剛好陪著病人到加護病房內，而且坐在電腦螢幕前等著他，徐允文看到剛剛打電話的白敬德也隨侍在側。

陳培元好整以暇的態度，徐允文心裡已經有了底。他了解陳培元會診他的一定不是什麼好

case，絕對是個「燙手山芋」。

「徐主治，慢慢來，我們還有時間……」

看到徐允文快步走向他，陳培元還示意不必太過急躁。等到他站在電腦螢幕前，陳培元就秀了患者的「冠狀動脈攝影」片段，大略講述了患者的狀況。

「病患是位六十五歲女性，糖尿病已經有二十年的歷史，目前以注射胰島素控制。大約三年前中風，右側肢體行動明顯受到影響，必須靠輪椅代步。今天晚上因為急性胸痛送到急診室，我在四十分鐘內就將她送上導管室檢查臺上，試著處理她的急性心肌梗塞……」

陳培元特別強調「四十分鐘內」，語氣頗為自豪。

臺灣目前追隨美國心臟學會的腳步，投入冠狀動脈急性阻塞處理的「D2B」準則，它指的是「Door To Balloon」的縮寫與順口溜，簡單地說，就是指急性心肌梗塞的患者進入急診室大門（Door）掛號時間算起，到最後診斷出病症送到了心導管室，心臟內科用氣球（Balloon）擴張阻塞的冠狀動脈之間的時間，其所費的時程就叫「D2B」，目前美國心臟協會以九十分鐘內為標準作業所需的療程。

經由陳培元口頭解說，再輔以病例中的記載，徐允文得知被會診的女患者相當棘手，不只有「三高」（血糖高、血壓高及血脂肪高）的問題，而且在三年前中風後體能就大不如前，大部分時間不是坐輪椅，應該就是躺在床上休息。

患者的冠狀動脈硬化十分嚴重，陳培元無法用氣球打開其冠狀動脈阻塞的部分，也是意料中的事。

和徐允文交接病情之後，陳培元帶著他走向該名女患者的病床邊，向家屬介紹徐允文給他們認識，也不管徐允文同不同意，這個病人就算是轉給他收療了。

看著陳培元離去的身影，徐允文心中十分無奈與感嘆。這位恃才傲物的心臟內科主任就跟董自強是屬於同一類型，對於患者阻塞的冠狀動脈一定死命地想用氣球去擴張它，鮮少在患者通不過但是生命徵象穩定時會診外科醫師，以至於找到外科醫師時，多半是無法收拾的爛攤子。

尤其更讓很多位外科醫師氣不過的是，會診完後的陳培元都像現在這樣大搖大擺地走人，只把外科醫師當下人使喚。如果手術結果不錯，從來也不會說個謝字，如果患者接受手術有什麼不順暢，難聽的批判就會傳遍醫院。

對於要替陳培元擦屁股一事，徐允文只能概括承受。畢竟自己輩分小，無法有勇氣去拒絕他的爛攤子會診，這是一位外科醫師所必須體認的孤獨。

從加護病房的監測儀知道，被會診的女患者血壓不穩，心電圖呈現的是相當厲害的「心肌缺氧」現象，內科氣球擴張術已經無法實施，因此「冠狀動脈繞道手術」是唯一可以拯救她的方式。

為了不影響患者的情緒，徐允文將所有家屬帶到加護病房中的會議室，利用白板將患者的情況用樹狀圖詳細剖析所有可能狀況，告知他們患者為何要接受手術治療，以及手術所必須面臨的風險與併發症。

聽完病情解釋的家屬們自然是一片愁雲慘霧，因為親人無法以風險較低的「冠狀動脈氣球擴張術」救命，手術的危險性又如此之高，內心煎熬可想而知。

一群家屬在會議室內相互對看，臉上盡是「茫然失措」的表情，就是沒有人敢說服大家要患者接受緊急冠狀動脈繞道手術。

就在這時候，家屬之中有位十分年輕的男子舉手發問，徐允文想大概是那位患者的孫子。

「徐醫師，想請教你一下，如果我奶奶是您的家人，您會做什麼決定？」

雖然那位年輕男子語氣相當尊敬，不過家屬中的長輩還是有人回頭瞪了他一下，示意他不能如此唐突無理，但也有人覺得問題很中肯，用期待的眼神看著徐允文。

「我覺得你的奶奶狀況不是很好，自然接受手術的風險是非常之高。任何一位家屬在面臨如此的難題，一定會很難回答。如果你問我這是我的家人，我該怎麼辦？我也只能說，我也是不知如何是好……」

徐允文的回答似乎也是想打迷糊仗，家屬們的表情瞬間由「期待」轉變成「失望」，不過徐允文只是暫停一下而已，在環顧了他們之後，他接著又說道：「我想說的是，如此困難的決定不是只有家屬應該傷腦筋而已。如果沒有患者親身參與，是種不負責的行為。我們在替最親愛的家人做一個連自己都很難下決定的選擇時，與其在此不知所措，倒不如對患者據實以告，免得他們在非自願情況下被送上手術臺，尤其術後若有什麼三長兩短，你們的親人在承受這些併發症的苦果時，我想他恨的是你們，而不是醫師……」

家屬此時的臉色相當沉重，不過從大多數人的眼神可以看出是同意徐允文的說法。最後由病患的大兒子帶頭，又開始交頭接耳討論起來了。

徐允文靜靜看著家屬們討論，心中的石頭暫時也放了下來，他之所以會有上述的解說，是經過這幾年醫病關係的歷練之後，對家屬養成的一種「慣例」。

他認為臺灣的習俗，家屬對於嚴重的病況都喜歡選擇對患者隱瞞，以至於有些人是在莫名其妙的情況下被騙上了手術臺，這種方式他不敢苟同。他覺得每個人都有決定自己命運的「義務」與「權利」，代替親愛的家人做任何重要的決定卻不讓其知情，是相當殘忍與不智，尤其這種決定是攸關生死的重大議題時，不加入患者的意見是不負責任，而且也是不公平的做法。

或許有人會說，如果對癌症末期的患者不吐露實情，可以使他們在不知情的天真心態走完最後一哩路，徐允文對此事沒有異議。這樣的病人「說」與「不說」，似乎無法有重大的改變，但這些人畢竟是少數，有更多人面臨的，就如同今天晚上會診徐允文的患者，「要」與「不要」接受進一步治療，都是十分困難的決定，其結果又可能是天差地別。

經過一段時間討論之後，病患的家屬決定開誠布公對她說明病情，和她一起討論是否接受「冠狀動脈繞道手術」，所以一群人就和徐允文走回病榻前。

老太太雖然表情有些痛苦，但意識確實是相當清楚。大兒子介紹徐允文是被急會診前來探視她的問科醫師之後，就由她的大兒子掌握全局負責溝通的工作。

看到這樣的態勢，老太太大概也猜到接下來會有什麼事情發生，儘管自己的大兒子盡量用「隱晦」及「含糊」的詞彙形容她的危急狀況，她的心情似乎沒有很大的起伏。

「徐醫師，是真的非要動手術了嗎？」老太太淡定地問道。

「內科的陳主任已經盡力了，沒有辦法用傷害較小的氣球擴張術來打開阻塞的心臟血管，目前要尋找過關機會的話，就必須考慮由我接手……」

徐允文盡量用平順的語氣回答。他佩服老太太可以保持如此的鎮定，沒有像她的晚輩一樣不知所措。解釋完之後，他把時間留給她們一家人，自己先到會議室等著。

「徐醫師，請您先不要走，我已經決定了……」徐允文感到有些訝異，家屬們也吃驚看著她。

老太太的答案簡潔有力，嚇壞所有人：「徐醫師，我想……我就不要接受任何治療了……」此話一出，家屬裡有著叫著媽媽、奶奶、外婆的呼聲，一時之間哭鬧聲四起，老太太卻示意大家要安靜，忍著身體的不舒服。

「阿輝、阿旺……」老太太唸著一大串晚輩的名字，接著又說：「媽媽中風這幾年……真是辛苦大家了，為了我一個人拖累大家這麼多……」

「不會！不會！」家屬異口同聲高喊，幾乎每個人都熱淚盈眶。

老太太此時又勉強舉手示意，希望大家保持安靜，不要吵鬧，聽她把話說完：「大家都辛苦了！真的，媽媽也累了，你們就放過媽媽，也放過你們自己吧……徐醫師，就這樣了，我就不手術了。」

家屬靠近床邊全部哭成一團，但礙於老太太的特別要求，只能低聲啜泣著。

徐允文只覺得鼻頭一酸，靜靜地退出病房，把時間留給老太太一家人，因為他也有流淚的衝動，只是身為醫師，他不能、也不可以在病人及家屬面前表現出軟弱的樣子。可惜這種感覺不斷氾濫著，他也只能任由淚水潤濕眼眶，暫時模糊了視線。

3.

從電話中得知會診徐允文的患者不接受手術，已經回到家中休息的陳培元，硬是不願意再掛名是她的主治醫師，幾乎是以命令的口吻要徐允文接下這個爛攤子。

徐允文當然不想再說服陳培元，反正他就是擺明了老太太像潑出去的水無法再回收。在他眼裡，除了老太太的死會掛名他這位「名滿天下」的大國手，造成不光榮外，更重要的是她「無利可圖」，無法在她身上做出什麼醫療行為，自然業績少得可憐。

最後徐允文只得不悅地在加護病房完成該有的文書工作：回覆陳培元的緊急會診單，將女患者主治醫師改到自己名下，在電腦重新輸入該有的醫囑。

上述的工作還未完成，徐允文看到黃世均快步從他的面前走了過去，本能地以為是今天手術的患者有任何問題，於是緊跟著在黃世均的身後想去看個究竟，黃世均知道他心裡在想什麼，於是回頭說道：「允文，今天手術的病人狀況不錯，我是去處理其他患者，你先忙你的事。」

「是！主任！」

徐允文只得停下腳步，看著黃世均匆匆往護理站的另一邊走了過去。

「我知道，佟先生是不是病況又不穩了？」

有位值班的護理人員靠近徐允文，想當馬前卒告訴他到底發生了什麼事，徐允文對黃世均的患者相當清楚，不待她開口就說出答案，讓該位護理人員有些悻悻然。不過徐允文還是相當關心，問了她道：「佟先生又出什麼事？」

「肚子疼……問題大了，剛剛董老虎已經先來看過急會診了，大概逃不了又要挨一刀！」

徐允文聽罷只能搖搖頭，在心裡暗叫不好，然後嘟嘴囔道：「靠，這傢伙真是九命怪貓，還要開刀啊！」

雖然黃世均有交代他不用隨伴，但在好奇心的驅使下，徐允文還是在嘴中唸唸有詞，結束後來到佟先生的病床附近。他看到黃世均站在患者的床尾，而病床的右側則是一般外科主任董自強，正對著佟先生的腹部又摸又按的，還用聽診器做檢查。

「董主任情況如何？」黃世均急切地問道。

「我看腸子破了，可能逃不了要手術，搞不好是『Ischemic Bowel Disease』！」病患此時意識有些模糊，為避免他聽了會驚慌，董自強刻意走到黃世均身邊壓低聲音談病況。

董自強說的「Ischemic Bowel Disease」即「缺血性腸疾病」，乃是因為腸壁的血液供應出問題，最後導致血管阻塞而使得腸子壞死。常見於動脈血管硬化、心功能不全的年老患者身上，佟先生身體條件符合上述的情形，加上近日又有「吸入性肺炎」的發生，自然是「缺血性腸疾病」的高危險群，有醫師用「腸子發生中風」來闡述這種病症，雖不甚恰當倒也是相當貼切。

「有那麼嚴重嗎？有沒有可能是『Acalculous Cholecystitis』？」黃世均詢問著。

黃世均所提及的「Acalculous Cholecystitis」叫做「無結石性膽囊炎」，顧名思義是膽囊急性化膿產生的病變。通常和膽結石沒有直接關係，患者往往是膽囊血液循環供應出現問題，加上脱水、膽汁鬱積或是細菌感染造成，和上述提到的「缺血性腸病變」有異曲同工之妙。

「我知道你為何這麼問……」

董自強為了怕他們的討論患者還是隱約可以聽到，拉著黃世均走出病榻外，這時連徐允文也可以聽到他們討論的聲音。

「剛剛我也看了他的腹部超音波，唯一的發現是膽囊壁很厚及膨脹，裡頭沒有結石，你想找放射科來幫他引流一下，看看是否能過關吧？」

黃世均點點頭。他知道佟先生的身體如風中殘燭，經歷了那麼多的手術，至今能存活下來已經是奇蹟，如果貿然再開腹部的大手術，大概也沒有什麼活命的機會。所以他的心思立刻被董自強看穿，希望先找放射科值班醫師在超音波的幫助下，利用體外的大針穿刺，引流發炎腫脹的膽囊，看看是否能減壓而過此難關。

「我看很難吧！」董自強立刻潑了黃世均一盆冷水。

「那立刻做電腦斷層來鑑別診斷可以嗎？」黃世均還是不死心。

「唉！黃主任……」

董自強嘆了一大口氣，臉色相當凝重，接著又說：「目前情況很明顯，不要因為是ＶＩＰ就失去了原有的判斷力。病人是急性腹痛，而且似乎往『惡性循環』的敗血症方向發展，狀況可以說是相當不好。你為了不放心，要他去接受打顯影劑的『電腦斷層』做鑑別診斷，他的腎功能好不容易暫時從洗腎脱離，回到目前差強人意的狀況，你逼他接受傷腎的顯影劑，不正是補他最後一槍嗎？讓他沒有開刀前就注定術後還要再接受洗腎嗎？」

「腸子真的破了嗎？」

黃世均仍是無法決定是否要患者接受董自強替他開刀，而董自強還是苦口婆心道：「絕對有可能！單純的『膽囊發炎』無法解釋他目前所有的情況，尤其腹部X光片中充滿很多腸氣很難判斷，不過右側橫膈膜下有若隱若現的『free air』，不相信你可以去比較這幾天的變化……」

董自強口中的「free air」即「游離空氣」，通常是腸子破裂後流入腹腔中造成的狀況，雖然有時和腸氣很難區別，但有概念的醫師配合臨床的理學檢查，加上搜尋X光片某些特定位置可以找出此「free air」。

徐允文雖然不是很欣賞董自強，但是聽他勸著黃世均立刻要佟先生接受剖腹探查以救命的解釋，不得不佩服其臨床經驗的豐富。

「好吧！既然你都這麼說了，我就找佟先生的家屬好好談一下了！」

黃世均和董自強兩人就走出加護病房，找到了佟先生的家屬，在加護病房的門前聯手解釋患者必須接受「緊急剖腹探查」的原因，以及做與不做的相關風險。

結果只聽到一半，在兩位女兒攙扶下的佟太太忽然身體癱軟，直接蹲在地上開始呼天搶地起來了。

「為什麼會這樣……為什麼會這樣……你不是全臺灣數一數二的名醫嗎？我老公可是好好地走進這家醫院，結果搞了幾個月還回不了家，現在你還跟我說他情況危急，心臟已經挨了一刀，又做氣切，還曾經洗腎過……現在說腸子可能破了，你到底想惡搞我老公到什麼時候啊！老天爺……我的老公怎麼如此命苦啊……啊……」

黃世均只能皺著眉頭，暫時保持沉默。這幾個月和佟太太交手的經驗，他知道目前情緒不穩定的她，什麼話也聽不進去，唯有讓她能夠「盡情」發洩一陣子，說一堆不堪入耳的垃圾話，才有可能有與她對談的機會。

今天的場面因為有位人物的出現，而有了另外一番面貌。

原來在佟太太歇斯底里哭喊時，有兩位女兒扶著她避免跌跤受傷，而後面多了一位梳著油頭的年輕男性，為了安撫她的情緒，忍不住出聲大喊：「Mommy ..., Mommy ..., Calm down! Calm down ...」

阻止佟太太失去理性喊叫的是目前在美國就讀大學的小兒子，在得知父親又有情況發生轉至加護病房，所以特別請假回臺探望他的病情。理論上他算是能制止母親失控的人，可惜現在的情形看來，似乎也沒有辦法。

看著母親像無理取鬧的小孩，佟先生的小兒子操著生硬的中文對黃世均說道：「Doctor！我父親真的一定要開刀嗎？」

「對！」黃世均態度堅定，表情相當嚴肅。

「OK! I will sign the document ，不要管我 Mommy 了，趕快 save my Dad 要緊！」年輕的他夾雜著中英文回答，表現得非常冷靜與理智。

聽到小兒子做出重大的決定，佟太太索性耍賴，躺在地上哭鬧，無視在醫院長廊來來往往人們的側目，兩個女兒抓不住只能任由她去。

黃世均無暇他想，將「手術」及「麻醉」的同意書交由佟先生的小兒子簽署，然後拜託董自強盡心處理。董自強知道這位VIP的來歷，自然也不敢怠慢，向著在旁準備簽署同意書的佟家小兒子表示，自己及醫療團隊一定會全力以赴。

趁著家屬進入激化病房的護理站簽署同意書的空檔，黃世均迫不及待想離開這個令他難堪的地方，正好看見徐允文在他身後，開口問道：「還有什麼事嗎？」

「還好啦主任……剛剛被陳培元主任會診，不過沒事了，看見你們在處理佟先生的狀況順便看看！」

「唉！情況發展很快。還是你說的對，不要相信感染科那些學者，還要等什麼細菌培養報告，像他體質這麼差，早一點用第二、三線抗生素，或許還有機會。」

黃世均有些感嘆，第一線照顧患者的徐允文曾經勸他對佟先生不要太掉以輕心，結果目前的情況又在「補破網」了。

「主任，我們都盡力了。情況這麼差的病人我們都盡心照顧好幾個月了，他命該如此也只能見招拆招了！」

黃世均沒有表示什麼，但臉上表情很詭異，似乎有難言之隱。接著又問道：「你今天值班嗎？會不會因為今早的手術很累，把體力耗盡了？」

「還好啦！主任，剛剛有先回去補眠，目前還可以。」

「那你可不可以替我在開刀房 stand by 一下，你知道佟先生……」

「可以！」還未等黃世均說完話，徐允文已經像他肚子裡的蛔蟲一樣滿口答應。

他們兩人其實都很清楚，董自強雖然手術的技巧很好，可是對於照顧急重症的患者不是很在行。簡單地說，對於困難的手術他可以駕輕就熟，不過一旦患者有多重病症，或者是生命徵候不穩定，他的耐性就不是很好，常常只負責手術的部分，接下來就不停地「會診」其他相關科別，好一起來承擔責任。

「如果開不下來，就請董主任不要勉強繼續，如果他請你上臺幫忙我都不反對……還有……有事情就趕快通知我到場，不要連擦屁股都沒有機會！」

黃世均臨走前交代得很清楚，聽起來是輕描淡寫，心情還是如十五個吊桶、「七上八下」。

4.

徐允文陪著黃世均的患者做手術，雖然沒有真的上手術臺幫忙，但也目睹了一件違反「醫學慣例」的情況。這件事沒有在當場造成不可收拾的場面，卻因此成為外科部主任遴選辦法改變的契機，讓自以為贏面很大的董自強落居下風的關鍵。

當佟先生手術進行時，由於身體的疲勞還未完全恢復，徐允文是躺在開刀房內更衣室的沙發補眠，至於董自強也沒有上手術臺。在醫學中心當主任有些「好處」，就如同徐允文之於黃世均，董自強也有一位年輕的主治醫師雷鉅全隨侍左右，對於一些還算簡單的手術，董自強可以「動口不動手」讓雷鉅全處理。

今晚的佟先生雖然是VIP，可惜並沒有和董自強的關係很深厚，加上雷鉅全處理這種急性腹症的經驗還可以，所以董自強是在手術室休息室看著無線電臺的電影，算是對於雷鉅全的信任。

董自強一手調教出來的雷鉅全，在手術室素有「雷大砲」的稱號，仗著後臺的老師，行事風格如出一轍，少不了霸道與跋扈的氣焰，雖然手腳功夫不錯，可惜人緣和老師一樣不理想。

原本雷鉅全實施緊急剖腹探查的過程還算順利，徐允文躺在沙發上也睡得十分香甜，可是在進行不到一個小時之後，他的手機就響起來，徐允文嚇得自沙發起身，心裡有不祥的預感。

「徐 sir，我勸你來這裡看一下，免得會有糾紛發生……」

電話那頭是值班麻醉醫師壓低聲音說話，徐允文想問他到底發生了什麼事，礙於說話不方便，他只得掛上電話三步併作兩步趕忙到了佟先生接受開刀的手術房內。

佟先生的手術在雷鉅全主刀之後，剖腹探查發現並不只有急性的膽囊發炎，同時部分的腸子也有壞死，此部分並非是由一般外科所管轄的小腸，而是大腸的部分出問題。於是雷鉅全在向董自強請示之後，因為佟先生的身分特殊，直接找上了大腸直腸外科的主任吳玉銘。

吳玉銘接到電話頗有為難，他因為隔天有重要的醫學會報告正在緊鑼密鼓做最後準備工作，於是轉而交代當日值班的主治醫師李昱民前往。

聽到吳玉銘不來手術，雷鉅全心裡十分高興，在做膽囊切除手術時就不斷吹哨助興。沒有花多少時間，他已經將那個腫如爛芭樂的膽囊切除下來。

自視甚高的雷鉅全，覺得切除部分的大腸加上之後的「大腸造口術」不是什麼難事，趁著李昱民還未到達手術室之前，直接撈過界，開始將壞死的大腸切除。李昱民到了手術室，發現雷鉅全搶了自己的工作，竟敢怒不敢言，為了和諧，還是刷手上了手術臺當了雷鉅全的第一助手。

沒有料到，得了便宜還賣乖的雷鉅全在切除壞死大腸的過程中，有意無意還調侃著李昱民，認為這種工作稀鬆平常，應該完全交給一般外科處理即可。

在輩分上，李昱民是雷鉅全的同班同學，可是在學業成績及日後外科的選擇上，他都是落在雷鉅全的後面。兩人的老闆個性迥異，董自強霸道而且目中無人，吳玉銘則是溫吞保守，也因此把特質都傳給了自己的子弟兵。

李昱民不情願做了第一助手，等於是「降格」幫了雷鉅全，又在手術臺上被冷嘲熱諷，情緒激動的他手不由自主抖了起來。

「肛內指診做太多了是吧？手怎麼抖那麼厲害？」

雷鉅全輕挑的態度，本想再霸凌李昱民，但這次卻踩著李昱民的痛處，讓他惡狠狠地瞪著雷鉅全。

「不舒服是吧？那病人還給你，讓你帶著值班住院醫師繼續開好了……」

雷鉅全作勢離開手術臺，李昱民此時脾氣終於爆發開來，語帶威脅說道：「你他媽的給我留下來……糖果都含在嘴裡了，就整顆給我吞下去，不要他媽的……給我方便當隨便！」

聽到平日態度和善的李昱民如此激烈的反應，雷鉅全一時也下不了臺，當然是不爽地瞪著他，兩人劍拔弩張的氛圍在徐允文出現時緩和了一下。

三人雖然年紀相仿，但徐允文主治醫師的年資是在場最高的，加上手術臺上的患者屬於心臟血管外科，自然有些震懾作用，於是他先開口道：「到底怎麼回事？現在患者如何？」

剛剛打電話通風報信的值班麻醉醫師已經躲在旁邊護理師的身後不敢出聲。

「病人大腸破了，我們的『雷總把子』一時技癢，在我沒到之前就切了起來……」李昱民這次搶著答話道。

李昱民語氣帶著憤恨，一句「雷總把子」就讓徐允文聞出其中有煙硝味，因此問著雷鉅全道：「雷主治，你說說看到底怎麼回事？」

雷鉅全此時的氣焰沒有剛剛囂張，只能顧左右而言他，支支吾吾說是因為心急病患的狀況，而且還有意無意將部分責任說成是李昱民接到會診通知來的比較慢，他才一時興起先做一些。

「雷鉅全，你不要含血噴人欺人太甚……我告訴你，我是尊重你，你……」

李昱民有徐允文在場，膽子忽然壯大起來直接開嗆，或許他是因為平日被雷鉅全霸凌慣了，今天一次爆了出來。

「我……我並沒有那種……」辯才無礙的雷鉅全此時也開始口吃，不知如何是好。

「雷主治醫師，你怎麼可以踰越自己的本分，搶了別科的工作？這可是人命關天，你不知道這是我家的病人嗎？黃主任為了這個VIP已經焦頭爛額不知如何是好，你要練刀，也不要練到這樣的病人身上，出事了你擔當得起嗎？你要跟著黃主任一起上法院嗎……」

徐允文脾氣火爆，當上主治醫師之後至少還克制得宜，今晚的事他按捺不住怒火，像連珠炮一樣教訓著他。

雷鉅全只能低著頭聆聽受教，不巧董自強在這重要關頭走進了手術室，看著自己的子弟兵頭低低面對著徐允文，趕緊問明原委。

聽完徐允文的說法，也詢問了雷鉅全與李昱民之後，董自強知道雷鉅全理虧，他還是出手替雷鉅全緩頰及打圓場。

「徐主治，後生晚輩鬧彆扭而已！我看鉅全要向李主治醫師賠個不是……然後我們就可以功成身退了，病患的處理比較重要，剩下的要交給李主治醫師了！」

董自強變成個老奸巨猾的模樣，壓著雷鉅全的頭鞠躬，算是給徐允文面子與臺階下，然後兩個人向手術室內所有工作人員説聲謝謝，仍舊是不可一世的模樣，頭也不回揚長而去。

李昱民看著董自強兩人就這樣走了，從第一助手走回主刀者的位置，在經過垃圾桶時很憤慨地用腳踹了一下，同時罵了一聲「幹」，嚇壞身旁所有的人，連徐允文也不例外。

每個人都看的出來，即使是雷鉅全有點頭抱歉，李昱民依然是滿肚委屈餘怒未消。

「昱民，你不要太光火，開刀重要。這口氣我一定會替你出，要是沒有給雷鉅全一點顏色瞧瞧，我徐允文就跟他姓！」

心裡很不痛快的徐允文撂下了狠話，雖説他平日作風有時也火爆，可都是為了患者的安全要求醫療團隊的成員才有的表現，大抵是「對事不對人」。今晚雷鉅全不顧李昱民顏面撈過界開刀，違反了一般的醫療倫理，而且病患又是黃世均很難搞的病人，自然是怒火中燒有些失了分寸。

「徐sir，不要太在意，事情過了就好！」這回反而是李昱民規勸著徐允文不要有失控的情緒。

李昱民檢視了患者的大腸，，不停搖著頭說：「我看這病人可能要切掉一大段壞死的大腸，這種情形應該是有段時間了……徐sir，我看不妙！」

徐允文其實心裡也有底。他知道佟先生是位抵抗力相當弱的患者，幾個月的折磨能轉到普通病房已是命大，如今又發生這檔事當然非常不妙，只能提醒李昱民道：「應該做什麼就做吧。昱民，動作快點就好，免得等一下又節外生枝，出不了開刀房……」

「我是怕切了腸子之後，即便做了腸造口，他也活不了多久……」

「那也是他的命吧，趕快做就是，有需要幫忙就叫我，我先出去外面沙發躺一下，今天的手術真的把我累垮了。」

徐允文說完即走出手術室，他並非真的休息，而是打了兩通電話。第一通電話他先撥給黃世均，不過一直都是通話中，於是退而求其次打給外科部鄧克超主任，他很氣憤地把剛剛雷鉅全撈過界的情形告訴鄧克超，而且不忘強調病患是黃世均難搞及狀況很多的VIP。

鄧克超聽了徐允文的描述，口氣也變得很不是滋味，但畢竟有長者的風範，聽完抱怨之後答應在下個月的M&M給個交代。

之後徐允文又打了電話，黃世均終於接聽。他想把事情的來龍去脈好好再說一遍時，黃世均阻止了他繼續講下去，顯然是董自強惡人先告狀。

徐允文知道董自強可能扭曲事實的真相，很想好好參一筆雷鉅全時，黃世均終於很不耐煩阻止他說道：「允文，佟先生只要能活下來就好了……我很累了，不想再節外生枝。你我都很清楚，今天晚上雖是切腸子，大概存活的機會很低……不要給自己與團隊裡的任何人有太大的壓力，事情到此為止就好了。」

掛上電話的徐允文心中怒火無法平息，因為黃世均的不想計較而更被催化著。他心裡還有一個問題，要是董自強當上外科部主任怎麼辦？以後不是每件事都要以他的好惡來做憑斷！

想到這裡徐允文緊緊握著雙拳，心中有個想法油然而生，他想對外科部主任遴選方式製造個可以改變的氛圍，絕不能讓董自強穩操勝券，不把他拉下馬或是讓他受到些挫折，徐允文心中不會痛快。

5.

徐允文是在火腿三明治以及現煮咖啡的香味中醒來，然後看到許秀穗像個鋼管女郎一樣跨坐在他的肚子上，極盡引誘之能事。

「想吃我？還是吃早餐？」

對於這種方式被叫起床的男人，本能就是像惡狼一樣奔向小綿羊，徐允文把許秀穗壓制在床上，對著她的臉和脖子如雨點般狂吻著。

「停一下啦！鬍渣男，很刺人呢！」

許秀穗剛整理好的頭髮與上好的妝就這樣被徐允文搞亂了。她嘴上雖說停一下，卻捨不得和徐允文分開，雙腿把他夾得更緊，就像螃蟹的螯一樣鉗住獵物。

徐允文的手機就這樣煞風景地響了，他心有不甘放開許秀穗，她卻有如水蛭般黏著徐允文，不想從他身上離開。

聽完電話那頭的報告，徐允文臉色瞬間垮了下來，喪氣地說道：「我們趕快去吃個早餐了。你要上班，我要去收拾爛攤子，爛到根了……」

「爛攤子？爛到根？」

「對阿！昨天陳培元會診我那個女患者已呈現彌留狀態，另外黃主任那個接著緊急剖腹的VIP大概是『Septic Shock』，也挺不住了，唉……黃主任現在還在那裡呢！」

徐允文說的「Septic Shock」即是「敗血性休克」，指的是嚴重感染的病人出現無法用輸液、抗生素，甚至是強力的血管升壓劑挽回的低血壓現象，這也是多重器官衰竭的前兆。

「爛攤子，不就很爛了嗎？還有更爛的情況嗎？」

許秀穗照顧過佟先生，自然對他們一家了很感冒。她心想最多不過藥石罔效，宣布死亡，還有什麼爛攤子要收？

「唉！他老婆無法接受開了刀還死得更快，剛剛在加護病房內上演『孝女白琴』，等一下妳就知道了！」

於是兩人很快吃完早餐，立刻搭了計程車連袂到加護病房。他們看到黃世均板著臉站在佟先生病床前，旁邊陪著的是護理長以及佟先生的家人，而護理人員都集合到護理站的長條桌準備交班，沒有人有意願靠近。

「天啊……老公……你不可以放下我……」

佟太太又是像一坨爛泥巴癱軟在地上，淒厲的哭聲真的像「孝女白琴」。

「哎呀！不是說找到了全臺灣數一數二的心臟血管外科高手了嗎……怎麼會這樣……」

不理會加護病房中有其他清醒的病患，佟太太如錄音帶一般說著詆毀黃世均話。她的三名子女也因為父親即將不久人世，跟著一起流淚，放任母親最後一次大吵大鬧了。

一陣吵鬧哀號之後，佟太太忽然若有所思，跪求著黃世均說道：「黃主任，不是聽說有位葉醫師救人很厲害嗎？你要不要請他來替我老公看一下……求求您！」

「什麼葉醫師?!」黃世均沒有聽過這號人物。

「就是那個叫什麼……對……叫……『葉克膜』的醫師啊！」

佟太太的答案讓黃世均哭笑不得，只能耐心向她解釋道：「佟太太，『葉克膜』不是醫師，是續命的機器而已！妳先生現在的狀況根本不適合替他裝上『葉克膜』，裝了反而會加速他的死亡。」

黃世均說得很誠懇實在，可惜佟太太根本聽不進去，還是一直苦苦哀求道：「黃主任，你是我們家老爺的活菩薩，如果健保不給付，多少錢都沒有關係，我可先付給您……或是……怎樣都可以……」

黃世均臉色鐵青，還是很誠實地向佟太太勸說著：「佟太太，放過妳先生吧！如果我這樣做，不只是違反醫療常規，更重要的是會徒增妳先生的痛苦。到時又白挨一刀，身體浮腫又支離破碎，妳忍心嗎？」

不知道哪兒來的勇氣，黃世均或許是豁出去了，在這節骨眼上第一次對佟太太說話如此直接，沒有任何隱晦的詞藻。這可能和他內心裡受不了佟太太那種類似「雙面人」的態度有關。

黃世均以為佟先生和太太感情很好，後來才從拜託他幫忙的董事口中得知，佟先生對太太一直懷有戒心，因此他將錢寄託在國內親友處，而且海外任何資產與帳戶都不讓她知道。

為了套出先生所有的資產，佟太太可算是無所不用其極。除了在眾人面前營造出兩人感情很好的假象之外，更展開緊迫盯人的方式，一有時間就會在清醒的佟先生旁邊死纏爛打，追問錢及不動產的下落。

一切的虛情假意連黃世均在內所有的醫療團隊都被騙了，身受其苦的佟先生為了面子也不願說破，直到他狀況不穩，看到太太將這種特別的關心，轉化成對黃世均公開的冷言冷語及中傷的戲碼，心懷愧疚的佟先生才在病況穩定之後，趁著太太不在身邊私下對黃世均吐實，戳破她的真面目，並向黃世均致上最誠摯的歉意。

對佟太太一直不苟同的黃世均，在忍受了許多次她不理性的批判之後，今天終於在佟先生彌留之際說出了如此坦白的建議。

哪知黃世均的坦白相告，觸動了佟太太的罩門，又再度哭喊了起來：「當醫師的人怎能如此壞心腸？叫家屬放棄自己親愛的家人啊……老天爺，我先生死後我要怎麼辦……」

說完這些話佟太太又躺在地上哭鬧，兩位女兒依然無能為力，倒是小兒子覺得很丟臉，止住淚水大聲訓斥她：「Mommy，你都沒在聽 Doctor 說嗎？不要再折磨 Daddy 了？」

聽到小兒子站在醫師同一陣線，佟太太翻臉比翻書還快，迅速停止吵鬧，從地上起身，結結實實打了他一巴掌，然後大聲罵道：「不肖子！不肖子！虧你 Daddy 平時最疼你，從小就送你去美國念書，住豪宅、開跑車，你讀書不長進也罷了，平時還出手闊綽，連你老媽都比不上……」

佟先生的小兒子雖被狠狠打了一巴掌，對母親如此難聽的抱怨沒有覺得難堪，反而淡定地回了一句：「Mommy，放過Daddy吧！妳要找的東西我知道在哪裡。」

他的回答如同一劑定心丸，佟太太不穩定的情緒立刻恢復，在場的人都覺得她演技如此之好，可以去報名金馬獎。

「什麼東西！我怎麼不知道？」

「黃主任，I think we have a family meeting……可以讓我們全家人討論之後再告訴你怎麼辦嗎？」

佟先生的小兒子取回主導權，他的一句話立刻讓母親情緒回到與常人無異的狀況。

「好吧！那我不打擾你們，加護病房還有其他患者要巡視，有事可以再找我。」

於是佟先生一家人終於達成共識，放過了黃世均，在病榻前對他尊敬地鞠了躬，然後全部的人暫時離開病床，走到加護病房外討論重要事情。

相對於佟先生病榻前那種混亂的場面，陳培元會診徐允文的那位女病患床邊就祥和了許多。她已經瀕臨死亡的最後階段，由於簽署了不急救的同意書，即使是血壓下降意識混淆，醫療作為頂多加大強心藥物劑量，不實施任何侵入性的治療。

在等待死亡的過程中，這位老太太表情十分平靜，她的子女們獲得加護病房的准許，在不影響醫療作業及過度擁擠的情況下，可以盡量地在病床前陪她走完最後這一哩路。

她的大兒子看到佟太太那種不理性的舉動時，忍不住問徐允文道：「徐醫師，現在的醫師愈來愈難為了，是吧？」

「也許吧！但也不是什麼壞事，至少民智已開。」

徐允文說的並非全無道理。日益高漲的病患意識對整體醫療環境來說，在推動任何新的觀念有其助力，可惜它也是兩面刃，如果民眾有似是而非的概念，又或受到了媒體推波助瀾的影響，容易引發不理性的行為。

「應該不是民智已開，而是民眾的胃口被養刁了。不只是醫師，只要是涉及公領域的部分，『個人』受了點委屈，不管是對是錯，民眾不是先檢討自己，而是認為要『先發制人，先吵先贏』，造成『會吵就有糖吃』的觀念，所以常造成是非不清、真理不明的狀況。」

徐允文很佩服老太太大兒子有如此清晰的見解，細談之下才知道他是某國中的訓導主任，在校園裡處理過很多家長與老師管教上的糾紛，他發現很多家長無理取鬧，表現得比自己的小孩更無知，而且更無禮。

「這畢竟不是國家之福，不只是醫師有『五大皆空』，政府部門中很多公務人員也是士氣低迷，每個人都有深沉的無力感……」

聽著他的結論，徐允文答道：「不過醫師不一樣。我們無法選擇病人及家屬，靠的只是緣分，所以一開始如果得到他們的信任，也只能勇往前去，領著病人往荊棘裡衝。要是結果不盡人意，我們只能坦然面對，畢竟醫師的選項裡沒有『逃避』兩個字，現在沒有，以後也沒有！」

「這正是醫師偉大的地方。」

「哪裡，這只是忠於當初我們以醫師為志業的抉擇吧！」

徐允文又想說些話時，他的手機又響了起來。

「允文，等一下有空嗎？」黃世均似乎有些不好意思。

「還好，有空！」

徐允文的回答很乾脆，黃世均順理成章接著說：「可不可以請你現在替佟先生裝葉克膜？」

「主任！這不好吧！都Septic Shock了，幹嘛不放棄？如此折磨病人，家屬真那麼想不開嗎？」

對於徐允文的牢騷，黃世均語氣充滿無奈，只能拜託著徐允文，然後說出重要的關鍵：「唉！又是董事會裡有人拜託，說什麼一定要拖過這兩天，免得佟太太又打電話騷擾……」

「是財產沒有轉移吧？」

對於徐允文信口胡謅，黃世均未置可否，但正經地交代說：「等一下放葉克膜，順便再替我叮嚀一次所有工作人員，請經手過佟先生的人，特別對於有關其神智狀況的敍述要完整，特別是這幾天，看看是否直接能將昏迷指數都補上？這件事要私底下進行，尤其是你放葉克膜之後……」

黃世均的謹慎，觸動了徐允文的神經。他知道為何黃世均要如此鉅細靡遺，為的就是日後可能會接到國稅局或法院的公文，要求黃世均還有病歷上出現過名字的醫療工作人員，對於佟先生最後這段存活的時間，回答有關是否有「決斷事務的能力」，如果答的不好，可能還要被法院請去當「證人」。

「主任，這段時間您辛苦了！」

「允文，你替我照顧佟先生也很辛苦，不過我們兩人的辛苦還比不上佟先生……」

徐允文聽到黃世均這樣說也深有同感，尤其是他接下來說道：「允文，這世界除了兩種人，一種叫做『活的死人』，一種叫『死的活人』，還有一種『最可憐的人』……」

「什麼是『最可憐的人』？」

「那就是想死也死不了的人。」

認識黃世均這麼久，徐允文第一次從他口中聽到如此深富哲理的話。

對佟先生的這種評論，或許是黃世均對人性的訕笑。人有那麼多走向死亡的方式，可憐的佟先生在斷氣前，還要忍受外在的阻撓與折磨，自己完全沒有抉擇的能力。他的處境對某些人而言，彷彿是種「報應」，至於那些因為他掏空資產的大、小股東們的心情，似乎和他臨終的心境一樣是「欲哭無淚」。

6.

佟先生最後終於在表訂的四十八小時後停了葉克膜，他生命徵象的指數只在機器轉動下維持。最可憐的莫過於他的身體慢慢浮腫與僵化，由於翻身也免了，以至於背部及下半身泛起水泡，有些還破了滲出粉紅色的體液。

離靠近移除葉克膜的機器愈近，那些曾經開口請託黃世均的長官都一一前來致意，連院長李瑞麟，以及一直替佟先生關說的那位董事也沒有例外，現身在心臟血管外科加護房安慰佟先生一臉哀戚的家屬們。

感嘆與惋惜的心情隨著佟先生的身體慢慢浮腫而出現。徐允文不若之前那般看輕佟先生的人生，他心裡的感想只有某位哲學家所說的「人最後總要面對自己」——可惜佟先生的靈魂似乎早一步因身體的衰敗而離開。

鄧克超是醫院長官裡最後到的，他和佟太太淵源不深，因為醫院董事的關係讓他們家人互有印象。不過鄧克超待的時間最久，畢竟他是外科部大家長，除了表示慰問之意外，更重要的是想探探家屬的態度。他知道黃世均和佟太太的關係有些緊張，佟先生過世後，不知道這位喜歡在公開場合呼天搶地的佟太太會不會有興訟的可能？

可能是自己最終的目的已達成，佟太太雖看起來面色哀傷，似乎聞不出有任何不滿的味道，對於前來致意的人都是九十度鞠躬，致上十二萬分的謝忱。

鄧克超來到加護病房時，徐允文也剛好在場，於是全程陪伴鄧克超。離開時他欲言又止的樣子，最後只得在眾人面前請徐允文半小時後和胡學恆一起到辦公室找他，名目是討論今年尾牙的表演節目。

徐允文知道鄧克超的個性，他相信這件事只是幌子。鄧克超不想在眾人之前說什麼事，又必須有個單獨見他的理由，「尾牙表演節目」是難得的藉口。

果不其然，鄧克超在辦公室關上大門，等徐允文及胡學恆坐定之後立刻劈頭就說：「你們兩個兔崽子，這兩天聚在一起是不是在說某人的壞話？」

「主任！這不是壞話，我們說的……」

徐允文想辯白，鄧克超卻語重心長地說：「允文，人類的世界通常都不是『有理走遍天下』的環境！」

聽到這個回應，徐允文暫時住口了，鄧克超接著說：「大家都知道搶開別人的手術有違醫學常理，但犯錯的人是董自強的看門狗，人說『打狗也要看主人』，你們兩人這樣肆無忌憚在公開場合說三道四，語氣上還想給雷鉅全一點教訓，這種話關起門來講就可以……」

「我們又沒有在公開場合講！」徐允文有些不服氣。

「你以為董自強混假的？大家都討厭他，附和讓你私底下說出真心話的人搞不好是他的暗樁，或是急欲向他輸誠的人也不一定……」

徐允文覺得鄧克超講得有理，只好聽著他說教。

「還有你，胡學恆……」

「連我也中槍……」胡學恆神色訝異。

「大家都知道你是徐允文的好朋友，聽他發牢騷就算了，幹嘛還加碼說，要建議我把雷鉅全對佟先生的死亡病例討論做專題報告……」

「啊……這……」伶牙俐齒的胡學恆也不得不語滯。

「現在態勢很明顯，董自強是很有可能成為新的外科部主任，今天你們對雷鉅全的評論雖然很合理，但有心人卻製造你們想搞董主任的假象，希望他當不上外科部主任，你們幹嘛當砲灰？」

徐允文和胡學恆聽到鄧克超這些話，只能低下頭來聽訓。

「眾所皆知，你們兩人都是我的愛將，尤其允文是我力薦才能升任主治醫師留下來，所以你更須謹慎，免得有心人把你對於董主任的批判，變成一切是我指使的，有意阻止董主任接我的位置……」

徐允文不知如何反駁，尤其聽到最後一段更是覺得手心冒汗，深怕真如鄧主任所言，自己變成有心人攻擊董自強的藉口。

「至於你啊！胡學恆……」

「我很想保你，但你也要看看有沒有這個命？繼任的外科部主任要是董自強，我看你當完總醫師就準備捲鋪蓋走路，自己找地方升主治醫師，搞不好……」

鄧克超準備再訓一下胡學恆時，徐允文忍不住說道：「主任，總不能放任雷鉅全吧？楊西源犯錯被董主任利用成這樣子，他自己人犯錯，總也要符合『等同』與『比例』原則吧？這可是他想修理泌尿科主任朱文俊的最佳理由！」

「唉！這問題我會想辦法，在下個月的M&M找出可以使力的方式，不過先說個題外話，我都忘了謝謝你！」

徐允文覺得很奇怪，先是聽訓，現在鄧克超又要謝他，有些讓他摸不出頭緒。

「我和楊西源又談了好幾次，他決定不走了。其中有個重要的因素是你，他說你的規勸很受用，他會用正面的態度走下去，因為不只你，他還發現很多人對他的關心是出自真誠。」

徐允文很是得意，於是他覺得時機到了，大膽向鄧克超說道：「主任，董自強若當上外科部主任，絕非外科大家庭之福，以後的烏煙瘴氣免不了。我建議主任可以運作一件事……」

「運作什麼，我都要拍拍屁股走人了，對他沒……」

「不，主任，你還在位，你可以建議董事會，由外科部所有同仁直接選舉外科部主任……」

徐允文說完這個想法，鄧克超若有所思，不過臉色是欣喜多於質疑。

「不失為好辦法！」鄧克超喃喃自語道。

「主任，有電話……」

祕書的擴音打斷了鄧克超的沉思，他不禁大聲回道：「不是說我有重要的事情，什麼電話等我和徐允文他們談完再說嗎？」

「是院長找你說有急事。」

於是鄧克超立刻接了電話，電話裡的李瑞麟語氣很急，鄧克超在對談之中不斷重複著「這麼嚴重」這句話，最後甚至還回答著李瑞麟說：「院長，我們現在外科部不只有護士荒，很多病房……尤其是加護病房人力短缺很嚴重，整形外科主治醫師也不夠，燒燙中心只有江賓主任單打獨鬥……」

李瑞麟似乎不想多聽，鄧克超只得掛上電話唉聲嘆氣道：「老天爺是要整我嗎？在我外科部主任最後幾個月捅這麼多事？」

徐允文和胡學恆期待鄧克超的更多解釋時，忽然三個人的手機一起發出收到簡訊的聲音。

「各位同仁請注意，外科紅色代號７７７，請所有在院值班及無勤務人員，現在迅速至急診室集合配合處理大量傷患！」

「主任，什麼事？」徐允文先問道。

「唉！一個紡織廠剛發生大火，結果發生閃燃及廠房崩塌，好多人、連消防隊都有人受到嚴重燒燙傷，本院硬被分配到五位，其中有三位燒傷面積達五〇%以上……」

「哇靠！我們怎麼吃得下……」胡學恆大叫，徐允文也出聲附和。

「有什麼辦法？長官硬排的，其他的醫學中心更慘，誰叫我們也有燒燙傷中心？」

徐允文和胡學恆終於了解，為何剛剛鄧克超和院長李瑞麟通電話時面有難色。

鄧克超帶著徐允文與胡學恆往醫院的急診室快步走去，一路看到很多同事加入行列，大家的神情相當緊張卻井然有序，有人甚至推著事先計畫好的急救用品車一同前往。

看到如此的景象，鄧克超備感欣慰，覺得同仁這種緊張而不慌亂，是平日訓練有素的成果。雖然之前的演習有所要求，但最大的成效或許是來自「夜店鬥毆事件」的衝擊，改進了很多「耍花槍」的招式，流程被簡化、任務編組更明確，效率自然有所提升。

走進急診室，保全人員已經將通道清出，以便有傷患進入時可以立刻到達急救室。在護理站上又架起大量傷患看板，五位患者的初步資料也已經寫在上面，就等到患者前來。

為了安撫已經掛好號的民眾，臂上掛著大量傷患指揮的急診室主任古天同，稍微解釋有大面積燒傷患者即將到達，所以不得不有如此安排，因此請病況相對不嚴重的患者可以稍候一下。

安撫患者之後，古天同看到鄧克超前來，立刻趨前致意，順便答謝他所帶領的外科部同仁陸續抵達急診室幫忙。

透過古天同的解說，鄧克超比較了解整個事件概括的全貌。原來今天早上位於新北市的天下紡織公司的廠房起火燃燒，由於遇到工廠為了加速趕工，堆放了相當多的易燃材料，結果火勢一發不可收拾，立刻牽連好幾個廠房，有幾十輛消防車進入現場灌救。

消防隊兄弟冒著生命危險進入搶救，結果可怕的事情發生了，一間儲放有大量有機溶液的房間發生爆炸，加上另一間廠房忽然發生閃燃現象，以至於傷亡慘重。

目前仍不確定有多少人生死未卜，但是隨著被救出的人愈來愈多，已超出附近公立醫學中心的負荷，所以連北辰醫學院附設醫院的燒傷中心也硬被指派收療五位傷勢較重的患者。其中有三位據現場指揮官透過緊急醫療網回報，全身燒傷面積超過五〇%，有一人甚至有吸入性肺嗆傷的疑慮。

聽到這樣的說明，身為外科部大家長的鄧克超相當頭疼。七月的離職潮已經有一票資深的護理人員另謀高就，新進的護理人員和其他醫院一樣嚴重招收不足，即便人力補完，經驗與照顧患者的實力仍待考驗。

「護士荒」的情形無法有效解決，負責燒燙傷的整形外科醫師人力更是嚴重短缺。雖然號稱有「燒燙傷中心」，也只有一位主治醫師江賓獨撐大局，另外兩位主治醫師，除了主任侯慕凡外，剩下是一位德高望重，平時只來醫院門診的醫師顧乃平。因此鄧克超才會對於政府派予的任務感到相當頭疼，說痛苦也不為過。

急診室的氣氛緊繃，可是此時卻有位渾身酒氣，手指切割傷等待縫合的患者不耐久候，終於和現場護理人員發生爭執，連前來待命的醫師也加入安撫，不過那位病人仗著酒膽大喊：「幹！是有多嚴重的病人？我手被割傷要立刻縫合，等一下感染有誰負責？」

患者同行的友人也跟著加入起鬨的行列，對於醫護人員的解釋完全不予理會，一副要幹架的樣子。現場有其他等待的病患及家屬也加入戰局：「是不會看臉書或手機哦！新北市有紡織廠大火，一堆人受傷……」

「幹！出頭鳥是不是！」、「等一下會死哦！我發燒都不哀哀叫了……」

患者終於和那位出聲的家屬吵起來，一言不和直接開打，場面混亂不堪，警衛及其他人立刻想隔開雙方人馬。

「唉！」

在現場隔岸觀火鬥的鄧克超、古天同及徐允文等人心中不約而同都發出了嘆息。

7.

天下紡織的火災工安事件，十足顯現了臺灣醫療從業人員光輝人性的一面。

一下子被分配許多嚴重燒燙傷的病患，對於北部任何一家醫學中心都是人力的負擔，從護理人員短缺，到整形外科燒燙傷專責醫師的不足，都在這次事件中暴露無遺。因為工時冗長及不受尊重，每年雖有大量護理新血畢業，但職場上的缺額仍是無法滿足醫療的需求；至於整形外科醫師也因給付過多，醫療業務有健保署苛刻核刪過多，很多人都紛紛選擇離開醫學中心，開設自費醫美診所。

可是當這麼多需要幫助的病患湧入，各家醫院當值人力以外，休假、下班的醫療人員在接到醫院緊急求援的徵召，都迫不及待趕回工作崗位。透過媒體的強力放送，那些曾經在醫院服務，如今賦閒在家的人，也都在最短的時間內打電話回原先服務單位，看看是否能夠幫忙。

以北辰醫學院附設醫院為例，才剛離職不久，正在草創醫美診所的杜如新，便在當天下午打電話給鄧克超，表明除了自己之外，還有與他合作的醫師，同時也是一位整形外科的專科醫師馬雲虎，都自願輪流回去支援那三位大面積燒傷的患者換藥、清創、甚至植皮手術。

至於醫院方面，因應護理人員不足，為了燒燙傷照顧，各獨立加護病房也調人力支援，分擔每天的換藥及輪班照顧責任，除了不計成本替患者尋求出路，全院一體共度病患處置及人力短缺難關。

最有人情味的就屬當天在急診室的暴力事件。那位一大早就喝酒作樂被破掉酒杯劃破手指，又仗著酒氣鬧事的年輕人，在警方人員到場之後全被壓制送回警局。他雖於酒醒之後在鏡頭前表示歉意，但具有正義感被毆的家屬堅持提告，急診室那些和他們一起被騷擾搥打的醫療人員也在醫院支援下加入行列，讓藉酒鬧事的年輕人被移送法辦。

雖然燒燙傷病患的換藥及手術影響了開刀房的正常作業，但鄧克超心情是愉快的。在醫院所有人無私無我的奉獻之外，他更在楊西源的臉上看到久違的笑容。鄧克超指派任務編組時，年輕住院醫師組成的「換藥小組」交給楊西源排班，為了這件任務，他連續工作超過二十小時不喊累——心中被喚醒的熱情，化掉了他之前犯錯的陰霾。

至於徐允文因為天下紡織火災工安事件得到難得的悠閒。他不需要加入燒燙傷患者的第一線照顧，心臟手術則由於加護人力被抽調去燒燙傷中心，以及手術室被那些患者優先使用，臨時停止一般的手術。他唯一需要擔心的是王秉正還在葉克膜的支持下苦苦等待心臟移植的機會，不過目前他生命徵象穩定，只有因為葉克膜使用一些時間造成的管路感染問題，接受抗生素治療之外，大抵還沒有什麼危及生命之事。

有了這難得的空閒，徐允文來到了病理科的標本室，將其中那些心臟標本拿出來當場看。由於許秀穗搬來同住，使得他夜半時間在動物實驗室溜達的時間變少，也沒將標本拿到那裡與古朋晟討論，讓他覺得自己最近偷懶了一些。

徐允文強烈渴望可以獨立完成「心臟移植手術」，心中認為它如同「成年禮」一般，確實做過之後才可以抬頭挺胸，讓別人認同他是位技術高超的心臟血管外科專科醫師。

徐允文的努力感受最深的是馬小芬。在她的同意下，徐允文常常往病理科的標本室跑，不只要忍受福馬林的氣味，也必須耐得住那裡的霉味及粉塵。

看到徐允文的背影，馬小芬彷彿看到了自己以前的男友胡明成。雖然已過了二十年，她心中悲傷的情緒已經淡去許多，不過每次徐允文提著背包走進標本室時，她心中總有一種莫名的悸動，覺得是胡明成為了「心臟移植手術」在裡面練功，她很想走進去陪徐允文看看心臟標本，但深怕觸動內心深藏已久的思念，都沒有勇氣走進去。

只是今天馬小芬的想法有些改變。她從上班看到徐允文走進標本室之後，發現他已經在裡面待了五、六個小時，連中飯時間過了也沒有出來過，她決定進門關心一下。

她發現徐允文很專心拿著兩顆心臟標本在做「接合」的動作，似乎是參照著桌上一本教科書，但過度沉浸在研究裡，他沒有發現馬小芬逐漸靠近。

標本室內福馬林的嗆味與霉味並陳，剛走進去的馬小芬有些想作嘔，她忍了下來慢慢走近徐允文，想知道是什麼問題讓他如此入迷，連她來都無法察覺。

隨著徐允文的視線看去，首先是心臟，接著看到那本參考書，突然之間馬小芬的眼淚奪眶而出。她想哭出聲，但怕嚇到徐允文，於是拿下眼鏡先擦去淚水，然後輕咳了一聲。

「哦！主任好！」徐允文先放下手上的心臟標本。

「好認真啊……是什麼那樣吸引你？」

馬小芬的聲音有些哽咽，怕徐允文知道強忍情緒。

「主任不舒服嗎？」徐允文聽到馬小芬的聲音還是覺得有些不對勁，不禁問道。

「還好……徐醫師，請問一下，桌上的筆記本是你的嗎？」

馬小芬指著桌上被立起的筆記本問著，可是悲傷的情緒一時無法控制，眼淚又流下來了。

「不是，那是我在整理動物實驗室時發現的，不知道是我們家哪位主治醫師之前的筆記……」徐允文大略地解釋著，卻看到馬小芬臉上的表情開始變化，有些揪成一團，兩行眼淚慢慢滴下來。

「那是我以前男朋友胡明成的筆記本……」

馬小芬走近筆記本觸摸著它，彷彿觸摸到了胡明成心中，一下子淚流滿面看著徐允文。

「可以……可以把它送給我嗎？」

「當然沒有問題，主任，妳不要哭……這是衛生紙……」

徐允文從胡學恆口中了解馬小芬與胡明成的關係，知道了筆記本的主人是胡明成，只得立刻答應馬小芬。

「謝謝你！謝謝你！」馬小芬破涕為笑拿了面紙拭去淚痕，一直感謝著徐允文。

「什麼不情之請？」

在馬小芬情緒穩定後徐允文說道：「主任……我有不情之請？」

「這本筆記很棒，對我很有幫助，我可不可以先請專人影印後再給妳？」

「當然可以啊！」

「好，那我去安排，一定很快給妳。」

徐允文立刻拿起旁邊的手機準備聯絡，馬小芬見狀卻阻止他說：「你應該先吃飯！我是看你很久沒有出來，錯過吃飯時間很久才進來看怎麼回事的！」馬小芬難得露齒微笑。

「我們外科醫師本來飲食就不正常，晚點吃不會有事，我先打電話安排筆記本送印之事……」

徐允文立刻撥了幾通電話，終於找到一個在附近的藥廠代表，他表示可以馬上到醫院去找徐允文拿筆記本複印。

「主任，那我先去吃飯，順便將筆記本交專人影印，他說兩、三個小時會好……」

徐允文給了馬小芬明確的時間，讓她笑得合不攏嘴。

8.

將筆記本交由藥廠代表處理後，徐允文又聽到另一位女子淚流滿面的哽咽話語。

「允文……允文……」

電話的那頭是夏美美充滿無助的聲音，顯然正流著淚而不知所措。

「美美，什麼事好好說……」

徐允文聽到夏美美如此驚慌失措的聲音，不禁心都碎了，不斷安撫著她。但似乎用處不太大，她仍是一面抽搐哭著說道：「我爸爸……我爸爸……現在情況很危急……醫師說……」

「不要哭……不要哭，妳哭了根本說不出什麼話，我也聽不清楚。」

聽到徐允文如此勸道，夏美美暫時停止哭泣，然後以最簡潔的速度大略說明了她父親的情況。

原來夏美美的父親自從她搬回南部之後，都會利用時間帶著她與自己的妻子到處散心。昨天晚上他們下榻桃園某一間飯店，準備隔日到石門水庫及拉拉山等風景區遊山玩水。

今日清晨夏美美的父親胸痛又臨時發作，他們只能求助於當地的一一九，由消防隊派出救護車送到最近的桃新醫院。到達急診室前，夏美美的父親在救護車上因為人昏倒而且沒有血壓，就接受消防隊員的ＣＰＲ。

送達急診室，夏美美父親的心跳血壓在ＣＰＲ後有回復。結果心跳圖判斷發現，他是急性心肌梗塞，因此接受緊急心導管檢查。值班的心臟科醫師發現，他除了五年前接受置放的冠狀動脈支架嚴重狹窄外，另外一條供應右側心臟的冠狀動脈血管也阻塞快要看不見了。

可惜冠狀動脈氣球擴張術的執行並沒有達到應有的效果，命暫時保住，但他也被插入了「主動脈氣球幫浦」，來維持生命徵象。

心臟科值班醫師建議夏美美將她父親轉院至常耕醫院，她不知如何是好，於是想到了徐允文。她向該位醫師提議自己能否要求北辰醫學院附設醫院的徐允文，巧合的是他和徐允文是舊識，於是夏美美在啜泣聲中將電話交給該位值班醫師。

「學長，我是阿忠啦！」

「阿忠，怎麼這麼巧，這病人情況如何？」

這位徐允文所認識的阿忠學弟，也是北辰醫學院的畢業生，和徐允文在大學因為社團活動有過幾年的交集。

「右冠狀動脈太硬，勉強打開，不然沒得救，另一個先前放的支架也柔腸寸斷，目前勉強在

IABP下才可以撐住……」

「那就要立刻開刀了？」

「學長，良心建議先觀察，搞不好他會變成『白菜一顆』！接受手術除了可能活不了外，救活了也不見得會醒……他是你什麼人？」

那位阿忠學弟摀著話筒，離開夏美美有些距離說話，徐允文很沮喪說道：「我以前女友的爸爸！」

聽到自己的學長如此說著，阿忠也覺得有些尷尬，小聲問徐允文怎麼辦？

「可不可以請你幫我女友……不對……是前女友的父親，叫一輛加強型救護車，可以連主動脈氣球幫浦一起上車的那種……」

「可以！」阿忠回答得很乾脆。

「你覺得派個護士在車上跟到臺北安全嗎？會不會危險……」

徐允文的語氣相當不安，他很擔心桃園到臺北這段路對夏美美父親的生命有威脅，所以連問好幾次。

「學長，我好人做到底，醫院應該不會反對我直接跟著病人往後送醫院去。」

「這不太好吧？」

「學長，我們醫院不太大，這樣的病人我送過幾次，你知道的……」

阿忠欲言又止，徐允文知道箇中原因。像他服務的中型醫院雖有心導管設置，但心臟外科醫師多屬掛牌性質，無法有真正實施心臟手術的能力，自然會急著把任何緊急處置不了的患者往各大醫學中心後送，程序是順暢又快速。

「那就麻煩你了，記得拷貝心導管片來，學長以後去桃園請你吃飯！」

「什麼話，學長，你救了我……又想辦法救病人，應該是我請你吃飯才對！」

就這樣，徐允文的學弟就陪著夏美美的父親直接由急診室收療到北辰醫學院附設醫院的加護病房。

對於人力不足的加護病房而言，徐允文只能轉出自己病況已趨穩定的患者，並且把安撫家屬的工作交給當班的小組長許秀穗。

她聽到徐允文要收療如此病況嚴重的患者，沒有任何微詞並做了他強力的後盾，畢竟自己的男友救人為先，現在醫院由於天下紡織火災的意外造成人力吃緊，也只能鼓勵當班的護理人員咬著牙撐住了。

不過再怎麼有修養的人看到自己的男友和前女友「藕斷絲連」，一定都會妒火中燒，即使是生命攸關的重要情況，許秀穗自然也不例外。

她對於徐允文收療的病人沒有什麼意見，可是看到他在病榻前那種噓寒問暖、安撫夏美美情緒的動作，眼睛自然冒出火來，表情變成異常嚴肅。

「徐醫師，患者血壓 120/80，心跳一百一十，體溫三十六度 C，意識不清，瞳孔固定對光沒有反應，是否要會診神經內科？」

將夏美美的父親安頓好，接上所有生命徵象監測儀器，確認「主動脈氣球幫浦」機器功能無誤後，許秀穗很制式、而且嚴肅地向徐允文報告患者情形。

「患者早上才剛急救過，現在先觀察，晚一點有需要再會診。」

徐允文的回答也很制式，聲音卻不若以前那般有自信，他知道將夏美美的父親收給自己，許秀穗會有這樣的反應。

「會緊急手術嗎？」許秀穗又問著徐允文，橫著眼看著他。

「我親自做一下心臟超音波，確定患者的心臟收縮功能，看一下心導管片之後再做決定。」徐允文回答十分快速，眼神不敢和許秀穗直接接觸。

「知道了，等你的決定。」

徐允文則到電腦螢幕前看了夏美美父親的心導管影片，一面看卻一面搖頭。接著就親自推著心臟超音波的機器，拉著值班住院醫師當作擋箭牌，以「教學」為目的，希望不要和許秀穗有太多的接觸。

「老師，這心臟收縮功能很差，二尖瓣逆流也相當嚴重……」

還未等到徐允文教學，連值班的住院醫師也立刻看出夏美美父親的心臟功能相當差，似乎只有緊急手術一途了。

「真的很差！二尖瓣的嚴重逆流大概是心臟收縮變差造成的……逃不過了……逃不過了……」

徐允文臉色凝重，心情似乎很低落，教學工作瞬間變成低著頭自言自語。站在徐允文身後的許秀穗也感受到他身上強大的壓力，剛剛被點燃的嫉妒之火瞬間減弱了很多。

「我看不得不做重要決定了，愈晚決定愈痛苦……」

徐允文立刻指示值班住院醫師會診神經內科值班主治醫師，他又去看著夏美美父親的心導管片，神情嚴肅與落寞，許秀穗反而開始有點同情起徐允文了。

值班的神經內科主治醫師是蔣至榆，在很短的時間內就到加護病房來檢查夏美美父親的病況，可惜他的判斷更加為難徐允文。

「徐 sir，我看這病人的理學檢查無法排除『Hypoxic Encephalopathy』！」

「Hypoxic Encephalopathy」即是「缺氧性腦病變」，這是在經過長時間急救的過程很常見的現象，因為人類大腦缺氧的時間不能超過五分鐘。患者在生命徵象不穩的急救過程中，其腦部血流供應很容易因此受到影響，所以即便將血壓心跳拉了回來，過長的急救讓有些人可能因此變成植物人再也醒不過來。

夏美美的父親由於急性心肌梗塞讓心臟停跳被急救，其時間在到達醫院時已經有些久，雖然目前有體外維生器材支持著，仍屬於「缺氧性腦病變」的候選人。

「那有需要做腦部電腦斷層嗎？」徐允文不安地問道，雖然知道這是明知故問。

「能看到什麼呢？除非是那麼湊巧有腦出血。他身上維生器材、藥物管路那麼多，為了一個『安心』的檢查，倒不如先觀察個十二小時到明早再決定，搞不好他的反應可能比較好……」

蔣志榆的建議徐允文心裡早就有數，不由得皺著眉頭說：「只是拖愈久，對心臟功能恢復影響更大……」

徐允文很難決定，於是他走出加護病房大門，夏美美及母親看到他走出來，焦急地迎了上去。

「允文，會診了神經內科醫師，他怎麼說？」

夏美美的母親表現得比女兒堅強，而夏美美只能紅腫著雙眼，在母親背後哀傷地看著徐允文。

「伯母、美美，現在真的狀況不明很難決定，所以我才來向妳們建議……」

徐允文把剛剛和蔣志榆討論的結果做了簡明扼要的講解，認為夏伯伯無法排除在急救過程中腦部有缺氧現象，就算不開刀可能會變成植物人，延遲心臟手術也有一定的風險。

「緊急的冠狀動脈繞道手術是目前可以解救夏伯伯的方法，可是若考慮腦部問題，我和蔣醫師都建議等十二小時後再看看……」

「那就等吧！能不能過關就看老天爺給不給機會了！」

夏美美的母親做決定很明快，讓夏美美覺得有些武斷，不禁開口勸道。

「媽！可是愈晚開刀，心臟功能可能愈惡化，爸的機會也可能因此喪失不少。」

「美美……」

夏美美的母親嚴肅地看著她，然後一字一句慢慢地說道：「妳爸爸在沒出事前就跟我說過很多次了，如果他再出事變成植物人，他寧可放棄任何醫治他的機會！」

夏美美啞口無言，只能遵從著母親的決定。她母親向徐允文確定再等待十二小時，看看病人神智的反應。

9.

徐允文接手夏美美父親來照顧之後，和許秀穗同床共枕並不是最困難的事，而是第二天被鄭正雄緊急會診時，他的病情急遽變化。

天下紡織廠工安意外的一位大面積燒傷患者，在半夜開始有「血中氧氣濃度過低」的現象，他是醫院收療的三位超過五〇%面積燒傷的患者中，吸入性嗆傷最厲害的一位。由於肺部黏膜受傷腫脹的情形加劇，到院後即接受氣管內插管及接上呼吸器治療，在入院四十小時後情況愈來愈差，負責照顧他肺部狀況的鄭正雄覺得非要替患者裝上葉克膜不可。

葉克膜不僅是可以作為心臟功能不佳的患者的續命機器，同時也可變身作為暫時人工肺臟，讓受傷的肺部暫時休息，進而恢復功能，所以在燒燙傷患者伴有肺部嚴重吸入性嗆傷時，它是最佳的體外維生工具。

就在徐允文到醫院時，他也接到加護病房的通知，夏美美父親的血壓、心跳開始慢慢變差，需要加到相當大量的強心藥劑。

「他的意識狀況呢？」

這是徐允文最在意的問題，值班住院醫師回答情況並沒有改善，於是徐允文下達了一個重要的決定。

「立刻安排個電腦斷層檢查，然後請蔣志榆醫師再來看一遍，注意在檢查過程中病人的安全！」

徐允文顧不得夏美美父親的檢查，全部交由值班人員處理。他快跑到燒燙傷中心，發現在那裡除了鄭正雄與江賓之外，貴為院長之尊的李瑞麟也被請來了。

患者是天下紡織廠的協理，發生大火那天負責疏散人員，距離有機溶劑爆炸的地點不是很遠，可是火勢直接攻擊了他的前胸及顏面，當天送到醫院時雖意識清楚，可惜沒有多久就接受插管接上呼吸器治療。

呼吸器面板顯示此時氧氣濃度已用到一〇〇%純氧，患者仍是呈現呼吸急促、氧氣濃度欠佳的樣子，動脈抽血的結果也符合儀表監測，顯示僅用呼吸器無法治療患者肺部的通氣不足，吸入性嗆傷已經讓它「失能」。

「葉克膜大概也是最後一條路了吧？」

鄭正雄和徐允文等人站在電腦螢幕前看著一張已經花白的胸部X光片，對於鄭正雄的提問，徐允文也只能點點頭。

「要做就快吧。」

李瑞麟臉上露出相當焦急的表情，畢竟這個患者算是個全國矚目的人物，原來以為狀況比較不嚴重，而分配到北辰醫學院附設醫院，如今卻變成麻煩。

徐允文在鄭正雄的陪同下，向燒燙傷中心外頭等待的家屬解釋，替患者裝上葉克膜救命的必要性，他淚流滿面的妻子強忍悲痛的情緒簽下手術及麻醉同意書。

徐允文聯絡手術室的同時，夏美美的父親也在值班住院醫師的陪同下快速做完腦部電腦斷層檢查，熱心的蔣志榆直接和他通電話說到：「徐 sir，沒有看到什麼特別的，『Hypoxic Encephalopathy』大概可以確定，病患能醒的機會有限……」

聽到蔣志榆會診的結果，徐允文又從值班住院醫師口中得知，夏美美父親的情況更差了，強心劑已經用到超標，心跳血壓僅能勉強維持住。

徐允文的腎上腺素也跟著飆高，激動的情緒讓他不得不請託鄭正雄先送患者到手術室做準備，自己得先硬著頭皮向夏美美一家解釋病情，告訴他們不好的消息。

幾乎是百米衝刺，徐允文一下子就到了有兩層樓之隔的加護病房，一直徹夜未眠的夏美美一家，早被通知在外頭等候。

「妳男朋友怎麼沒有來陪妳？」

徐允文下意識問著，或許他覺得目前只有夏美美和母親在場，應該要有個男性陪著他們。

「我騙你的啦！我一直都沒有交新男友……那不重要，我父親現在如何？」

夏美美母親的心情或許和徐允文一樣，用著狐疑的眼光看著夏美美，她一直想不透為何女兒和徐允文分手。徐允文不是只有訝異，內心還如針刺一般。

此時夏美美為了化解尷尬，又立刻問道：「怎麼樣？我父親是不是有什麼進展？」

徐允文深吸一口氣說道：「夏伯伯的心臟功能走下坡，不開刀大概不行。不過剛剛和神經內科大夫討論，即使不開刀，他這輩子醒不過來的機會很高……」

徐允文臉色凝重，心跳飆升，不會比夏美美和母親輕鬆到哪兒去。

「意思是不開刀活不了，開了也不見得會醒？」

夏美美的母親強作鎮定，緊抱著已經激動到泣不成聲的夏美美問著徐允文，他停頓了一下勉強開口道：「對……」

「對」的口氣拉得很長，徐允文是心不甘情不願說出這句話。在面對相同情況的家屬，他都可以不帶情緒說出決定，只是現在他的心情沉到谷底。

「允文，那就這樣子！我們要尊重夏伯伯的心願，不要太折磨他……」

夏美美的母親也是熱淚盈眶，但身為日前的一家之長，她要表現堅強，要能臨危不亂。

「允文，不是有葉克膜可以續命嗎？你不是常說你都幫情況危急的病患用葉克膜續命嗎？替我父親想想辦法……」

夏美美像失心瘋一樣拉著徐允文，夏美美的母親出手阻止。

「美美，不要激動，爸爸如果現在會說話，他也不會同意手術……」

聽到這句話，夏美美混亂的情緒稍微緩和，不過她終於開始放聲大哭，徐允文想過去好好擁抱著她，可是他不敢。

「允文，就這樣了，夏伯伯就這樣好了……真的很謝謝你最後這段時間對我們家的幫忙……

是我們沒有緣分……」

夏美美的母親也忍不住流淚哽咽，徐允文再也無法忍住矜持，將她擁在懷裡安慰著她。

在幾十秒情緒發洩後，夏美美的母親終於離開徐允文的擁抱。徐允文這時走到夏美美旁邊，將她一把抱在懷中一起哭泣，用肢體接觸來表達安慰。

徐允文不敢對夏美美說的是，自己也曾想替夏伯伯裝上葉克膜續命，看看有沒有奇蹟發生，可惜這臺葉克膜是醫院最後可以使用的一部，只能留給那位肺部情況惡化的患者，就算真的要選擇，兩人中他一定捨棄夏伯伯，前者才符合醫學倫理與邏輯。

夏美美的哭泣是對於父親無法脫離死亡的悲哀，徐允文的哭泣則是對夏美美與她父親深沉的無力感。前者欺騙他有男友，頭也不回斬斷了五年的感情；後者他有能力搶救，可惜不符合醫學倫理與邏輯，所以如同夏美美的母親所言，他們真的是沒有緣分。

夏美美就和徐允文捨棄的夏伯伯一樣，即使有情感上的「葉克膜」，大概也救不回來那曾經擁有的五年時光。

祕密

CHAPTER 5

1.

雖然已經過了一個星期，徐允文哀傷的情緒仍是盤旋不去。因為他是醫療從業人員，並不像一般人可以將情緒帶到工作的場合裡，更不能因為內心的痛苦而延遲、甚至耽誤了病患的治療。

所幸他心裡的哀傷在其他方面得到一些正向的舒緩。

首先是那位受到呼吸道吸入性灼傷的氣爆患者在葉克膜的支持下已逐漸好轉，不只意識清楚，還可以在幾天後將它移除。

今天早上的記者會，徐允文原本可以利用這次順風車拉抬自己的地位，但夏美美父親的過世讓他想通了很多事。他不再熱衷自己能否有什麼揚眉吐氣的機會，反而開始認真思考專心照顧自己經手的每位患者，畢竟自己的「名聲」與患者的「生命與預後」比起來是微不足道。把一位患者從鬼門關拉回來，甚至可以快樂地活下去，那種快樂是比陶醉在鎂光燈下還快活，因此他婉拒任何陪伴鄭正雄在媒體前的機會。

醫院的公關張貴翔則想的很多，天生註定吃這行飯的他，試著開始培養醫院另一個看板人物。他深知陳國祥的存在雖然對醫院有加分的效果，可惜人品上的瑕疵並不能長久倚靠，所以他需要一位後起之秀。當然太過刻意培養不見得能達到效果，而且還有得罪陳國祥的可能，因此鄭正雄兩次處理送到醫院大量傷患的功勞，就成為他順水推舟的機會。

最近張貴翔又從高層的口中得到消息，董事會正慎重考慮改變外科部主任遴選的方式，可能會變成由外科部同仁投票產生。他不吝在私下告知鄭正雄，更刻意選在徐允文和他在加護病房討論病情的情形下不小心說出口，希望輩分雖低的他，可以慎重考慮。

「這怎麼可以？外科部還是有倫理的地方。」

鄭正雄特別壓低聲音，不想淌這灘渾水，身為幕後建議者的徐允文聽到之後卻是配合著張貴翔勸進。

「主任，怎麼不可以？你在外科很受歡迎，如果真槍實彈選起來，幾位主任不見得能招架。」

徐允文因為動物實驗室的成立和鄭正雄走得很近，他深知這位溫文儒雅的學長不論學識與工作能力，再加上培養後進的心態，當外科部主任並不是不可能。

「言盡於此，人多口雜不要再說了！」鄭正雄嚴肅的表情，阻止張貴翔與徐允文再次可能的勸進。

另外一個讓徐允文感到興奮的是病患王秉正等待的機會在今天降臨，為此黃世均還特別召集科內的主治醫師來討論其可行性。

原來南部某醫學中心，有位因為腦溢血而造成腦死的患者，在該醫院器官勸募小組的說服下，家屬決定捐出他身上所有可用的器官，希望可以遺愛人間。

王秉正此時在「等待心臟移植」患者名單的排序是最前面，黃世均在接到這個通知時理應喜出望外，但有太多的問題讓他陷入痛苦的抉擇，是不是在這當下讓王秉正接受心臟移植變成是個相當棘手的難題，因為他整體的狀況讓黃世均憂心忡忡。

由於使用了長時間的葉克膜，王秉正的免疫力下降很多，身體不只受到肺炎的摧殘，強心劑與藥物輸入血液的管路反覆造成各種細菌感染，最近一星期甚至在尿液中發現黴菌的感染，為此會診感染科專家用上了三種抗生素，他還是有些低度發燒與白血球增加的情況。

另一方面，王秉正身上也有一些併發症的產生。除了血球因為葉克膜使用造成破壞，必須不定期輸血治療，腎功能不佳更讓他不定時接受血液透析；不只如此，他的右下肢的血流被葉克膜管路所影響，腳趾上有壞疽產生。

捐贈者的情況黃世均一樣也有顧忌。據器官移植協調師傳來的資料，捐贈者已超過六十歲，高血壓的病史將近十五年，屬於心血管疾病高危險群，理應捐贈前接受心導管檢查。可惜他的生命徵象在這十二小時內急轉直下，並不適合接受該項檢查，僅能憑剛住院時的心電圖與心臟超音波檢查，得知他的心肌除了有些肥厚以外，收縮功能還很正常。

接到電話通知的黃世均，獨自思考了十餘分鐘仍舉棋不定，他臨時決定召集所有的主治醫師開個簡單的討論會，因為距離回覆器官捐贈中心的時限愈來愈緊迫。

這是黃世均自胡明成死後這二十年來，第一次對底下的主治醫師敞開心房，希望他們能給予適當的意見。他會有這樣的轉變，當然和徐允文加入團隊有些關係，尤其他覺得自己年事漸高，不能再抱著不信任其他人的態度過活，希望科內主治醫師的橫向溝通能加強。

這種打從心底覺悟的改變，對科內其他輩分不高的主治醫師感受不強，不過對只晚了胡明成兩年進入科內的李郁琦而言，卻是如同「山崩地裂」式的改變——他是目前和黃世均度過胡明成死後的那段歲月裡，唯一留下的主治醫師。

為什麼說李郁琦的感受最深刻呢？那得從黃世均二十多年前從美國進修回國後說起。

黃世均意氣風發回到臺灣，最想做的就是當時各醫學中心努力爭取的「心臟移植醫院」資格。要達到當時國家認可的專科醫師與醫院是相當嚴苛的，除了負責的醫師有一定的條件之外，更要有動物實驗的成功案例，北辰醫學院附屬醫院可以得認證，也要歸功於胡明成。

從幾個月忙碌折磨人的「豬隻心臟移植實驗」的過程裡，黃世均就看清楚科裡面另外三位主治醫師和胡明成不一樣，根本沒有心投入這種高度專精的工作。胡明成不只全心投入，更以正面樂觀的方式完成黃世均交代的工作，不怕豬隻惡臭與照顧疲累，讓黃世均看了相當窩心。

胡明成處理事情的態度得到黃世均的信任之後，其他三位主治醫師似乎淪為配角，因此和心臟移植的工作漸行漸遠。胡明成被加諸的責任與工作更多，舉凡一般的心臟手術、國科會申請實驗計畫等等，全權由胡明成管理，他儼然是黃世均的分身。

胡明成變成是臨床工作、動物實驗室及行政事務不停忙著，身體彷彿是蠟燭兩頭燒。

就在二十年前，胡明成無預警在動物實驗室內因為顱內出血倒下，雖然接受了緊急開顱手術取出血塊，最後仍是回天乏術，向死神報到。

胡明成的死讓黃世均受到很大的打擊與自責，於是乎怪罪他人的負面情緒升起。他除了覺得胡明成的英年早逝與自己加諸在他身上過量的工作有關之外，對於其他平常袖手旁觀的主治醫師心存芥蒂，無法體認到這些人的袖手旁觀自己也要負一些責任。

之後幾年間，這三位主治醫師受不了黃世均的陰陽怪氣而陸續離職。李郁琦當時仍是個住院醫師，但由於主任性情大變而不願替他承擔太多事務，雖然終於升任主治醫師，成為目前科內最資深的工作人員，卻始終得不到黃世均的信任，尤其是照顧心臟移植的患者，即便他的技術層面已有一定程度，還是淪為助手而已。

黃世均為了王秉正臨時召開的科內會議，確實讓李郁琦及其他主治醫師有些訝異，這些平時只能遵從及貫徹主任意志的人不知道他葫蘆裡賣什麼藥。

只有徐允文是相當期待。在王秉正裝上葉克膜這一個月的時間，幾乎只有他是全心全意照顧著，所以認為這是老天爺給王秉正的一個機會。

黃世均以一貫簡潔有力的開場，很快將捐贈器官的患者情形說出重點，然後詢問大家王秉正是否適合接受心臟移植？此舉讓與會的主治醫師受寵若驚，因為「適不適合」移植是黃世均的權力，向來他們沒有發言的機會。

「主任，王秉正和器官捐贈者的狀況都不好，對於心臟移植一事主任可要三思啊！」

李郁琦是科內最資深的主治醫師，身為加護病房中心主任，雖常有多一事不如少一事的心態，但對於王秉正的整體狀況有一定的了解，因此不假思索就回答了黃世均的問話，其他的人沒有跟著加入，眼神裡卻「一致」透露了認同的意見，唯獨徐允文一付欲言又止的樣子。

黃世均點了徐允文問道：「允文，那你覺得合適嗎？」

「主任，跳過這次機會，不知又要等到何時？我們考慮這麼多，難道下次王秉正的情況會更合適嗎？我知道今天選擇這個器官捐贈者很危險，若我們不替王秉正做心臟移植，他存活的機會是愈來愈渺茫！」

徐允文先是發表自己的意見，接著又說出他這一個月照顧王秉正的心得：「王秉正有很強的求生意志，始終抱著不放棄的精神。我和他朝夕相處，雖然他狀況不好，不過我相信他年輕、又有堅強的毅力，如果搏一搏依然有勝算……」

「允文，意志力是不準的！現在你只考慮王秉正的情況，捐贈器官的人還是個考驗呢……除了心臟可能潛藏有冠狀動脈狹窄、甚至阻塞的問題之外，我們去拿器官的時候有高鐵，回來只能從高速公路運送，缺血時間過久對這種脆弱的捐贈心臟無疑是種風險……」

李郁琦維持著清楚的思緒，潑了徐允文一盆冷水，希望他不僅要考慮王秉正的狀況，也要想到心臟捐贈者本身長年高血壓所造成的疾病風險。

李郁琦挑起了在場主治醫師的想法，如同烽火燎原，剛剛沉默的他們開始你一言我一語加入討論，不過負面的意見最多，傾向將王秉正再照顧一段時間，等待下一次更好的機會。

眼看黃世均可能被幾位學長們影響，徐允文只得拿出那本在動物實驗室的筆記本，攤開其中一頁給大家看：「時間緊迫，我沒有辦法上網查資料，但我手上這本筆記本是之前科內的主治大夫胡明成所有，裡面就有提到現在的情況……」

正版的筆記本雖然已交給馬小芬，但影印版的字跡依然清晰，其他人爭相探過頭去，只有黃世均和李郁琦兩人愣在當下。

等到大家瀏覽了其中的敍述之後，黃世均這才湊近了筆記本，可是並沒有看它的欲望，只是哽咽問著徐允文：「那……胡醫師的筆記裡說了什麼？」

黃世均哀傷的情緒只有李郁琦可以了解，只是他不願意説破。

「胡醫師討論到的主題是『Suboptimal Donor』，認為這種條件不好的捐贈者即使本身狀況不理想，但取下的心臟再怎麼樣也比受贈者還好……」

徐允文説到的「Suboptimal Donor」即「非理想狀況的供體」，在器官捐贈及移植的領域一直不斷被討論到。原因是「捐贈器官」的條件有一定標準，而處在灰色地帶、模棱兩可的供體，對實施器官移植的醫師是種考驗，如果讓患者接受此一供體可能導致不可預知的後果。

一般人可能會問，這樣的問題應該不是困擾，直接不要使用Suboptimal Donor即可？但現實面是不太可能，畢竟等待器官移植的患者始終遠遠大於捐贈器官的人數，若有不符合標準的供體出現，負責的醫師仍是會審慎考慮使用，因為這是不可多得的機會。

「明成學長在科內曾經藉此專題做了文獻回顧，這裡大概只有我和主任聽過。確實我們有一些方法可以補救，例如在手術臺上直接替他的冠狀動脈做攝影，如果有病變，直接取王秉正大腿的靜脈，先替捐贈的心臟做『冠狀動脈繞道』手術，接著再做心臟移植，只是這樣的過程又會延遲不少時間……」李郁琦補充道。

「時間上的減省還是有方法，如果下南部可以先坐高鐵，回程時如果已經是半夜，我會請醫院聯絡警察空勤隊直升機接你們回來！」

黃世均補足了最後的一塊拼圖，讓王秉正心臟移植的疑慮慢慢有方法可以應對，剩下的就是他的決定，是否願意拿自己的名聲替王秉正搏一搏？如果這樣的選項失敗，不僅是王秉正的生命，同時醫院與醫師也會有聲譽上的損失。

胡明成筆記加上徐允文的發言，讓剛剛負面的討論逐漸變成贊同的方向，這點是黃世均與李郁琦始料未及。最後警察空勤隊直升機支援的想法並不是空穴來風，黃世均這二十多年心臟移植手術雖然沒有請求過，但是早期臺灣沒有高鐵的時代，確實有多次在半夜實施的器官移植手術，讓南北兩地的醫學中心申請使用警察空勤隊直升機支援。

「或許是明成在冥冥之中幫助我們也說不定！」

看到大家贊同的態勢愈來愈明顯，黃世均內心雖無法抑制因為想到胡明成的哀傷，卻在心裡泛起了這種想法，彷彿整件事由胡明成在天之靈暗中幫助。

「那我們就決定替王秉正做心臟移植囉？」

黃世均特別強調「我們」兩字，大家都聽得出來他不是在推卸責任，而是加強了科內成員彼此的歸屬感與團結信念，這對他們來說是多年來第一次、也是最重要的一次，大家都感覺到黃世均心裡那令人覺得陰陽怪氣的高牆在慢慢傾圮。

最後的工作分配是黃世均及李郁琦留在醫院負責王秉正的心臟移植手術，值班的徐允文則直接帶著體外循環師及總醫師坐高鐵南下，取回捐贈者的心臟，然後搭乘警察空勤隊的直升機飛回臺北。此舉可以減少捐贈心臟沒有血液流通的停跳時間，同時也替其他應變計畫留些後路。

2.

從徐允文那裡拿到胡明成的筆記本，馬小芬這一星期以來是輾轉反側，睡眠品質很差，腦海中盡是過去的回憶，讓她近二十年的平靜，有如修行般的生活泛起一陣如海嘯般的衝擊，不為了什麼，就是因為這筆記本是胡明成逝世迄今，她能擁有的唯一遺物，也因為它，讓馬小芬不願憶及的那段傷心欲絕、痛徹心扉的過去，再度如鬼魅一般出現，讓她不得不面對。

二十多年前，馬小芬與胡明成是北辰醫學院附設醫院裡令大家稱羨的戀人，可惜後來因為胡明成的猝死，讓所有一切如夢幻泡影。由於胡明成父母親對馬小芬的成見，以及後來所發生的種種機緣，馬小芬不僅沒有留下任何屬於胡明成，或是她與胡明成之間可以留作回憶的物品，甚至連參加胡明成告別式的機會也被剝奪，當然更不曉得他最後的歸骨之所。

馬小芬為何與胡明成的父母親關係不佳？重要的原因是胡明成對馬小芬太過寵愛，讓她的任性在長輩面前變成一種「自以為是」的率直，雖說個性不是主要的破壞者，但往往是壓壞駱駝的最後一根稻草。尤其馬小芬坦率的個性在胡明成接受完腦部手術後的病危期間，變成她與胡明成雙親決裂的爆發點。

這麼多年過去了，馬小芬每每想到那件事，總是為了自己的個性後悔不已，這也促成了她二十年來喜怒不形於色的修養，並不希望別人一眼就看穿自己。

當年胡明成接受腦部手術後病情不但沒有起色，反而在四十八小時後瞳孔放大呈現腦死的狀態。由於北辰醫學院附設醫院正值心臟移植起步的階段，對器官捐贈的需求甚殷，這件事卻成為馬小芬與胡明成雙親不合的導火線。

胡明成狀況下滑是在假日，照顧他的床位護理人員是個一板一眼的人，竟然啟動了醫院裡所謂「器官勸募的程序」。她這種平時看似合理的作為，對自家醫院醫師病危卻不適用。因為人心都比較自私，胡明成的個案在社工、或者是醫院管理階層應該被擋下來，可惜當天值班的社工是個剛進職場的生手，為了力求表現，在未告知長官與沒有醫師陪同的情形下，就直接在會客時間找上了胡明成的雙親。

為了自己的兒子病情沒有起色而焦急不已的兩位老者，怎麼可能聽得進那位社工熱心的器官勸募？反倒是激起心中的怒氣，認為醫院要放棄對胡明成的救治，當場和社工起了十分嚴重的衝突，胡明成的雙親甚至在加護病房當著所有人痛罵起護理人員及那位社工。

闖了禍的床位護理人員與社工被罵得體無完膚，而且胡明成的父親罵開之後已有些失控，於是一直陪同的馬小芬趕快出來打圓場，希望場面可以獲得緩解。

馬小芬的話卻有如火上加油。個性率直的她規勸胡明成父親的理由很多，她的本意也想盡量維護工作人員的尊嚴，可惜她千不該萬不該說了一句「明成也贊成器官捐贈，他也簽署了器官捐贈卡」來打圓場，讓胡明成的雙親原本就嫌惡的情緒一下子衝到最高點。

「你們都是畜生哦！我兒子是給救的，不是來做實驗！」

胡明成的父親把馬小芬解圍的話當成是挑釁，聲嘶力竭吼著眼前所有工作人員，接著很多情緒性字眼出現，如「××娘」、「臭×巴」的侮辱紛紛出籠，最後還是靠著黃世均及值班醫師將他們帶出加護病房才能有所平息。

個性耿直不懂得轉彎的馬小芬之後受到了兩個嚴重的打擊：一是胡明成的瀕臨死亡，二是他的雙親即便胡明成到了彌留狀態，仍堅持不准馬小芬靠近病床一步。

此時的馬小芬心情跌落到谷底，因為胡明成的同窗好友，也就是陳國祥的介入，苦痛的靈魂終於得到一些慰藉。更由於她與陳國祥有胡明成的共同記憶，使得兩人的關係慢慢加溫。

人在痛苦的過程裡，心靈常常是脆弱的。陳國祥在馬小芬傷心欲絕的階段裡一路細心呵護與陪伴，在隔年就完全獲得她的信任，兩人在眾人的祝福下結為夫妻。

這段婚姻外人看似圓滿收場，卻是處處充滿不為人知的祕密。一開始馬小芬為了怕陳國祥吃醋，將屬於她與胡明成的記憶全部送進了垃圾堆，只想專心做個陳太太。兩人過了一段如神仙眷侶般的生活，但最後逃不過命運的捉弄，以離婚收場——這看似美好的婚姻，毀在陳國祥喜歡拈花惹草的個性。

對於婚姻這件事，馬小芬是相當後悔的。她並不是後悔在陳國祥的趁虛而入下，一頭栽進看似美夢的結局裡，而是後悔自己為了討好陳國祥，將屬於她與胡明成之間具有種種甜美回憶的物件全丟棄。

離婚後這十幾年的時間是怎麼熬過來的，馬小芬已經不想再回憶。雖然一開始前幾年她還不乏有零星追求者，卻引發不了她的任何興趣，為了排遣內心的寂寞以及忘卻傷痛，她最後申請到美國進修兩年，暫時離開傷心地。

只是不管任何時候，馬小芬想到胡明成，整個心都會無來出糾結在一起，不過懂得收斂情緒的她，讓周遭的人都看不出來，可惜最近太多事又勾起她心中隱藏許久的傷痛。

首先是外科部向醫院爭取那幢令她看到就心痛的大樓，重新做為動物實驗室使用，而且需要她協調給予一些動物的來源，她雖有心促成，但一想到胡明成出事的地點在那裡，心中就很不舒坦，自然也不願靠近，更遑論去參加那裡象徵重新開幕的儀式。

其次是長輩的逝世，讓馬小芬不得不靠近那幢建築物，還為了一探從那裡傳出神似胡明成的歌聲，她才走進去。

上述的過程沒有什麼特別，可是為了那令她思念的歌聲，心裡已經鍛鍊成「百毒不侵」的馬小芬，也不得不在內心爆出心痛的感覺，這已經讓她有些招架不住，花了一段時間才逐漸冷卻。

在機緣巧合下，最近伴隨在胡明成身邊的筆記本，有如天上掉下來的禮物一樣出現在她的面前，讓她許久不見的淚水再次降臨。

馬小芬不像以前可以任性地哭了。十幾年來孤獨地生活著，讓她看起來似乎很堅強，有著冷靜與成熟的外表，除了不會隨便笑開懷，更沒有人可以感受到她的情緒波動。

今天晚上不一樣，馬小芬擁著胡明成的筆記本，在棉被裡痛快留著眼淚，哼著屬於她與胡明成那首淒美的歌曲〈秋葉〉，享受歌詞裡最直接的心情表達「But I miss most of all my darling …」

「明成，我真的好想你……」

馬小芬在心中吶喊著，時間彷彿在瞬間凍結，她似乎覺得自己就像從前一樣，依偎在胡明成的懷裡，聽著他深情地唱歌。

3.

王秉成在接受心臟移植之後，身體恢復的狀況出乎了所有人的想像，不到三天的時間，他身上所有的維生管路都被移除，人已經可以開口說話、甚至進食。

看到局面這樣發展，很多人會感到高興，黃世均當然是其中一位，他不覺得成功是僥倖，尤其是王秉正可以接受移植是群體思考的結果。他發現自己卸下心防，對科內的工作人員有信心時，大家給了他正面的回報，讓他覺得必須要用不同態度來對待大家，簡單地說，就是要將心臟血管外科看成是一個 team，一個有共同努力目標的團隊。

當然還有更多的事他必須完全敞開心房，例如接受所有和他共事的夥伴。於是在張貴翔的幫忙下，他將李郁琦推向媒體的最前線，不希望所有的光環都投射在自己身上，也要將榮耀給別人分享。

張貴翔也不負所託，利用此一難得的機會做了很感人的專題，不只是安排醫院高層與李郁琦接受專訪，更安排王秉正在北辰醫學院醫學系的同學探病。

被安排來探病的同學與王秉正素未謀面，都期待這樣一位生命的鬥士能早點回到校園。所以看到王秉正走出隔離病房，某些激動的同學在接受記者採訪時都是熱淚盈眶，希望王秉正可以早日康復，即使落後進度的他來不及今年就學，當他們的學弟也沒有關係。

當然我們也要談一下另一位功臣徐允文，他的收穫可能比前面提到的人更多。

在摘取捐贈者的心臟後，他在該醫院救護車幫忙下抵達小港機場，搭上了警政署空勤隊的直升機，這是他首次搭上這種交通工具。

執勤人員對待徐允文及同行的工作伙伴相當客氣，他們知道徐允文是帶著另一位患者的重生希望回臺北，也感到與有榮焉。在直升機上，徐允文和其他人一樣都必須戴上耳罩，目的是保護聽力，因為機上噪音很大，同時耳罩能作為擴音傳達溝通的訊息。

直升機在皎潔的月光下前進，偶爾飛出雲層，探看底下的世界。夜裡的臺灣很多地方已經沒有光亮，除了市鎮裡的路燈與招牌。對於直升機必須偶爾上下飛行的做法，徐允文好奇問了身旁的空勤隊員，得到的答案卻是令他覺得有些毛毛的。

直升機在夜間飛行雖有導航的設備，但為了安全起見，駕駛員仍是要飛低一些，避開雲層的干擾，以高速公路的路燈作為飛行的參考，算是一種「防呆」的作為。

另外，當王秉正的心臟移植手術完成時，在場的徐允文看到捐贈者的心臟復跳時，他的感動是不容置疑，畢竟力主他可以接受心臟移植是出於自己的建議，這個評判倚靠了胡明成筆記裡理性的分析之外，更有感性成分在裡面——類似王秉正的那些求生意志旺盛的患者，是執行手術醫師最堅強的後盾。

只是王秉正手術成功的喜悅並沒有讓徐允文樂昏了頭。他心中還有一件事情懸著，就是雷鉅全在開刀房搶了李昱民執行的手術，在大家面前霸凌他的那件事。

眼看這個月分的M&M將至，卻沒有聽到外科部有什麼要聲討雷鉅全的計畫，心急的徐允文在動物實驗室和胡學恆做表演的練習時，不停地詢問他有關鄧主任的態度，但胡學恆一付神祕兮兮不想多談的樣子，十足吊足了徐允文的胃口，他只有說病例討論時，雷鉅全會做一些簡短的回顧。

「就這麼簡單？」徐允文不甘心地追問道。

「同學，不要那麼心急！你又不是不曉得鄧主任的為人，公平、公開和公正一直是他帶領外科部的準則，一定會有一些交代的！」

「你也不要傻了，同學，有時他有一些自以為是的折衝手段看起來公平，卻讓某些人的權益受損！」

「雷鉅全這件事，我們就繼續看下去！囂張的人都是被養出來的，如果要治他，就要連養的人一起治！先不管那麼多，同學再練習……」

講完這些話胡學恆準備將樂器湊上嘴，立刻被徐允文拉下，揪著他的領口問：「同學那麼多年，有什麼事不能明講？」

「唉！同學說破不值三分錢。我答應鄧主任先不要破他的梗，你就靜觀其變，相信會給你驚喜！鄧主任會給大家一個交代！」

4.

在M&M當天，佟先生的病例原本應該要由心臟外科住院醫師先報告，但開會前徐允文問了很多次，得到的答案都是不用報告——最後反而是鄧克超請雷鉅全做一個「缺血性腸病變」專題報告，確實讓外科的同仁有些意外。

在會議室雷鉅全老神在在，一聽到鄧主任點名就立刻上臺。他的報告有條不紊，而且簡潔有力，用不到十分鐘的時間就將「缺血性腸病變」的病因病理學、治療及預後做了精闢的解說，不只是有教科書的重點，還有引述最新期刊的研究報告，如果從中想挑毛病還真不容易。

徐允文一聽雷鉅全報告完，就摩拳擦掌想提出尖銳的問題給他難看，可是鄧克超卻不給任何人機會，自己先問了兩、三個問題，不過或許是問題很簡單，所以雷鉅全回答起來中氣十足、游刃有餘，一點也沒有讓他感到威脅。

鄧克超也不是省油的燈，待雷鉅全完美地答完之後，話鋒一轉問道：「你回答得不錯，不過外科還是要真槍實彈地幹，不像內科醫師一樣，像你這般漂亮地整理完報告就好。如果……我說如果……佟先生再來一次你會怎麼做？」

「佟先生是本身狀況不好，有些器官都已功能不佳，自然會有缺血性腸病變的可能，這問題是多方面的，如果能早期診斷……」

雷鉅全早就預料鄧克超會如此問他，一股腦兒講了一串話，聽起來頭頭是道，而且還把責任撇得一乾二淨，認為自己的手術沒有問題，原因大抵和佟先生的身體狀況，還有值班人員沒有及早發現他發炎的情況比較有關。

「講得很好！不過我問你的不是這個重點，而是想請問你，如果再來一次，你會不會急著替李昱民切掉壞死的大腸？」

雷鉅全一時語滯，不過董自強怕他難堪，急著站起來搶話回答道：「主任，當天是我們先在手術臺上切下膽囊，李昱民接到急會診未到前，我們才先分擔他的工作……」

雷鉅全搶刀這件事其實在外科部並沒有多少人知道。當天在場的工作人員，除了徐允文之外都忌憚董自強的脾氣不敢說三道四，以至於董自強的辯解很多人聽不出其中的門道。

「好吧！雷鉅全你可以下去了，董主任你也先坐下了……」

怕鄧克超讓這件事就到此為止，徐允文想舉手發問，不過卻被身旁的胡學恆拉住了！

「佟先生的手術可以看出今天外科的分工愈來愈細……」

待雷鉅全坐定，鄧克超語重心長說了這句話，讓鬆了一口氣的雷鉅全和董自強的心稍微揪了一下，接著他又說道：「在我外科醫師養成那個年代，老師哪有說『膽囊切除找一般外科』、『大腸壞死再找大腸直腸外科』，都嘛一個人就幹掉了，你說對不對，董主任？」

董自強一聽到鄧克超這樣說只能微笑，尷尬地點著頭。

「不過像我們現在這樣也沒有什麼不好，分科愈細可以讓外科醫師更專精某一種疾病的治療，以達盡善盡美。像我可以大聲說，自己是治療大腸癌的達人，誰敢說不是？我不是不會像一般外科切胃、切腸子，但一旦定位自己是大腸直腸外科，除非必要，不碰別人的手術，你說是不是？雷鉅全！」

鄧克超點了雷鉅全的名，有人竟笑出聲音，只有了解那天事發經過的人才知道鄧克超藉機在教訓他。

「當然，人要有自知之明與自信，被會診就要快一點到醫院，不要哪天有家屬按碼表算時間告你，對不對李昱民……」

李昱民低著頭不想回應，心情自是十分憤怒，不想在大庭廣眾之下表達出來，沒想到鄧克超接著又點到他：「我是強悍的老師，所以學生大多是唯唯諾諾。不過我要在此表明，脾氣好不代表手術技術差，看我們家的李昱民就是一個例子，雖然手很巧，卻沒有得到我的壞脾氣，所以那天他在開刀房咬人，我想一定是什麼大事發生……」

不明就理的人又笑出聲來，不過這次徐允文及胡學恆也加入行列，他們知道鄧克超只是在替董自強和雷鉅全留面子，不想公開指責。

「不過我覺得大家還是要盡量往『脾氣好及技術好』的兩全其美方向走，尤其我認為下一屆的外科部主任就要符合這兩個條件，不要像我只做到百分之七十而已……」

鄧克超的話讓底下的人開始有興趣，不知道他葫蘆裡賣什麼藥，這時都豎起耳朵想一探究竟。

「所以，我這次向董事會建議，外科部主任不要黑箱作業，改由全體外科同仁票選，而且要辦個政見發表會，董事會想了又想，竟然同意了……」

「水哦！」有人在底下不禁發出讚嘆，不少人拍手鼓掌附和，場面一下子熱烈起來。

「我鼓勵有意願的科主任報名參加……」

鄧克超接著說明整個計畫，報名截止日期是年底的十二月三十一日，然後在農曆年假前會辦一場別開生面的政見發表會，最後會在清明節之後辦理不記名投票。

上述的辦法不僅對外科部來說是創舉，即便臺灣所有醫院也沒有實施過，因此鄧克超講完之後底下的人有點鼓譟，開始興高采烈交談起來。

「同學，這就是我所謂的驚喜，是你提議的哦！」

徐允文沒有感到特別訝異，因為這消息早由張貴翔在鄭正雄面前不小心透露給他知道，他特別向胡學恆炫耀自己跟著張貴翔勸進鄭正雄。

「怎麼都是鄭主任？」胡學恆似乎話中有話。

「有什麼不好？」

「當然好，連鄧主任都第一指名希望他選……」

胡學恆的梗被破有些小失望，接著又說：「輩分與年紀是很重要的考量，鄭主任真的要出來選而且又當選的話，其他人的臉往哪擺？」

胡學恆的話讓徐允文覺得也有些道理，心中的顧忌和他有些相同，此時又聽到鄧主任說道：「各位科主任就不要客氣……請踴躍報名，泌尿科朱主任、神經外科陳主任……」

鄧克超點了很多人的名，就是刻意避開董自強。雖然同仁們沒有注意到這樣的情況，但是董自強心知肚明，臉上的表情嚴肅，抿著嘴不說話。

「當然，我們也不要忘了熱心的鄭主任，他年輕有為、脾氣好技術佳，又很照顧後進，你也可以來報名……」

鄧克超的話讓所有人把目光投向鄭正雄，可是他卻漲紅著臉，一直搖手不表贊同。身旁的人卻不斷勸進。

徐允文開始和胡學恆一樣，覺得氣氛有些詭譎，但又說不出一個所以然來，不曉得為何張貴翔和鄧克超對鄭正雄競選情有獨鍾？

徐允文看到今天鄧克超修理雷鉅全與董自強的手法，是相當佩服，全程不帶情緒性字眼，就把他們兩人的氣勢給壓下去，還利用外科部主任遴選辦法變相貶低董自強的位階，看得徐允文大為開心，有一吐積在心中悶氣的快活。

5.

王秉正超乎尋常的恢復速度，讓整個心臟血管外科團隊放下心中的大石，而一直在追蹤復健進度的張貴翔建議黃世均要對他下點特別的功夫，黃世均有些猶豫，但經過張貴翔三寸不爛之舌的勸說終於首肯了。

張貴翔原本預定在王秉正出院當天辦個熱鬧的記者會，可是他左思右想覺得就這樣的報導似乎太可惜了一些，於是和平時就很支持他的某電視臺連絡，希望他們可以替王秉正及醫療團隊，當然還有醫院做一個專題報導。

由於王秉正的病危與獲救算是值得報導的故事，因此該電視臺的高層很快回應張貴翔的請求，派了一組專門的工作人員開始拍攝王秉正在醫院的點點滴滴。

黃世均在科內晨會裡報告了這個消息，宣布王秉正及家屬同意入鏡接受採訪，所以他才大膽分配時間，科內人員有機會和王秉正一起入鏡，更不要懼怕記者的訪問，勇敢說出心裡的感想。

接到這樣任務的徐允文心中不知為何泛起了一股不安，他忽然記起了那句英文俗諺「Don't count your chickens before they hatch.」（別打如意算盤）。

為何徐允文會有如此的想法？其實並沒有什麼特別。以接受心臟移植的患者來說，王秉正和那位器官捐贈者都充滿了瑕疵，他在接受移植手術前已呈現多重器官衰竭的前兆，身上還有多重感染，雖有獲得控制，可惜只是差強人意；另外那位心臟捐贈者已超過六十歲，長年的高血壓病史，又有心肌肥厚的現象，自然條件比一般的捐贈者差。兩個情況都不算太好的人湊在一起，心臟移植手術能夠得到大成功，除了技術不錯外，運氣也是一個重要的成分。

上述的說法可能會讓人聽起來很洩氣，但醫學一直以來的發展就是如此。為何在治療患者時，醫師們訂下那麼多準則，其實就是因為有太多人吃過虧，於是世界各個醫學會在審視大量的醫學文獻後，才會訂出了很多可以依循的準則，如此照著準則做事，患者自然可以獲得最大的權益。

如果醫師跳脫準則做事，就像是帶著病患走鋼索，我們可以說他是憑藉其豐富的臨床經驗做判斷。不過若是因此賭錯了，甚至賠上患者寶貴的性命，任誰都可以批判此破壞準則的醫師。

徐允文的疑慮正來自於上述的邏輯。王秉正現階段的恢復雖然不錯，可是對於接受心臟移植的患者來說，「long-term survival rate」（長時間存活率）才是評斷心臟移植成功的最大標準，如此在初期成果就大陣仗高調慶祝，是讓他心裡有些毛毛的主因。

但一想到黃世均最近所受的煎熬，徐允文也不便勸告他什麼。畢竟從難搞的佟先生及其一家人，還有那位手術中心臟破裂的病患，到王秉正倒下成為新聞焦點之後，黃世均就如同在叢林裡求生存的戰士，不僅又飢又渴，還要提防隨時出現的洪水猛獸。因此稍微利用王秉正初期的手術成功，也不失為提振士氣的方法。

安排上述任務的張貴翔可說是卯足全力，他和王秉正父母聊天就想出一個很重要的梗，安排記者在訪問的時候可以利用此一題目發揮，因為黃世均在瀕臨病危的王秉正床邊，曾經很感性對著他說：「大自然有很多缺陷的事物，常常美得讓人驚豔，如沉香木、樹瘤等等，前者有令人陶醉的芳香，後者有難以比擬的美麗紋路，天曉得它們都是生病的樹木……」

黃世均聽到記者說出這段話時，其實相當高興，這句話並不是只有在病危時才向王秉正說過，早在第一次替王秉正做開心手術後，他就不斷藉此鼓勵他，告訴他對「先天性心臟病」不要自卑，而要用更正向的態度去看待。

張貴翔覺得這些話有激勵人心的作用，可以在出院的新聞稿中用它鋪陳一個正面思考的概念，藉此提升醫院及整個醫療團隊的形象，算是一個不可多得的機會。

可惜人算不如天算，徐允文擔心的事情在王秉正出院前終於發生了。

在記者訪問王秉正的父母親表達心中的想法與感謝，而且將王秉正接受復健的畫面當背影時，他卻在眾人的驚呼聲中無預警倒了下來，嚇壞身旁陪著他的復健師及護理人員。

醫院裡的急救小組立刻對王秉正展開急救，在監測到呼吸動作很不規則，意識又相當混淆的情形下，毫不猶豫將氣管內管插上，隨即就送往加護病房。

記者看到這種緊張的情況，下意識將整個過程入境，但想到王秉正父母親的感受，以及不打擾醫護人員的急救程序，很識相地結束採訪，只在一旁安靜地觀察著。

一開始王秉正的意識不清，對痛覺沒有反應，兩邊的瞳孔又不等大。黃世均在病床邊使用超音波檢查心臟功能，確定不是「急性排斥」造成的心臟功能受損的可能性之後，緊急的頭部電腦斷層就立刻安排了。

王秉正接受電腦斷層檢查的當下，值班的神經外科主治醫師賴才益已經在旁邊待命了。

「哇！好大一片出血……」看著檢查螢幕上一張張即時的影像，黃世均首先大喊。

「對！主任，右側大腦有一片出血，再不處理就會有壓迫腦幹的情形出現，要趕快手術才是。」賴才益接著說道。

「可不可以請你們主任一起回來幫忙？」黃世均相當焦急開始催促著賴才益。

「可是，他在健保局審案子……」

雖然理由很冠冕堂皇，其實賴才益更想說的是「我們家主任不開任何顱內出血的手術」，但因為王秉正是醫院火紅的病人，他才用這個理由搪塞——陳國祥確實是在健保局審案子。

「打電話跟陳主任說這是個很重要的病人，而且是我拜託他的！」

既然黃世均如此要求，賴才益也不便再說什麼，只得硬著頭皮打電話給陳國祥，只是心裡泛著嘀咕：「我們家主任只對脊椎手術還有自費的手術有興趣，對顱內出血的手術一點興趣也沒有，黃主任不知是真的不知道、還是裝死？」

和陳國祥通過電話之後，賴才益向黃世均報告陳國祥會盡快趕回來，而術前的準備工作就由他負責，做到哪裡算哪裡。

黃世均也不是不知道陳國祥是個很難搞的人。在外科部的同仁都知道他有「三不開刀」的原則，那就是「非計畫性的手術不開、緊急手術不開、顱內出血的手術不開」，因此就算是難得被安排值班，他都將緊急開顱手術委由底下的主治醫師代勞，樂於當個「影子刀手」，而那些被委予任務的人也不會多嘴或抱怨，畢竟都是自己可以練刀與成長的機會。

然而王秉正可以說是北辰醫學院附設醫院裡「萬眾矚目」的病患，黃世均不相信陳國祥不知道他對整個醫院的意義，雖然有自己的原則，他認為陳國祥不會不識相，壞了自己的名聲。

可惜隨著時間一分一秒過去，黃世均就是等不到陳國祥出現。

賴才益等著麻醉完畢，將王秉正剃好頭髮，擺了合適的手術位置，接著他和值班的住院醫師消毒及鋪單。他似乎沒有等陳國祥的意思，動作沒有慢下來，一切照著自己的節奏走下去，用刀將王秉正頭皮切開。

這時換成黃世均急了，終於自己打了通電話給陳國祥。他一開始會請賴才益轉告是不想給陳國祥太大的壓力，但現在陳國祥似乎堅持原則，不想替王秉正手術。

「國祥，你到哪兒了？」

黃世均耐著性子問道，沒有料到陳國祥還是吊兒啷噹，敷衍地答著：「快到了！」

黃世均愈聽愈光火，忽然忍不住咆哮說道：「到底還要多久？健保局審查病例的地方離醫院沒有多遠，用走路都走到了……」

「很快！很快！」陳國祥依舊是敷衍的語氣。

「國祥……陳大主任，你就慢慢來，等到手術完成後如果病人有什麼三長兩短……我就要求李院長請你一個人獨自面對媒體的訪問。」

黃世均惡狠狠掛了電話，根本沒有讓陳國祥有回答的機會，平日陰陽怪氣的他不曾有如此爆走的情況，讓手術室在場的工作人員除了感到惶恐，跟著陷入了一片寂靜。

好不容易賴才益鋸開了王秉正的顱骨，準備要打開他的硬腦膜時，陳國祥才姍姍來遲，和一臉憤怒的黃世均打了招呼，立刻躲到賴才益的身後。

「才益，我來了，你就繼續做，不要管我及黃主任……」陳國祥刻意壓低聲音，不讓黃世均聽到。

「主任，出血量應該很大，腦子從外面看已經腫得不像話……」

賴才益指著緊繃的硬腦膜，血塊隱約瀰漫了整個腦組織。

「不要說話，繼續做……搶時間救人，我就在旁邊……」

陳國祥給賴才益打氣，黃世均本想要求他親自上陣，但看到硬腦膜的模樣也暫時打消念頭，畢竟現在時間珍貴，已不容絲毫的浪費。

硬腦膜被賴才益打開，血塊與血水如湧泉般流出，腦組織也跟著膨脹起來，卡在被打開的硬腦膜旁。顱內壓雖被減輕了不少，但根據臨床上的判斷，這出血又快又急，超出腦組織可以承受的範圍，已經有些腦漿跟著血水一起流出。

此時陳國祥和賴才益兩人的表情與感想截然不同。陳國祥看到如此多的血塊和血水一併流著，眼前頓時泛起一片黑，讓他有點不知所措，多年來深藏在內心的恐懼頓時又侵襲心頭，只得將眼睛瞇成一條線，能少看就少看一些；至於賴才益則是靠著住院醫師幫忙熟練地在腫脹的腦組織間遊走，靠著右手用鑷子夾住的止血棉片，以及左手抽吸的管路，逐漸向著腦內的出血點前進。

最後，賴才益將一片搏動而且未成熟的血塊推開準備抽吸時，一股像噴泉的鮮紅色血柱噴發出來，他並沒感到慌亂，立刻放下鑷子，用右手食指輕壓了出血點，然後不斷移動位置讓出血點偶爾流出血來，判斷是哪兒出了問題。

「慘了，是大腦的動脈爆開了……」

賴才益回頭向陳國祥及黃世均報告，右手依然輕壓住出血點，等待兩人的回答，陳國祥竟默默無語。

「怎麼會這樣？」黃世均急切地問著。

賴才益努力把出血點附近的腦組織碎片以及周圍的血水吸乾淨，看到是一條動脈在下面，而他的食指正輕巧地壓著出血的部分，局部看起來有發炎的現象。

「應該是『Mycotic Aneurysm』破掉了！黃主任，這個病患最近有很嚴重的感染嗎？」

此處的「Mycotic Aneurysm」是指身體的動脈因為遭受到細菌或黴菌的侵犯，以至於動脈壁遭受破壞，使得局部有腫大的現象，此部分發炎的血管壁又薄又脆弱，很容易破裂形成大出血。王秉正為何會有這種情況，大抵和他在接受心臟移植之前免疫力因為各器官功能衰退而削弱，受到了多重感染而造成。

黃世均看到了「Mycotic Aneurysm」也了然於胸。它的發生應該是多重感染發生後，細菌隨著血流入侵腦部動脈血管壁，再加上心臟移植後，為了避免器官排斥，又使用上「免疫抑制劑」讓王秉正的抵抗力降低，使得發炎的動脈壁變大變薄，最後連正常血壓也承受不了而破裂，造成顱內大出血。

「怪不得，王秉正這兩天一直抱怨有頭痛的情形，唉……」

黃世均心裡懊悔地自責，他也慌了手腳，不知如何是好，只能湊到陳國祥身旁擔心地問道：「國祥，你看下一步要如何？」

呆立在賴才益身邊的陳國祥，良久才像洩了氣的皮球回答道：「學長，我看是沒有救了……」

「國祥，你再看看……賴才益，你把手指頭稍微放開一下，讓它噴點血，好讓陳主任了解整個狀況，看看是否有補救的方法……」黃世均焦急地要求道。

「不要！不要……」

此時的陳國祥腳步踉蹌，看起來是要跌倒的樣子，黃世均深怕他有什麼不舒服，急忙拉著他問道：「怎麼樣，國祥，身體不舒服嗎？」

「我怕大出血，我怕大出血……」陳國祥像是精神崩潰般，不斷重複上述的那句話，讓在場的工作人員都有些嚇了一大跳。

黃世均看情況不對勁，只好拉他到一旁的工作檯坐下，詢問他人是否哪裡感到不舒服。臉色慘白的陳國祥讓黃世均有些擔心，可是當他用顫抖的聲音在黃世均身邊低語時，讓黃世均覺得心頭一震，臉色瞬間變得哀戚起來，更讓周邊的同仁感到迷惘。

黃世均竟然不若之前心急，還拍拍陳國祥的肩膀鼓勵他說：「國祥，那你就下去休息吧！這裡就交給我和才益善後吧！畢竟你今天也沒有值班，謝謝你還趕回來。」

陳國祥之後如釋重負，脫下手術衣和外套，如同鬥敗的公雞低著頭，步履蹣跚地離開手術室，讓現場不明就裡的所有工作人員，即便是賴才益在內，心中都有個大問號。

等到陳國祥離開手術室，黃世均才問道：「才益，真的是沒有什麼機會了嗎？」

「主任，大腦動脈供應腦部組織氧氣與養分，破掉了只有補起來。現在它是一個大洞，而且是發炎的組織，不好補又不可能結紮，如果放任不管還是死路一條……」

「那我取腳上的血管做繞道手術呢？」

黃世均靈機一動，想到身體其他地方有血管瘤破了，大都也是拿腳上的靜脈做繞道手術，或者是用人工血管代替，所以才有此一問。

「主任，那你估計要用多久時間呢？」

黃世均看了一下腦部的空間，算計了一下回答道。

「再快也要十五分鐘……」

黃世均的答案讓賴才益面有難色，直言不可行，因為大腦組織忍受缺血的時間不能超過五分鐘以上。

「那死馬也要當活馬醫……總之，不能讓王秉正就這樣死在手術臺上，你等我刷手上來，對了，流動的護理師……」

黃世均發現只有自己一個人在場，趕快要工作人員通知徐允文還有總醫師前來，需要他們幫忙消毒王秉正的腳，取下他大腿內的靜脈，當成大腦動脈繞道手術的材料。

眼看神經外科醫師已經等同宣判王秉正死刑，黃世均只能抱著一絲絲希望，看看能不能用自己的雙手再替王秉正搏一搏，陪他再次度過難關。

6.

陳國祥垂頭喪氣離開手術室，到了休息室將刷手服換成一般服裝，接下來他幾乎是以跑百米的速度，低著頭急著衝回科裡的辦公室，沒有平日那種意氣風發、優雅從容的態度。

他神情慌張地跑進辦公室，用力將房門關上，連祕書小姐的問話也不想搭理，他不想讓任何人看到現在的自己，那種落魄憔悴和悵然若失的樣子。

對於他這種好面子的人，現在的感覺會比死還難過。

大家可能會好奇剛剛他在手術室依附在黃世均身邊所說的話，那句讓局勢丕變，讓自己脫離黃世均要求的一句關鍵話語？陳國祥並沒有拉里拉雜講一堆，他是用著顫抖的語氣，類似教徒向神父告解的口吻說道：「自從明成死後，我愈來愈沒有辦法好好面對腦出血的患者，他們會讓我崩潰。」

為什麼他對這樣的患者有近乎歇斯底里的表現？因為那是深藏在心裡二十年的祕密，而且和胡明成的猝死很有關係。

在就讀北辰醫學院醫學系時，胡明成和陳國祥就是交情非常好的同學，稱他們是死黨也不為過。這種關係還伴隨良性競爭，因為他們兩人的成績總是名列前茅，爭搶班上的第一、二名，不過交情甚篤的他們，並不會由於課業的競爭造成彼此猜忌而互不搭理，反倒透過時間的淬鍊更加堅固。

兩人友情能夠持久，個性的互補是其中一個重要原因。

陳國祥比較活潑愛出風頭，喜歡辦活動、參加演講比賽、辦理聯誼活動等等，似乎有用不完的精力；胡明成屬於含蓄內斂、溫文儒雅的典型，喜歡理性探討問題，著重個人的能力培養，不喜歡將不相干的事攬在身上，所以他們兩人幾乎沒有吵過架，不見得是胡明成讓著陳國祥，而是根本吵不起來。

醫學院畢業之後，兩人不約而同選了當時最火紅的外科做為終身的志業——陳國祥選了神經外科，胡明成則進入心臟血管外科當住院醫師。在外科部主任孫飛鵬眼裡，兩人是外科部最具潛力的新秀，是可以培養的明日之星，而兩人的表現確實沒有讓對於他們寄予厚望的師長失望。

陳國祥對於顱內出血、腦瘤等神經外科一般的手術頗得心應手，於是在外科部主任，也就是神經外科專家孫飛鵬的建議下，開始慢慢將重心轉到當時在臺灣剛起步，但沒有太多人投入的脊椎手術；至於胡明成投身心臟外科重度病患的治療與手術，為的就是幫助剛從美國完成心臟移植訓練回來的黃世均。

在平時的醫療作業之外，胡明成和陳國祥為了取得博士學位，也醉心於基礎醫學的研究。閒暇時視情況需要，都會一起窩在動物實驗室裡埋頭苦幹，除了替動物做手術外，也會蒐集各種實驗的數據，找出那些可能成為期刊寫作發表的資料。

二十年前的某一天傍晚，動物實驗室裡的人幾乎都走光了，只剩下胡明成和陳國祥還在工作，當時陳國祥準備出發去晚餐，正想去敲胡明成的門，好心想問他吃點什麼，自己可以順道替他帶回來。

陳國祥忽然聽到隔壁胡明成的房間發出巨大的聲響，他聽到之後嚇了一大跳，急著去看看發生什麼事。推開了門發現竟然看到胡明成倒在地上口吐白沫，於是趨前檢查。

經過一番檢視，擔心胡明成的陳國祥有些放寬心。因為他的脈搏很正常，兩邊的瞳孔等大，對光線反應正常，身上沒有明顯外傷，唯一的發現是意識混淆，只能發出一些呻吟的聲音。

神經外科出身的陳國祥，當下以為胡明成是「癲癇發作」。

「這小子……同學這麼久……結果你有癲癇還瞞著我，真是糟糕。」

陳國祥主觀意識裡，認為好友胡明成竟然把自己有癲癇的病情隱藏起來，因此心裡有點怨氣。

「就讓你先在這裡吃點苦頭算了，反正你等一下自己會慢慢醒來……」

對於癲癇已經發作完，生命徵象穩定的患者，只要他們沒有明顯的外傷或咬舌的傷害發生，醫師一般會先觀察，之後才依病況給予特定的檢查。所以當胡明成看起來穩定沒有什麼外傷，加上瞳孔反應正常，陳國祥自然覺得他慢慢可以甦醒過來。

因此陳國祥留下胡明成獨自一人在動物實驗室裡，然後外出替兩人買晚餐。不過他也十分擔心胡明成接下來的情況，是以飛快的方式跑出門，希望可以盡快趕回來追蹤之後的狀況，他相信胡明成醒來可以沒有什麼事。

事情卻超乎陳國祥的判斷。在他滿頭大汗氣喘吁吁回到動物實驗室，胡明成依然是躺在地板上一動也不動，連呻吟的氣力也沒有。再次仔細檢查了胡明成，發現他鼻息微弱，更可怕的是兩邊的瞳孔在手電筒的照射下已經不等大，尤其右邊對強光沒有反應。

這劇烈的轉變確實嚇壞了陳國祥，覺得事態非常嚴重，於是盡快聯絡了醫院的急診室，要求他們派救護車前來將胡明成送回醫院救治，他也聯絡了外科部主任孫雲鵬，告知他胡明成的病況。

緊急的電腦斷層發現胡明成是很嚴重的左側大腦出血，一大片血塊壓迫著他的腦組織，已經有腦幹壓迫的現象。因此孫雲鵬親自替胡明成執行開顱手術，但由於出血面積太大，即使醫院同仁傾全力幫忙，幾天之後胡明成狀況沒有什麼起色，不到一星期就辭世了。

之後，陳國祥因為胡明成的猝死心裡頭蒙上了一層極大的陰影，一直無法正面看待這件事。

若以醫院同仁的觀點來看，胡明成的救星是陳國祥。胡明成在人跡罕至的動物實驗室忽然倒下，要不是有他即時出現處理，孫雲鵬替胡明成搏一搏的機會可能都沒有——殊不知他開始被傲慢的醫療專業所誤導，和胡明成開個小玩笑而袖手旁觀，結果造成無法挽回的悲劇。

就事後的發展看來，陳國祥的疏忽雖不見得是決定性的因素，但在道義上依然有極大的瑕疵，諷刺的是，他的行為竟然還被大家誤以為是及時雨，是胡明成命危前一線生機的來源。

前述的祕密陳國祥背負了二十年，良心上受到極大的壓力。他雖然自責，可惜找不到宣洩的出口，此舉造成他心性上極大的轉變，一步一步拉他走上歧路。

陳國祥有感於生命的無常，心智上變得異常地脆弱與沒安全感。他掌握不到自己的生死與命運的無常，所以把金錢的擁有變成是相當重要的事，認為只要有錢，過著優渥的生活，能夠享受當下，才是人生的重點，這種觀念延伸到醫療行為裡，讓他變得不可一世，覺得接受他手術的患者能有治癒的機會，理應有一定禮數的答謝——接受病人的紅包變成是天經地義的事，畢竟是他的醫術讓這些人重生。

對於男女之間的感情，由於和馬小芬結婚讓陳國祥在心情上有過一陣子的安全感，不過他管不住自己的下半身，結婚不到兩年就背叛馬小芬而出軌。他想不到馬小芬是性格那樣剛烈的女人，知道他劈腿後，根本沒有給予他任何反省與自新的機會，閃電做出離婚的決定。

這場失敗的婚姻，給了陳國祥錯誤的解讀，因此認為掌握金錢優勢的男人可以在感情上獲取最有利的地位，即便長得再醜，都會有女人自動投懷送抱。所以離婚後，陳國祥把持不住自己不斷拈花惹草，也造成「錢與女人」一直是他被醫院同仁詬病的兩大罩門。

可惜陳國祥卻始終不在意，「活在當下、享受生活」依然是他奉為圭臬的人生哲學，負面的批評他都認為不切實際，不需要為那些假道學的人們改變什麼。

其他還有令大家捉摸不定的是在神經外科領域的選擇，以及手術習性上的重大改變。

自從胡明成逝世後，陳國祥對於顱內出血的手術就興趣缺缺，根本不想去碰，完全放給底下的年輕醫師去做，於是培養出一批想練刀願意替他做牛做馬的後輩，他則全心投入各種脊椎手術，尤其是需要患者完全負擔材料的自費手術，費用愈高他臉上的笑容就愈大。

這種轉變卻讓他在手術室私底下被同仁封了一個「日本藝妓」的綽號。因為只要在手術視野裡出現了任何血漬，他便有如驚弓之鳥，一定要將它們清除乾淨；對於任何出血點他更傾全力滅絕，而且把它們叫做「小賤人」，一面咒罵、一面用電燒刀或縫線止血，讓人有「斬草除根」的感覺。

尤其助手幫得不好，讓手術視野血肉模糊時，陳國祥便會歇斯底里大叫，咒罵著助手，然後瘋狂將出血的情況控制到「堅壁清野」的樣子，否則他無法進行之後的步驟。這也是任何一位新進的醫師幫忙，會讓陳國祥腎上腺素激增，在手術臺上從優雅的主任變成罵人惡魔的重要原因。

陳國祥看到出血的叫聲，以及對手術室絕對要盡量「沒有血漬」的要求，讓手術室有豐富想像力的同仁給了他「日本藝妓」的封號，確實是相當傳神。他對於同仁私底下戲謔的稱呼，雖有一些耳聞，不過並不在意，他反而對外宣稱，開顱手術取出血塊一點學問也沒有，只有精巧的各式脊椎手術才是見真章的時候，久而久之他完全不碰，甚至不想看到顱內出血的手術。

最後陳國祥在這近二十年來以各式脊椎手術聞名全臺，也由於其中的自費骨材潛藏巨大的利益，他一把掌握所有資源。除了他自己，與指定的那些乖乖聽話的主治醫師外，根本沒有人可以搶食這塊「錢餅」，蔡理群就是那個不受控制的主治醫師，無法受到他的青睞又鬥不過主任的權威，只能黯然離開。

當然，所有的事情只有陳國祥自己心裡最清楚。他今天的轉變來自於對胡明成那次無心的「袖手旁觀」，好友在自己面前猝死，造成他對「無常」的錯誤認知，以為只有善待自己的「自私」，才能享受當下的生活，什麼道德與良知都只是口號。

可是當陳國祥在手術室失魂落魄喊出「我怕大出血」時，確實在手術室造成不小的震撼，因為「日本藝妓」有違外科醫師的形象。

7.

王秉正還是「不痛不快」地走了。就算黃世均想要讓他安詳地離開人間，但面對社會、醫院以及學校等多方面龐大的壓力，黃世均還是屈服了。

為了延緩死亡的時間，黃世均替王秉正裝上了葉克膜續命，雖爭取不到兩天的時間，卻能讓大家的壓力得到釋放。對他而言，社會大眾及家屬可以了解醫療團隊的用心，覺得王秉正是用盡了所有的方法，真的是「藥石罔效」才放棄，避免死亡來得太過突然產生誤解。

那些與王秉正一起考上北辰醫學院醫學系的同學，及其親屬好友在臉書成立專頁，得到幾十萬個讚及數不清的留言，讓記者報導的焦點不單在醫院及醫師身上，可以讓醫療團隊喘一口氣，容易使整件事由醫療行為的失敗，分散到溫情的一面。

明眼人一看，王秉正是沒有救了，卻仍是有不少人支持所謂的集氣，這樣一來，為何心臟移植手術沒有成功的疑問可以被化解掉。

黃世均這輩子沒有像這段時間如此狼狽過。佟先生的事已經搞得他心力交瘁，而王秉正的心臟移植手術讓他白忙了一場。說運氣不好也行，說判斷失準亦可，總之病人還是死亡，即便他之前所做的手術如何完美。還好王秉正的死因是腦部感染性動脈瘤破裂導致的大出血致死，不明就裡的普羅大眾泰半會覺得不是整個醫療團隊照顧的問題，運氣不好是大家可以接受的公約數。

所有醫療團隊最傷心的不是黃世均，徐允文內心的感傷是相當巨大，他覺得自己的資歷過淺，不應該只憑著患者強烈的求生意志，鼓勵自己的前輩做走鋼索的事，他認為自己是始作俑者，陷整個醫療團隊於不義。

不過黃世均都沒有為這件事公開在科內抱怨什麼，尤其是在事後的死亡病例討論上，他認為如果重來一次，自己應該還會選擇替王秉正做心臟移植手術。

他的理由很簡單，沒有心臟移植手術，王秉正還是會因敗血症引發的多重器官衰竭而死亡，沒有成功真的是運氣不好，和判斷一點也沒有關係。

沒有人可以看出黃世均之後的情緒如何。從事重症病患照顧這二十多年來他已經練就了銅牆鐵壁般的心防，口頭禪是「明天還有日子要過」，最常勸誡別人的是那句流行的諺語「關關難過關關過」，因為明天的事情還有明天要煩惱，今天的挫折感就只能留給今天，睡一覺就應該要減輕或不見了。

上述的修養是每位從事重症患者治療的醫師應該要有的信念，可惜徐允文或許還是太過年輕，無法完全釋懷，以至於之後他還難過自責一段時間，甚至在今天還代替黃世均參加王秉正的告別式。

王秉正的告別式裡最特別的就屬那群陪著他走過最後一段時間，無緣在一起上課的北辰醫學院醫學系的同學。這些人在他出了加護病房之後，常常來醫院探視他、鼓勵他，所以王秉正之後恢復迅速可能與他們有關，因為他的心裡存著早日返回醫學系上課的夢，能夠和同學們在校園裡一起讀書，一起運動，一起享受年少輕狂，可惜這一切都已夢碎。

目睹王秉正從入院到告別式的徐允文自然又止不住哀傷。他始終無法忘懷這段時間照顧王秉正的種種，雖然很辛苦但經驗很難得。不過也可能太過投入，他在行醫的生涯裡第一次嘗到很深沉的罪惡感，他無法忘卻自己是力主王秉正接受心臟移植的推手，結果讓病人受了更大的痛苦。

在參加完告別式後，徐允文走到了動物實驗室，想一個人自己靜一靜，希望讓自己沉浸在薩克斯風的樂音裡，去排遣他心中的難過和罪惡感。

他吹奏著準備在年終餐會表演的〈秋葉〉，腦海裡浮現的除了樂譜之外，就是泰戈爾的詩，寫在胡明成筆記裡的那句：「願生時麗似夏花，死時美如秋葉。」

王秉正的死，就如同秋葉一般無聲地殞落，不過在他的心裡卻有如一塊大石壓著，讓他有點透不過氣來。

休息的空檔，徐允文很驚訝地發現，一段時間沒見的古朋晟無聲無息地站在他身後似乎一段時間了。

「學長，真嚇人！」

嘴巴上這樣說，徐允文早就習慣古朋晟的神出鬼沒，臉上勉強擠出笑容。

「今天這麼早！」古朋晟問道。

「是有些早，因為心情有些難過，所以來這裡練習薩克斯風，順便解解悶！」

古朋晟從樂音中早就察覺徐允文內心的哀傷，只好問為什麼，於是徐允文將剛剛參加王秉正告別式的事說明了一下。

「是那個全國焦點，接受心臟移植的病患嗎？」

「還是我們的學弟呢！學長。」

徐允文特別強調「學弟」兩字，帶著不捨與難過，古朋晟聽得出來，安慰他說：「人生嘛！

不就是如此，機緣巧合下的產物。」

「學長，你看的倒是很豁達……」

徐允文稱讚古朋晟想得很開，解釋自己難過的主因就是他強烈建議黃世均替王秉正執行心臟移植，有點將他推入火坑的感覺。

「既然決定了就沒有什麼好傷悲的！這是醫療現實，可怕又可愛的一面。因為你永遠沒有重來的機會，雖然我們有很多期刊的文章可以討論所有可能，但於事無補，不見得有效果。」

古朋晟的評論很理性，徐允文完全了解，但仍無法平抑心中那種遺憾的情緒。

「還是有效果的，就是下次有機會碰到類似的人，可以修正自己的做法。可惜這樣的機會不是常常有，如果碰到了，除非這件事真的刻骨銘心，否則回過頭去查文獻時機都過了，又或者你真的記得自己曾犯的『錯誤』，你會有不同的選擇。」

徐允文苦笑著，所以古朋晟接著又問：「我問你，如果真的再來一次，你會再努力勸說黃世均主任替王秉正做心臟移植嗎？」

徐允文一時語塞，最後勉強擠出答案：「或許還會再建議，只是我會考慮更多之後才說出口，不會像之前那樣，以患者求生的意志做考量。」

「這麼有時間就好！你面對的是瞬息萬變的重症患者，你的決定往往不得不倉促，這也是現在臺北市長被某些人看笑話的原因！身為重症患者的第一線照顧醫師，他的思考邏輯只有幾分鐘的時間，他面對醫療行為可以遽下決定，事後邊做邊修正，可惜政府的工作哪能如此粗糙？所以讓滿懷壯志，自認有決斷力的他由剛當選時不可一世的明星，變成大家都不滿意的市長。」

「學長你厲害，可以將醫療與時事結合，你可以當名嘴了！」

徐允文對於古朋晟精闢的剖析頗有同感，很佩服他的見解。

「我其實也很羨慕你們的工作，可惜身體不好才退出……」

古朋晟的話帶有遺憾，讓徐允文聽了覺得心有戚戚焉，直說要有他的加入一定是病患之福。

「唉！沒做不知道，哈哈……」

古朋晟聽了大笑，但接著又嚴肅說道：「不過，允文，你也不要感到失望或有遺憾，醫師的行業本來就是每天不斷面對抉擇、不斷再修正。我們就要像大樹一般，愈要伸出枝椏往最光明的頂端揚眉吐氣，你現在就像往失敗、沮喪、懊惱等最黑暗的地方向下扎根。」

古朋晟把醫師比喻成「大樹」，徐允文認為相當貼切，尤其自己最近這幾個月來所遭受的困難與挑戰，雖然讓他成長不少，但也深刻地鍛鍊他能勇於面對傷心與失望的黑暗面。

「你也不要把王秉正的死亡看得那麼重，至少最後的那段時間裡他沒有意識，應該感覺不到痛苦！」

「或許吧！不過人若是遇到猝死的情況，應該還是會抱有很多情緒，應該比肉體的痛苦更感到難受吧！」

「你說得好像你知道！可惜沒有人知道忽然暴斃的人心裡想些什麼，除非他死而復生，哈……」

古朋晟的笑聲有些不自然，覺得自己有些離題，連忙轉換話題道：「不過，最後面臨死亡的挑戰，病患可以依自己的意志選擇，但醫師是沒有辦法選擇的吧！」

「對阿！就像最近黃主任遇到的病人一樣，超過四個月的煎熬，不只是他，對整個醫療團隊都是壓力。」

徐允文口中的病患是佟先生，他確實是造成不少的衝擊，尤其是死前的四十八小時，徐允文覺得真是凌遲，於是概略把情形說了一下，古朋晟聽了只能搖頭嘆息，很同情黃世均的處境，不過徐允文還是補了一句：「黃世均主任對我說的一句話，真是經典，相信你聽了會很有感！」

「什麼經典？」

「他說，醫師沒有選擇病患的權利，只要有機會我們都得往前衝！」

古朋晟笑而不答，只有點頭示意，而徐允文接著又說：「所以我常覺得他是唐吉訶德，那天在手術臺上替王秉正取下大腿的靜脈，提供給他的大腦動脈血管做繞道手術時，看到主任的背影，覺得他就是把風車當巨人奮戰的同一個人！」

「好一個唐吉訶德，好一個唐吉訶德！」

古朋晟苦笑著，不斷重複著這句話！

大黑馬

CHAPTER 6

1.

今年北辰醫學院附設醫院外科部的尾牙餐會是歷年來最盛大、也是最豐富的一次，還破例邀請醫院內很多與外科部合作的單位來參加。

原本應該在尾牙餐會前焦頭爛額的行政總醫師胡學恆，今年是笑得合不攏嘴，不僅不用為了節目傷透腦筋，更不需要因為張羅禮物而到處向主治醫師、廠商等鞠躬哈腰拜託幫忙，這次他所主辦的尾牙餐會只要翹著二郎腿做做協調的工作。

為什麼胡學恆今年如此輕鬆寫意呢？明眼人一看就知道是跟今年外科部重新選舉主任有關。開放自由登記競選後，幾位有意角逐的人選無不利用這次尾牙的機會，名為贊助、實則想討好每一位都有投票權的外科同仁。

鄧克超在上個月M&M討論會中宣布董事會同意的選舉辦法後，有意角逐外科部主任大位的人逐漸浮出檯面，除了呼聲很高的泌尿科主任朱文俊，一般外科主任董自強，以及神經外科主任陳國祥外，最令大家感到驚奇的是胸腔外科主任鄭正雄登記參選。

私底下鄭正雄對於參選一事是非常低調，而且透過很多私下談話都強調是長官與同仁的勸進，更不諱言說出是張貴翔與鄧克超的主意，將理由歸功於鄭正雄所帶領的創傷小組的功勞。

雖然沒有「真正參與」這半年來醫院大量傷患事件的治療，像是夜店鬥毆以及天下紡織火災的工安意外，但醫院卻由於鄭正雄指揮調度合宜，提升不少正面的形象，自然他的長官鄧克超，還有必須替醫院擦脂抹粉的公關張貴翔最為有感，勸進他參選也是人之常情。

這件看似理所當然的美事一樁，卻因為鄧克超與某醫院董事的談話充滿心機，讓人不得不佩服鄭正雄可以順水推舟，讓年紀與資歷比其他主任尚淺的自己有機會提早進入醫院權力的核心。

徐允文知道這件事是透過「不經意」聽見鄧克超談話的胡學恆，向他吐露的祕密，除了讓他心中那個「怪怪的點」得到解答之外，更明瞭自己的建議是滿足鄭正雄野心的重要基石。

「同學，你知不知道鄭正雄的背景？」

在尾牙餐會前幾天，與徐允文緊鑼密鼓練習吹奏的胡學恆突然在休息時提出了這個問題，讓徐允文有點錯愕。

「幹嘛！你這個包打聽，又有什麼馬路消息？是不是那位特助小妹妹告訴你的……」

徐允文逗弄著胡學恆，但是他不為所動，打斷徐允文的話說道：「同學，不要鬧，這是件很嚴肅的事情。告訴你是希望我們不要得罪這樣的貴人，搞不好我們和他打好關係以後可以在醫院橫著走路！」

「瞧你這心術不正的模樣，嘖……」

徐允文發出不予苟同的聲調，胡學恆還是一臉嚴肅說道：「我是真的要告訴你很重要的訊息！」

「說吧！」徐允文還是一臉不屑。

「昨天鄧主任和不知名的人通話，可能以為辦公室外沒人所以暢所欲言，加上門沒有關好，站在門外的我，嘿嘿嘿……」

胡學恆乾笑了幾聲，這回換徐允文豎起耳朵卻沒聽到下文，只得迫不及待問道：「不要賣關子了，快點說……等一下要合奏練習了，時間很緊迫，我不想在尾牙聚餐丟臉！」

看到徐允文心急的樣子，胡學恆才將知道的祕密告訴他！

「鄭主任是我們醫院管理部，也就是董事長的大公子陳伯城主任的同學！」

「不對啊……陳主任是學商的，又不是學醫的。」

「那你就有所不知了，陳主任在美國哈佛大學進修時，鄭正雄主任也剛好在那裡，你知道的，有同鄉的人在異地相逢，說什麼關係也會加強！」

「鄭主任也隱藏得太好了！」

「所以鄧主任才會說，他那個人是城府很深、機關算盡，原本就野心不小的他運氣剛好在他這一邊，什麼大量傷患的處理，加上你不知哪裡來的想法，鄧主任才去向董事會建議讓外科部主任遴選開放由大家投票選出，他才可以放心大膽出來……」

胡學恆說的頭頭是道，徐允文才知道自己是鄭正雄有出線機會的功臣，不免也苦笑起來。

「不過，你的功勞不止如此。動物實驗室製造了他能對外科部的大票倉『住院醫師們』有施予小惠的機會。」胡學恆繼續說道。

徐允文這才恍然大悟，鄭正雄處心積慮塑造自己很照顧住院醫師的形象，替他們張羅內視鏡手術練習的模組，替自己爭取了不可多得的人脈。

「所以說，同學，鄭正雄會當上外科部主任是遲早的事，只不過老天爺給了他機會，我們也替他鋪了一條路……」

「也對！」

徐允文不得不表示贊同，最後胡學恆又問了他看法。

「同學，你認為鄭正雄這種人如何？」

「唉！不會評論，我說不上來哪兒不妥？」

徐允文不知如何回答，倒是胡學恆說出心中的看法。

「我的看法其實和鄧主任差不多，給這種人當頭也不錯！把私人的利益巧妙地偽裝在眾人的利益之中，這樣的鄭正雄也不無可取之處，至少他在成功的時候還能成就點眾人的好處，只要我們乖乖地，他大概也不會有什麼欺侮人的舉動，不像董自強或陳國祥這兩人，一個自負，一個自私，當上外科部主任可能讓氣氛變得烏煙瘴氣，搞不好鬥爭會愈來愈多也說不定，這也是我認為朱文俊如果當選之後，他可能壓不住其他人的原因之一。」

徐允文也頗認同他從鄧克超那裡聽來的想法，認為局勢對鄭正雄大好，所以他覺得除了鄭正雄之外，其他人在尾牙餐會上的用心可能成效不彰。

晚會的主持人是陳國祥找來的，她是某電視臺二線的女星，至少還有點知名度，和她搭配的樂團也是陳國祥邀請過來，費用可是友情價，替外科部節省不少開銷。可惜她在臺上載歌載舞，不時嗲聲嗲氣呼喊著「親愛的陳國祥主任」，可能替陳國祥製造了很多反效果。

這位女星和陳國祥是因為她父親接受陳國祥脊椎手術而認識，但相信在尾牙餐會看見他們互動的人，都會懷疑她和陳國祥有一腿。

其他參選的主任也不避嫌，提供了很多不錯的禮物做為抽獎的禮品，連帶使得那些沒有參選的主任心生比較，抱著「輸人不輸陣」的心情加碼，這也讓徐允文和胡學恆上臺表演時，心情很high的胡學恆帶動了徐允文的氣勢，讓他們的壓軸演出不輸給專業演奏家。

胡學恆站在舞臺中央，一開始就開了鄧克超的玩笑。

「我們是被鄧主任處罰才來表演的，所以表演要是不盡人意，大家要怪就怪鄧主任！」

觀眾爆出了笑聲，眼光不禁都投向臺下的鄧克超，讓他不由自主咒罵道：「小王八蛋，表演不好總醫師再幹一年，明年再表演一次，我會列入新的外科部主任交接重要事項！」

因為喝酒而滿臉通紅的鄧克超，這時候講話也開始輕浮起來，對著胡學恆兩人大叫，引起哄堂大笑，接著他又說道：「徐允文，你也要表演好，如果我和觀眾都不滿意，你也要下海回兼一年總醫師！」

鄧克超此話一出，竟得到滿堂彩，笑聲與掌聲久久不歇。

「好啊！不過主任，要是我們表演好的話，外科部主任我想不用選了，直接讓我和徐允文一起做了！」

胡學恆說完一手拿喇叭，一手比ＹＡ的手勢在舞臺上又跳又叫，臺下的觀眾回報給他更熱烈的掌聲。

「小王八蛋，廢話少說，不要吹牛了，趕快表演！」

鄧克超喝斥的聲音，消失在觀眾的掌聲裡，等到聲音稍歇胡學恆將小喇叭湊在嘴邊，現場逐漸變得鴉雀無聲。接著他對樂團的鼓手及Keyboard點頭，前奏開始，胡學恆就吹奏起小喇叭。

他的小喇叭吹奏雖不是職業水準，但聲音也是有一定的渾厚溫潤，現場觀眾有很多人不相信這是出自一位外科醫師的演奏，無不交頭接耳開始竊竊私語起來。

聚光燈此時打在胡學恆的臉上，可以看到他是閉著眼睛吹奏著小喇叭，完全陶醉在自己的表演裡，他的耳朵裡只有琴音的和弦與鼓手打擊的頓音，完全不在乎現場的反應，在場的人無不醉心於胡學恆的表演，驚訝可以在一個普通的尾牙餐會上，遇到如此高水準的演出。

此時有一個人，在〈秋葉〉的樂音出現之後，幾乎熱淚盈眶，激動得不能自已，那就是病理科主任馬小芬。

從拿回胡明成的筆記本那天開始，她就變得鬱鬱寡歡，不只睡眠不足，胃口也不好，整個人消瘦了一大圈，眼眶深陷讓科裡同仁以為她生了什麼大病。

馬小芬勉強打起精神工作，極力克制起伏不定的憂鬱情緒。本來在逐漸恢復的她，沒有想到〈秋葉〉在面前又響起，讓她憶起了往事，以至於心情慢慢失控，眼淚不由自主占據眼眶，像是泉水般流出，她只能假裝是眼睛痠痛用餐巾紙擦拭著，掩蓋她流淚的事實。

接著馬小芬聽到徐允文的薩克斯風樂聲，那種如棉花般觸感的輕柔音質，更讓她忍不住悲從中來，不得已只好用紙巾蓋住雙眼，讓人覺得她是陶醉在樂音中，而不是痛哭流涕。

馬小芬的思緒亂極了，很想放聲大哭，但這種場合豈能有太突兀的表現。她只能告訴自己堅持到最後，等樂曲吹奏完了，一切終將歸零，不會再受到它的影響。

終於胡學恆兩人的〈秋葉〉表演結束了，馬小芬的情緒在滿場熱烈的掌聲中穩定下來，慢慢鬆了一口氣。於是她拿下紙巾，還好四周的光線因為舞臺的表演而變得昏暗，身邊的人沒有注意到她浮腫泛紅的雙眼。

現場此時響起了熱烈的「安可」聲，而且拍手附和的人愈來愈多，連那位女星及邀請來的樂團也跟著附和，終於讓胡學恆舉手示意，叫大家安靜。

「我想，以現場的反應來看，鄧主任應該考慮把棒子交給我和徐允文……」

臺下已經笑成一片，鄧克超本想罵人，卻也因為觀眾情緒高漲，只能叫胡學恆「少廢話」，但是卻被笑聲蓋了過去。

「好了，正經一點，我們再表演一曲……由我來唱一首爵士歌曲，讓大家比較一下到底是唱的好聽，還是吹的好聽……」

現場歡聲雷動，只見徐允文吹起輕柔的前奏，胡學恆清了清喉嚨，湊近麥克風唱道：「The Falling leaves, drift by the window……」

他渾厚的嗓音一下子吸引了大家的注意，那種空靈的唱法和客家的山歌有類似之處，雖不若黑人嗓音那般夢幻，卻也讓底下驚呼連連。

聽到胡學恆的歌唱，馬小芬整個人已經到達崩潰的邊緣。她雖然記不起胡學恆是胡明成的姪兒，但是很明顯感受到他和胡明成的聲音相去不遠，所以不管身邊的人怎麼想，兩行熱淚直流的她急著狂奔出場，不想再觸景生情。

尾牙會場裡的人並沒有因為馬小芬忽然離開而引起騷動，大家完全陶醉在胡學恆深情款款的歌聲裡。

2.

尾牙餐會裡當主持的時間因表演節目而有空檔，那位二線女星都會來找陳國祥聊天，兩人親密的互動讓他根本無暇去注意舞臺上到底在幹些什麼，直到胡學恆的小喇叭聲出現。

他知道這首是胡明成最喜歡的歌，也知道它對馬小芬的意義，於是下意識掃描著會場，雖然燈光有點昏暗，但是他竟然可以看到遠處一個熟悉的身影，就是用餐巾紙擦拭眼睛，假裝陶醉的馬小芬。

馬小芬身邊的人可能不見得知道她在幹什麼，但是陳國祥知道，她應該想到往事悲從中來而默默啜泣。他的心中開始有些不捨與難過，看著她發楞著。

「主任……喂，主任……」

那位女星叫著陳國祥，把他拉回現實。

「什麼事？」陳國祥有些心虛。

「你們家醫院真是臥虎藏龍，竟然有職業級的樂手在當外科醫師，你看連我帶來的樂隊都覺得驚豔，雖然沒有配合過，一下子就可以上手……」

女星主持人聽到胡學恆的演奏驚呼連連，很聒噪地對著陳國祥說出感想。

「哦！對……沒有錯，我們醫院是臥虎藏龍！」

陳國祥並不想搭理她，但又怕被看出魂不守舍，只好虛應著，但眼光在舞臺和馬小芬之間遊走著。因此當他看到馬小芬用餐巾紙將自己的眼睛蓋住，假裝是陶醉在樂音中，他的心彷彿汩汩淌著血，一種多年未出現的感覺糾結著。

當馬小芬淚崩不止，快步離開尾牙餐會場地的時候，陳國祥竟也不由自主地跟了上去，留下一臉錯愕的那位二線女星在座位上，想不出個道理。

此時臺北市的街頭有著刺骨的寒風，還不停飄著毛毛細雨，馬小芬已顧不得路上是否會有人注意她，放任眼淚恣意在臉上流竄，而陳國祥緊緊跟在她的身後，盼望她能暫時停下腳步，讓他可以鼓起勇氣向前搭訕，聊上幾句。

陳國祥早已忘記，上一次和馬小芬打過照面、甚至談話是什麼時候的事情，只依稀記得她有些發福。今天看到她的面容與體態如此纖瘦，不知道是刻意瘦身？還是身體微恙？

從離婚以來，陳國祥一直對馬小芬有深層的愧疚感，所以他始終沒有辦法在醫院到處都有熟識同仁的面前大大方方和馬小芬打聲招呼。甚至如果遠遠看到她，通常會試著繞道，不敢和她正面相遇，尤其在不得不打照面的場合，像是每年固定召開的院內研究計畫審核會議，他都會指派其他同仁代勞，避免尷尬。

剛剛在會場看到馬小芬因為聽到〈秋葉〉歌聲而崩潰，沉潛在陳國祥內心的罪惡感一下子襲上心頭。他有種衝動想上前去找馬小芬說些什麼，不管是什麼話題，他希望能安撫她悲痛的情緒。他很捨不得馬小芬如此難受，彷彿看到那位在胡明成死後，人生陷入空轉的人又回來了。

可惜快步離開尾牙餐會場地的馬小芬，因為走的匆忙，始終沒有給陳國祥有任何機會接近，甚至在離開醫院大門不久，立刻搭了計程車往回家的方向離開。

在上了計程車之後，馬小芬因為將頭撇向另一邊，透過車窗往外看去，她隱約看到了陳國祥佇立的身影，感覺到他目送自己離去，一付欲言又止的神情。

馬小芬摸了摸自己的肚子，她又記起在婦產科手術臺上接受子宮內膜刮除手術，拿掉她和陳國祥骨肉的那一幕，於是另一股傷痛又刺激著她，不只讓她呼吸急促，更因為強忍哭聲的結果造成身體劇烈抽蓄著。

二十年前當馬小芬知道胡明成生還機會渺茫時，幾乎終日以淚洗面，不過還是得忍著悲痛，陪著胡明成的父母在病榻前等待奇蹟出現。如此的行為，有稍微感動對她一直不太友善的胡明成雙親，可惜那件社工勸募器官的事件，徹底讓他們與馬小芬撕破臉，以至於最後連送胡明成最後一程的機會也沒有。

馬小芬人生感到最晦暗的時候，是胡明成的好友陳國祥給了她最大的支持，對這位胡明成從大學時代以來的好友來說，是再自然不過的事。

對個性獨立自主，性格剛強有些像男孩子的馬小芬來說，從大一進入北辰醫學院醫學系就讀，自視甚高的她雖然追求者眾，但始終沒有人可以贏得她的芳心，直到她成為病理科的住院醫師，和溫文有禮的胡明成認識之後，由於工作上合作的關係才慢慢彼此欣賞而成為情侶。

當時的胡明成一頭栽進心臟移植的領域，任何有關心臟切片的病理報告對黃世均及他都相當重要。舉凡等待換心人名單上的病理切片，還是接受完心臟移植後判斷有無排斥的心肌切片，都十分需要有經驗的病理科專家介入，可惜，北辰醫學院附設醫院的病理科並無專才，馬小芬便被指派投入此一領域。於是她與胡明成才有不少相處的機會。即使不是病理科出身，但勤於學習的胡明成靠著自學與參與國外的學術研討會，讓自己對於心肌切片的判斷並不亞於病理科專家，在與馬小芬參與判讀時，提供很多重要的資訊，讓身為學妹的馬小芬佩服不已。

透過這種緊密合作的相處機會，馬小芬第一次對身邊的男人抱有強烈的好感，考慮將這輩子重要的幸福交給胡明成。

陳國祥是胡明成的摯友，很快地也和馬小芬認識。他對馬小芬很欣賞，而且透過是摯友的關係，得到她的信任變成不錯的朋友。所以後來胡明成在動物實驗室猝死，他自然成為馬小芬心靈倚靠的重要支柱。

或許是誤認陳國祥對胡明成死前有搭救之恩，哀痛的馬小芬對他的呵護沒有防備，於是失魂落魄的她和陳國祥愈來愈親近，等到她走出傷悲之後，便嫁給了陳國祥。

兩人原本擁有大家看好的婚姻，卻因為陳國祥心性的轉變而逐漸褪了色，不到兩年時間就因為有第三者的介入而走上分手一途，其中的關鍵是一位手術室的護理人員。

神經外科的工作相當繁忙，平日陪著陳國祥的手術護理人員反而和他相處的時間比馬小芬還多，把持不住的他最後無法自拔走上不歸路。

馬小芬一直信任著老公，自然不會過問陳國祥工作上的事，也對於他頻繁利用緊急手術的藉口不以為意，這也是陳國祥可以輕易和婚外情對象肆無忌憚交往的原因。終於紙包不住火，馬小芬在老公手機裡不小心看到鹹濕對話才讓整件事曝光。

既然有心成為第三者，那位深具野心的護理人員和馬小芬談判時，當然有著不知廉恥的強悍，心虛的陳國祥只能在兩位劍拔弩張的女人之間唯唯諾諾，這種沒有擔負的軟弱，促成了馬小芬斷然和他分手。

最後馬小芬和陳國祥協議離婚，個性剛烈的馬小芬沒有要求什麼補償，只想盡快離開兩人生活的地方。不過其中最重要的原因是馬小芬不想告訴陳國祥自己懷孕的事實，而且在離婚之後以心情不佳為由向醫院請了長假，藉口去南部旅行散心的機會，在某一家不起眼的婦產科醫院接受了人工流產手術，拿掉了她和陳國祥的骨肉，也抹去他們之間的任何牽連。

馬小芬原本是要將懷孕的喜悅告訴陳國祥，陰錯陽差揭穿了他的婚外情，又看到了一個沒有擔當的男性，於是才會做出那麼激烈的決定。這就是她個性剛烈的一面，畢竟她心中認為自己和陳國祥的這一段並不是純然的男女之情，其中可能帶有一些憐憫，如同她在離開住了將近兩年的地方，面對仍抱有一絲機會，哀求著她的陳國祥所說的：「施捨得來的愛情是成就不了永遠的幸福！」

轉眼之間，十幾年就這樣過去了，陳國祥依然花名在外，和原來扶正的第三者又經歷了另一段失敗的婚姻。馬小芬知道之後，慶幸自己痛苦的抉擇是多麼正確，還好沒有原諒陳國祥，斷了可以和他白頭偕老的想法。

只是馬小芬依然忘不了心中最愛的胡明成。最近由於筆記本的出現已使得她心神不寧、寢食難安，想起了多年前椎心刺骨的痛，她原本已經平復得差不多，但今晚的歌聲又讓埋藏在心中的苦楚彷彿火山爆發，情緒瞬間潰堤。

另外在寒夜雨裡目送悲傷的馬小芬離去，陳國祥心裡也是泛起了十幾年前相同的罪惡感。胡明成的死讓他看透人生的無常，人因此走偏了，說好聽一些是珍惜當下，說難聽一點是遊戲人間。

他對於金錢是努力聚積，抱著可以享受就盡量享受；對於那些主動投懷送抱的女人更是雨露均沾絕不放過。他心裡清楚這種生活態度是糜爛與不負責任，可是他需要這種暫時的歡愉去壓抑內心那種揮之不去的罪惡感，希望靠金錢與女色解脫。

在他心裡深處確實把胡明成的死歸咎在自己身上，可是又無法把自己的「袖手旁觀」與被大家誤以為「及時雨」的真相坦承，因此在心情上是相當難過與糾結。

陳國祥這種罪惡感在馬小芬身上暫時找到救贖。一開始他確實是真心想幫她度過難關，最後因為覺得自己要能多負些責任，才決定與她結婚，可惜他們倆有太多無法契合的習慣，短暫的「情不自禁」與「補償心態」無法維持恆久的婚姻關係。

和馬小芬離婚之後，陳國祥的心裡蒙上了更大的陰影，以至於在第二次婚姻再度以失敗收場後，他放棄了想要成家的念頭，繼續利用金錢與權勢的影響力，不斷換著女友過日子。

在陳國祥內心深處，依然對於馬小芬有著很大的歉疚感。今晚看到情緒崩潰的她走出尾牙餐會的地點，陳國祥才會不由自主跟了上去，期盼自己能像二十年前一樣，對失落的她能給予安定與支持的力量。

可是，他只能看著臉色漠然的馬小芬在計程車內把他當成空氣一般離去。

3.

北辰醫學院附設醫院的外科部主任政見發表會辦得相當成功，雖然四位候選人的表現沒有外界預期那樣激情，可是在這個熱鬧但精彩不足的場合卻吸引了很多人的注意，不只有報章雜誌專文討論與醫院內實地採訪，發表會當天還有住院醫師以臉書全程實況轉播。

會場的主持人是由醫院的公關張貴翔擔綱，為了讓整個發表會能具有一定的公正性，外科部還抽籤找出了五個代表來當提問人，以補足每個競選者在發表政見時沒有顧及到或者是略去不講的部分，完全是模仿正式選舉中的記者角色。

如此開明的外科部主任選舉方式，不只是臺灣首見，連世界知名的各醫學院附設醫院也不見得有膽識這麼做。

依照抽籤決定的登記號碼讓四位候選人開始做二十分鐘的專題報告，形式不拘，但最重要的是如鄧克超在外科部會議裡所期許的：如何帶領外科部走下去的長遠計畫。

登記第一號報告的參選人就是本次競選外科部主任呼聲最高的朱文俊。他的報告的確展現其學者的風範，不只是條理分明，而且能切中要點，表列出目前外科部的現狀，以及改革計畫和必須努力的目標。

他首先列出所有在職的外科部同仁統計，指出哪些科別目前有人力短缺或膨脹的單位；其次他將歷年外科部收入做成圖表，對比各科之間有關手術及治療的成長與退步的關鍵；最後他列出了自己的強項，也就是外科部研究得到國科會經費支持的比重，身為國科會研究審查小組的成員之一，他明確指出北辰醫學院及附屬醫院要能強大健壯，擠身全國、甚至世界知名的醫學院，就是要有研究做為後盾。

從朱文俊報告的投影片中，所有人都可以了解他深刻用功後，所提出外科部要如何走下去的計畫，同時更知道EQ超高的他，人際關係是如何在報告中展現。

因為提供他資料的單位，如醫院的總務室、人事室等等，不只給他冰冷的數據，還有提點他如何解讀這些數字背後代表的意義，以及可以改進的缺失。明眼人可以看出，這些和外科部有業務合作的單位是怎麼看重他，認為他應該是最具資格擔任下一屆外科部主任的人選。

和朱文俊的報告相比，登記第二號的董自強所提出的報告是乏善可陳，而且充滿個人主義的色彩。

不若平日咄咄逼人的氣勢，初次做這種政見發表的董自強一開始有些緊張，看不出他慣有的盛氣凌人與辯才無礙。他開場是以介紹自己的生平開始，強調技術超群之外，還說到富有研究精神的他執行過多少困難的手術，以及得到多少中外醫學期刊的肯定。他把自己和朱文俊的資歷相比較，相信他所帶領的外科部團隊可以「文武雙全」：「文」指的是學術研究與期刊發表的數量，能和公立醫學院並駕齊驅；而「武」的方面是認為外科部的業務量因為他高瞻遠矚的胸懷，可以超越任何一家公立醫學院的附屬醫院。

董自強的政見充滿了太多空泛的口號，以至於在準備充分的朱文俊之後報告，高低立判，讓在場的外科部同仁看破手腳。不過他自己可不這麼認為，突破了開場的緊張和口吃之後，後半段的演出又回復本性，慷慨激昂、旁若無人地談著。

「都是屁話嘛！什麼增加同仁收入與鼓勵大家進修，錢從哪裡來？他自己多吐點錢出來給大家就好了！」

坐在臺下的胡學恆聽到董自強的報告頗不以為然，用手肘撞著身旁的徐允文，低聲抱怨著，而徐允文頗能認同，跟著低聲回答他：「不夠啦！他的業績雖然很多，但是要捐給外科部一百多位同仁是杯水車薪，又不是選總統，幹嘛要捐薪水？」

胡學恆的笑聲伴隨著現場稀落的掌聲，讓徐允文知道董自強的報告已經完成，接著上臺的是神經外科主任陳國祥。

和前面兩人相比，陳國祥的報告顯然有著他們所不能比擬的聲光效果，他的投影片不是只有生硬的數字與圖片，還伴隨著醫院外觀的沙龍照，還有院內其他工作人員和自己的影片。

陳國祥雖然聲名狼藉，但是科內及其他單位依然有些死忠的粉絲，很樂意在他的報告中入鏡，以表示對陳國祥的忠誠。

陳國祥的報告當然不是出自他的手筆，而是委由專業的製作團隊代勞，可惜他的報告表面上看起來很充實，卻和董自強的論點有極多相似之處，也就是無法和朱文俊一樣，缺少讓外科部可以長遠走下去的計畫：只有疾呼的口號，以及看得到卻吃不到的福利。

「陳國祥大概是來陪榜的！」

胡學恆下意識脫口而出這句話，讓徐允文不得不拍了他的大腿制止，可是他意猶未盡，繼續說道：「不過他當選也沒有什麼不好！至少我們外科部一定會努力從事健保不給付的自費項目，大家的收入會好點，而且……」

胡學恆停頓一下，吊了一下徐允文的胃口接著又說道：「以後手術室內應該不會有大量輸血的病例發生！哈哈……」

徐允文用手肘頂了一下胡學恆，提醒他不要得意忘形，以防旁邊有陳國祥的眼線去向他告密。不過徐允文也發出會心的一笑，畢竟陳國祥最近在手術室崩潰說出他怕大出血的糗樣，目前是外科部人盡皆知的故事。

忽然擴音器裡傳出熱烈的鼓掌聲，原來是替陳國祥製作報告的團隊為了化解可能沒有人會在他發表政見之後鼓掌，安插了這段音效，但似乎沒有達到應有的效果。

面對這種尷尬，陳國祥只能苦笑以對，從容地鞠躬下臺。

最後上臺的鄭正雄，給了現場的外科部同仁不一樣的體驗。他的投影片一開始是北辰醫學院與哈佛醫學院院徽並列的畫面，他自己並沒有像前面三位主任一樣穿西裝打領帶上場報告，而是穿著繡有哈佛大學醫學院字樣的T恤站上講臺。

鄭正雄的主旨很簡單，認為北辰醫學院有機會成為臺灣的哈佛大學醫學院：他自己去過那裡進修，知道整個醫學院的運作，和它相比，只要大家努力未嘗不會有相同的成就。

鄭正雄放出學生宿舍晚上苦讀的照片與哈佛大學圖書館相比擬，當然還有那個他引以為傲，於最近幾個月成立的動物實驗室，他在那裡指導學弟妹操作內視鏡手術訓練模組的照片。

鄭正雄的報告極具煽動性，所以雖然和董自強、陳國祥一樣提不出像朱文俊那般有建設性的計畫，依舊吸引著臺下很多的目光，仔細聽著他說話。

「的確是有群眾魅力的人，他在還未出國進修前並沒有這樣的自信！」

徐允文有感而發說出鄭正雄的轉變，胡學恆也附和道：「檯面上來看，當然我也私下做了一些調查，目前可以和朱文俊相抗衡的只有鄭正雄。可惜很多外科部同仁的觀念仍是很守舊，鄭正雄要能登上大位恐怕缺臨門一腳。」

胡學恆不敢張揚，只能在徐允文耳邊低聲說著，而徐允文隨後也說：「的確，原本我以為有鄭主任敲邊鼓，加上平日他那樣照顧住院醫師，應該會很受歡迎才是，結果事實並不是如此。有很多人仍然抱著門戶觀念，只支持自家的主任，董自強科裡人口眾多，平時對他向心力也夠，他才會那樣有自信，而鄭正雄畢竟是小科，想要翻盤也要靠額外的力量！」

「我和你想法不一樣，畢竟董自強得罪了不少人，雖然很照顧自己人，可是底下的人長年被高壓統治著，對他反感的人不在少數。我認為這是朱文俊和鄭正雄之間的競爭，但不容否認，這五五波的競選中，似乎朱文俊機會大一點，畢竟年資多了鄭正雄大半截！」

胡學恆是行政總醫師，平日和外科部同仁多有接觸，自然其論點有一定的道理，只是他和徐允文心中的相同疑問是，不知道董事長的大公子，管理部的陳主任會不會出手。

「管理部的陳主任會當鄭正雄的助選員嗎？」

胡學恆問著徐允文，而他的想法卻不一樣。他相信以鄭正雄的手腕應該不會亮出底牌，只有當上外科部主任之後才會把這層關係托出。畢竟以鄭正雄的資歷是壓不住那些年長的科主任，只有抬出管理部主任才有可能穩坐外科部主任的大位，否則當選了也只是空架子。

「他還這麼年輕，這一屆只是初試啼聲，反正留得青山在，不怕沒柴燒，下一屆再出馬對他來說也不嫌遲啊！」

徐允文的考量讓胡學恆也忍不住點頭贊同。

4.

受到外科部主任競選政見發表會的啟發，徐允文有了一個重要的想法，他先向黃世均報告之後得到正面的鼓勵，於是想找多日不見的古朋晟詢問意見。

徐允文的想法很簡單，就是想回北辰醫學院的基礎醫學研究所攻讀，希望他能在臨床的技術精進之餘，行有餘力進修獲得學位，取得副教授甚至教授的資格，希望人生不是只有開刀一途。

現今在各醫學院附屬醫院的外科主治醫師都過得有些辛苦，因為醫院評鑑很重視這些人是否有教育部認可的教職，據此可做為是否達到醫學中心的標準。所以每個想職位得到晉升，甚至拼搏到退休的醫師，除了要在醫學期刊有論文發表之外，進修得到學位變成是重要的手段。

徐允文得到黃世均的支持之後就想到古朋晟。由於自己是北辰醫學院的畢業校友，理應回母校報考研究所比較方便，可惜自己臨床工作做久了，脫離學校教育有一段時間，不知道目前哪些研究所適合自己，因此希望被他視為心靈導師的古朋晟給點寶貴的意見。

徐允文有天撥了通電話到北辰醫學院的解剖生理學系，希望可以約古朋晟聊聊自己的問題，沒有想到電話那頭竟給他「本系沒有古朋晟這位副教授」的意外答案。

徐允文心裡頭冒出了一個大問號，覺得這件事其中一定有什麼蹊蹺，所以上網查了一下北辰醫學院解剖生理學系的網頁，瀏覽了其中的教職員名單，確定沒有古朋晟這個人。

不過他卻看到系上有位名叫范文虎的副教授，才憶起他是自己醫學系的同班同學，因此徐允文再度撥了一通電話到解剖生理學系。

徐允文這回找到了范文虎，他立刻和這位多年不見的同學寒暄起來，也向他說明自己想報考研究所的想法，對方除了表示歡迎之外，同時也樂於和徐允文會面，以解答他心中的疑問。

徐允文並未提到古朋晟的問題，他想去那裡一探究竟，看看是否真的沒有古朋晟這個人，抑或哪個研究生假冒身分一直唬弄著他。

在約定時間的早上，徐允文特別穿上許秀穗前天替他燙好的西裝並拿著伴手禮，前往北辰醫學院的解剖生理學系，在穿過醫院與北辰醫學院相鄰的圍牆之後，他就踏進許久不見的校園裡。

這裡曾經是徐允文醫學系就讀六年的地方，即便是第七年在醫院實習的階段，他偶爾還是會回到學校的圖書館查資料，甚至找自己的學弟們聊天吃飯。無奈在成為外科部住院醫師之後，就鮮少走進這裡，更遑論成為主治醫師這段時間，因為繁忙的工作完全擠壓到他的生活，即使醫院和學校靠那麼近也沒有什麼機會回來探訪。

憑著模糊的印象，徐允文朝著應該是解剖生理學系所在的大樓走去，校園的一草一木似乎沒有改變太大，卻勾起他無限的懷念，想起了學生時代每日和同學奔波各系所之間的教室，又或是在校園裡運動、休閒的種種。

忽然在遠遠的地方，徐允文看到一個熟悉的身影，等到他回想起來之後，他忽然在心裡頭叫著：「那不是古朋晟學長嗎？」

念頭一起，徐允文開始大喊「古學長、古學長」，而且加快步伐向他走了過去，不料古朋晟回頭看了一眼之後沒有停下腳步，反而加速向前快走，顯然是不理會徐允文的呼叫。

看著古朋晟快步離開的背影，徐允文加快腳步跟了上去，雖然方向並非是朝著解剖生理學系的大樓，徐允文依然想去一探究竟，因為他來早了，時間上還允許他這麼做。

可是古朋晟似乎和徐允文開著玩笑，不管他追趕的速度如何，彼此始終保持著一定的距離，讓徐允文心裡覺得十分火大，因此非得要趕上古朋晟，想好好問問他到底葫蘆裡賣什麼藥？

此時北辰醫學院已放寒假，只有一些稀稀落落的學生在校園裡悠閒地走來走去，偶爾可見到家長提著大包小包的行李，應該是來接放假的學生回家，不過除了這些人之外，有一大群學生的狂笑聲引起了徐允文的注意。

原來有三個學生靠在籃球場旁邊的高牆下，因為躲著另外幾位同學丟擲的籃球閃著身體，有人不小心被打到，引發其他人的大笑，徐允文看到之後也發出會心的微笑。

上述的懲罰是北辰醫學院不成文的規定，在籃球場上「鬥牛」最差的那組同學，就要在旁邊的高牆下，由勝利的一方用籃球砸向他們，輸幾分就要被砸幾次。

這種把籃球當成躲避球處罰的遊戲徐允文也玩過，所以這些人發出的狂笑聲能吸引他的注意。他也曾經在這面高牆下接受同學的處罰，有幾次被砸得眼冒金星不支倒地。

這片鄰近籃球場內的高牆其實是網球的練習牆，不過練習網球的同學都是在牆的另一面，基本上兩方運動的同學都不會彼此干擾，徐允文沒有想到這個傳統在他畢業離開學校那麼多年依然在學弟之間傳承著。

看了幾眼之後，徐允文知道自己分神了，於是又將視線拉回前方，不料他一直追趕的古朋晟卻不見蹤影，他四下張望希望能趕快找出古朋晟在哪裡。

就在此時，徐允文身後忽然傳來一陣不知道是什麼碎裂的聲音。他回頭一看，赫然發現籃球場旁的那片高牆在瞬間倒塌，接著發出轟然巨響，剛剛站在高牆旁的三位同學由於是背對著牆面，無法在第一時間內做出反應，一下子就被壓在土石堆裡，而用球砸他們的同學看到如此的慘狀竟然都嚇呆了。

「喂！同學趕快救人！」

此時，徐允文也顧不得古朋晟與自己的西裝筆挺，他把伴手禮丟在路邊，立刻前進籃球場指揮那些學生救人。

「你……趕快打電話，如果沒有電話，用我的……立刻請醫院的急診室叫救護車來，電話是……」

徐允文拿出自己的手機交給一位臉色還算鎮定的同學，接著就和現場其他同學徒手挖著四散的磚塊，急著要挖出陷在那裡面的三位同學。

現場煙塵瀰漫，徐允文等人也顧不得那麼多，趕快將牆面的磚塊清除，希望趕快救出底下的同學。大家都知道時間的重要性，因為在牆面倒塌之後就沒有聽到那三人的任何聲響。

徐允文帶領著同學們徒手在瓦礫堆中奮力挖掘，這時候看到事發經過的其他民眾也加入救援的行列，不到幾分鐘的工夫，這三個人就被救了出來，經過徐允文的一番檢查，雖然有一人血肉模糊、甚至全身被厚重的塵土覆蓋，但至少一息尚存，另外兩位同學甚至還有意識。

有熱心的民眾剛好身上帶著水，於是徐允文拿了那些打球學生所帶的毛巾先替三位受傷的人簡單清洗，避免他們的口鼻被塵土所覆蓋，造成嗆入或影響呼吸，漸漸地三個人都恢復了意識。

不遠處終於有救護鳴笛靠近，救護人員下車後替兩位有骨折疑慮的同學上了夾板固定，另外一位似乎只有皮肉傷的就被攙扶上了救護車。

處理完三位受傷的學弟，徐允文此時已經不若之前西裝筆挺，他很想去解剖生理學系一探究竟，可惜現在的狼狽模樣已打壞了他的興致，於是他撥了通電話給范文虎，簡單說明剛剛發生的意外並取消約會。

悻悻然的徐允文只得先回醫院，因為他想看那三位學弟後續如何。

5.

北辰醫學院學生被高牆壓砸事件，最大的受益者有兩個人，一個是即將卸任的外科部主任鄧克超，另一位是胸腔外科主任鄭正雄。

原先的鄧克超已做好交棒的準備，以後要以「閒雲野鶴」的輕鬆心情兼任外科部主治醫師，但由於上述的意外事件，他代替院方在第一時間做說明，而且下轄的醫療團隊處理得相當明快，讓各大媒體對北辰醫學院附設醫院創傷小組的能力再次留下深刻的印象，於是董事會對外宣布，破格拔擢他成為「北辰醫學院附設醫院院長」一職。

只是鄧克超的升任，並非如董事會說的那般漂亮，其實是為了掩蓋現任院長李瑞麟「貪瀆」的醜聞，希望藉此新聞事件淡化此一問題對醫院形象的創傷。

原來李瑞麟自從擔任心臟內科主任時，就成立了所謂的「救心基金會」，順理成章成為基金會董事長，一路由內科部主任到院長，都是主事的負責人。

眾所皆知各企業成立的基金會都是逃漏稅的管道，只是醫界成立的基金會又有其他的功能，除了可以接受廠商各種名目的捐贈外，也是將病患贈送的紅包「漂白」的重要地方。

「救心基金會」的運作一直十分順暢，可是時間一久就弊病叢生，先是廠商對於不適當的捐贈愈來愈難以招架，因為健保給付愈來愈差，藥材與藥品的利潤沒有像健保制度成立時那般有油水，廠商之間更由於競爭激烈而互相監視，捐贈方式與額度已經有規範；再者李瑞麟所掌控的學會經常開各種會議以要求贊助，廠商們自是苦不堪言，可惜礙於李瑞麟的勢力，即便怨聲載道也不敢造次。

壓垮李瑞麟的最後一根稻草並不是廠商，而是他所訓練的徒子徒孫。因為他所搜括的金錢分配不均，私下又要求年資淺的主治醫師當人頭，因此最後有人覺得自己權益受損，將不對外公布的祕密資料具狀向檢調舉發，終於讓政府部門展開調查。

對於罪證確鑿的各種帳目及監聽資料，廠商們為了設立停損點，只能俯首認罪配合調查，最後揪出李瑞麟及主事的幾位主治醫師，最後他們都被起訴。

李瑞麟接受約談正是高牆壓砸學生事件發生的時候，因此各媒體在張貴翔的拜託下，把焦點轉向醫院快速有效的救治學生，以及團隊整合的服務。而且為了延續新聞的熱力，董事會做出明快的決定，採用張貴翔的建議，把鄧克超塑造成醫院的明星，風光接下院長一職，淡化李瑞麟不當挪用「救心基金會」款項的報導。

至於在「高牆壓砸事件」中的另一個受益人鄭正雄，他的專業變成是媒體鎂光燈的焦點，在張貴翔運作下成為北辰醫學院附屬醫院新生代的巨星。

出事的當天，這位急診室創傷小組的負責人一開始就跟著醫療團隊處理從瓦礫堆中救出的三位學生。第一位病患僅是皮肉傷，在簡單的清理傷口及縫合之後，幾乎沒有大礙，就要求返家休息；第二位病患是右下肢的開放骨折，也在當天就接受了骨科醫師的內固定手術，情況還算穩定；第三位病患傷勢一開始看起來只有皮肉傷，可是後來病情急轉直下，他正是讓鄭正雄成為媒體新寵的關鍵。

上述的患者遭土石掩埋有三分鐘以上，剛送到醫院時意識有些模糊不清，在緊急接受腦部電腦斷層檢查，顯示有輕微頭皮血腫及腦震盪現象，但沒有到必須接受立即手術的程度，因此被值班的神經外科醫師收療住院。

在急診室觀察室等待轉入外科病房的空檔，上述病患意識逐漸清醒，不過開始有些呼吸困難的情形發生，此時鄭正雄憑著一張胸部 X 光就診斷出他是「橫膈膜疝氣」（Diaphragmatic Hernia），立刻由他親做手術修補，也因為這樣他才成為某些人心中的「神」。

所謂的「橫膈膜疝氣」，指的是因為外力造成了橫膈膜破孔，使得腹部的臟器被迫擠入胸腔的情況，這是受到重擊如車禍、高樓摔落、被倒塌物品掩埋的病患必須先排除的重要狀況。

在事發當時，急診室已經有很多媒體聚集，伺機要採訪這件受矚目的意外事故，這些記者與值班外科醫師交心聊天時，因為他的經驗不足，造成記者群崇拜起鄭正雄來了。

其實「橫膈膜疝氣」並不是很難診斷的狀況，如前所述，如果患者是多重創傷，尤其伴有胸腹部壓砸傷，都必須將它列入鑑別診斷之一。因此只要在檢視胸部X光片時看到有腸氣往上頂到肺部的區塊時，即可依據臨床表現而得知「橫膈膜疝氣」的可能性。

那位年輕住院醫師一開始並未仔細檢查胸部X光片，沒有看出患者有「橫膈膜疝氣」的問題，以至於當患者有呼吸困難找上鄭正雄前來檢查時，當場就被發現了他的疏忽，可能基於這個錯誤，掩飾它最好的方法就是稱讚鄭正雄。

不明就裡的記者群哪裡曉得其中關鍵，於是就跟著這位經驗不足的住院醫師瞎起鬨，尤其在鄭正雄替病患手術執刀完成接受訪問時，長得還算帥氣挺拔的他頓時又被追逐的眾多女記者奉為偶像，不用張貴翔的推波助瀾，新一代的「神醫」就被塑造出來。

因此在接著到來的外科部主任選舉投票上，鄭正雄的旋風勢不可擋。

不若之前的大肆張揚，鄧克超覺得開票情形在臉書直播有些不妥。於是在他的主導下改成半開放的程序，意即雖然是公開唱票，但並非外科所有人員全程參與，改由各科派代表前來監票，以避免過程又被放上網路實境播放。

鄧克超這一招有了意外的好處，讓監票的徐允文及胡學恆佩服他的神機妙算，以為他事前就算出開票的結果，因此保全了某些人的面子。

「很難看哦……」

胡學恆看著唱票人員將「正」字畫在候選人名下時，低聲說出了感想，而且還用手肘撞了一下徐允文，示意他往舞臺兩邊看。

原來開票之初，就變成是朱文俊與鄭正雄的拉鋸戰，董自強與陳國祥兩人只有零星的票數出現，尤其是董自強甚至還填不滿一個正字，比陳國祥還差。

「他們應該知道自己的人緣多差了！尤其董自強，以後大概也沒有臉那麼囂張跋扈了吧……」

徐允文也是有感而發，回應著胡學恆嘆口氣說道：「唉！這時候董自強應該明瞭當初李瑞麟前院長在楊西源事件裡語重心長的那段話……」

「對！」

胡學恆附和著，然後重複著那段名言：「金錢與權勢，甚至是職位都可以經由努力，或是不擇手段得到，但是要別人打從心底尊敬你，可是非常了不起的一件事……」

「一個成功的人物應有的氣度與修為……講得真好，不過講這句話的人似乎也只會耍嘴皮子……」

胡學恆默不作聲，因為一切盡在不言中，他們不想對李瑞麟多做討論，而徐允文接著又說：

「鄧主任真是神機妙算！要是學弟們用臉書直播，我看陳主任和董主任臉可就丟大了！」

「多虧有他的安排，才不至於讓兩人以後在外科部抬不起頭來！」

胡學恆贊成徐允文的說法，不過他也對此次選舉也有一些想法：「有的人運氣來的時候，城牆都擋不住，像鄭主任這隻大黑馬，搞不好會當上外科部主任！」

「我只同意你前者，至於他是大黑馬我並不認同！」

徐允文的回話引起胡學恆的興趣，接著問道：「此話怎說？」

「我覺得大黑馬是鄧主任，一個原本要裸退的外科部主任，竟然一躍而當上院長大位，是誰也始料未及……」

「的確！」

胡學恆也深有同感，本想再說些什麼，可是現場此時爆出歡呼。

原來所有的票已開完，鄭正雄以三票之差擊敗朱文俊當選，陳國祥得到了六票，董自強更慘只有四票，正字還少一橫。

朱文俊主動走到鄭正雄的位置與他握手寒暄、恭喜他當選，現場的監票人員也鼓掌對朱文俊如此有風度的表現致意。

至於董自強與陳國祥呢？徐允文往舞臺兩側看去，兩人早已不見蹤影。

6.

為了讓新任外科部主任交接典禮有不一樣的氣氛，鬼點子特多的胡學恆打算辦一個別開生面的茶會，不僅歡迎即將上任的鄭正雄，同時也祝賀鄧克超的高升——它的主要精髓就是要利用外科部一些成員的老照片，加上懷舊的歌曲，組合成一個投影片秀。

胡學恆的想法很直接，除了想給資深的醫師感嘆時光的流逝、緬懷以前的歲月之外，還可以讓年輕的新進醫師看看自己的老師們那種青澀的「菜」模樣。

照片是胡學恆找了外科部服務最久的陳姓女祕書要的，年資已近四十年的她，從荳蔻少女到白髮蒼蒼，都奉獻給了外科部，連退休後都捨不得離開還在這裡兼差。她的收藏裡有很多不見天日已久的泛黃照片，就是胡學恆所發想的投影片最好的「毛片」。

努力了好幾個晚上之後，胡學恆不知道自己別出心裁的想法好不好，於是他先找同學徐允文，希望看完投影片秀以後給予修正的建議。

為了不讓這個費盡心機準備的自製影片曝光，胡學恆神祕兮兮地把徐允文帶到手術室的貯藏室，而且一進門就把它反鎖，嚇得徐允文有些不知所措。

「幹嘛！有病啊……帶我來這伸手不見五指的地方幹什麼？」

徐允文顯得有些不耐煩，胡學恆只開了一盞小燈，就示意徐允文在門邊不遠的椅子坐下。

「又不會吃你！同學，來這裡是秀給你好看的東西！」

胡學恆口氣很神祕，徐允文這時才看到他正在調整房間裡已經事先架好的投影機。

「躲在這裡看什麼？是波多野結衣的Ａ片嗎？」

「正經一點，我沒有那麼下流，是要給你看一下我精心準備的投影片大秀，叫做外科部的過去與未來……」

胡學恆用手指點下了與投影機連接的筆記型電腦，投影片秀就正式開始，襯底的音樂是歌星芭芭拉・史翠珊的老歌〈往日情懷〉（The Way We Were）。

「哇……」

徐允文忍不住叫了起來，接著先看到北辰醫學院附設醫院五十年前草創時期的七層樓舊建築，還可以看到附近仍有稻田存在，而且環繞它的馬路品質還很差，不若今日車水馬龍。

「靠！你哪裡找出這有的沒的？」徐允文驚訝問道。

「叫大哥就告訴你！」

徐允文低哼一聲，但心裡還是很佩服自己的同學可以如此費心找出那麼多舊照片。

投影片的前段偏重老建物及環境的改變，也有一些創建外科部的元老醫師，可惜徐允文沒有什麼印象，畢竟這些人有些已老死，只留下一些大頭照掛在外科部的大辦公室裡。

由於影片撥放較慢，以至於在看到這些與自己不相干的事物或老前輩時，徐允文很快就有些失去了興味，加上在密閉空間，他不禁打了一個大哈欠。

「同學，忍耐一下，精彩的就要來了。」

看到徐允文有些不耐煩，胡學恆只好出聲預告，話還沒有說完，徐允文立刻爆出驚呼，跟著大笑道：「同學，你哪裡找出來的？你看，鄧主任的呆樣，哈……」

徐允文笑得很誇張，胡學恆雖然已看過很多次了，也不免跟著笑出聲來。

「同學，你怎麼知道這個人是鄧主任？」

「怎麼不知道？那雙犀利的眼睛及招風耳，哪個人看不出來……」

徐允文接著評論照片裡鄧克超的style——梳著油頭，穿著膨大的西裝，自以為帥氣將手支撐住下巴看著遠方，以今日的眼光來看，確實是有些土，更好玩的是照片上還有鄧克超簽上了「勿忘影中人，克超」等字眼。

「你怎麼會有這張照片？」徐允文好奇地問道。

「那是鄧主任出國前送給祕書大姊的，原本他打算若有機會就留在美國不回來了，所以才留這張照片給她做紀念！」

「有點鳥鳥的……哈……」

徐允文忍不住批評了鄧克超的照片，接著兩人又笑成一團，因為隨著影片播放，資深主治醫師的大頭照與今日的照片被放在一起對比，有些變化還太大，徐允文若沒有胡學恆的提示根本猜不出舊照片是誰。

胡學恆的創意讓徐允文相當佩服，雖然影片剪輯沒有花俏的布景，但隨著芭芭拉・史翠珊的歌聲，確實有「歲月不饒人」的效果出現，而且笑點十足。

這時幻燈片字幕打著：「請大家猜一猜誰是黃世均？誰是李郁琦？」

不過徐允文卻看到自己找了許久也沒消息的古朋晟，赫然也在這張照片裡。

原來自從「高牆倒塌砸人」事件之後，徐允文又去拜訪解剖生理學系一次，可是他就是遍尋不著古朋晟。他將古朋晟的容貌描述給系所接待的人，都無法得到古朋晟相關的蛛絲馬跡，儼然古朋晟是憑空出現的人物一樣，沒有存在於這個世界過。

徐允文沒有放棄，他最後找上北辰醫學系的人事室，希望能打聽到古朋晟的消息。他認為或許是自己聽錯了古朋晟的系所名稱，結果得到的答案依舊是不知道。

這個疑問直到徐允文看到那張老合照才有轉機，於是當下脫口問道：「怎麼古朋晟會在我們心臟血管外科人員的合照裡？」

「誰是古朋晟？」

雖然曾經向胡學恆提過這號人物，但顯然他已經沒有印象，於是徐允文走向前，指著照片裡的人說：「這個人就是古朋晟！我找了他好久，結果醫學院的各系所都沒有他的資料，真他媽的見鬼了……」

徐允文想繼續說下去，沒想到卻看到胡學恆的臉色不是很好看，雖然房間的燈光昏暗，但可以見到他緊密雙唇，神情凝重。

「同學，你說看到過你手指的那個人？」

「對！就是那個我遍尋不著的謎樣人物，自稱是北辰醫學院解剖生理系的副教授古朋晟。」

胡學恆聽到徐允文的敍述之後，低著頭先暫停投影片秀，而且把投影機關掉，然後再打開貯藏室所有的燈光。

「同學，你說的是開玩笑的吧?!」胡學恆語氣很嚴肅。

「開玩笑？我說的那麼正經你說是開玩笑？照片裡的那個人和我在動物實驗室不知道共處了多少個晚上，不只分享他的人生經歷，還提點我有關人類的心臟構造，更重要的是我有些想不通的問題還是他告訴我如何解決，像是去拜託馬小芬主任將所有心臟標本借給我研究……」

徐允文說得很起勁，結果卻換得胡學恆一臉驚恐，剛剛觀看投影片秀的快樂心情已在瞬間化為另一種恐怖的情緒。

「同學，說出來可不要嚇著你……」

「嚇著我什麼？有什麼奇怪的地方嗎？」

徐允文覺得胡學恆陰陽怪氣，滿臉狐疑地看著他，現場的氣氛變得有些詭異，過了半晌，胡學恆才淡淡地說：「同學，你指的那個人不叫做古朋晟，他是我的叔叔胡明成！」

胡學恆的答案彷佛是顆震撼彈，讓徐允文呆在當下，忽然覺得背脊瞬間涼了起來，渾身泛起雞皮疙瘩。剎那間他想通了很多事，包括古朋晟為何手那樣冰冷？為什麼他總是來無影去無蹤？為什麼他對於人類心臟各個解剖位置瞭若指掌？當然，他為何可以引導自己出現在即將倒塌的高牆前去指揮救人！

徐允文愣在當場不知如何是好，而且因為害怕身體忍不住顫抖，因此發出了牙床磨合的聲音。

「同學！你怎麼了……」

胡學恆很擔心徐允文，因為看到他的臉色慢慢變得慘白，有些不知所措，眼神變得茫然。

「同學，我叔叔是好人，他來找你一定有什麼原因，他不會害你的……」

看到徐允文這付模樣，胡學恆也顧不得那麼多，用雙手輕拍他的臉頰，然後站在對面給他打氣，慢慢地他終於有了感覺。

「同學，你叔叔是好人或壞人不重要……他是鬼……這種經驗太恐怖了……」

聲音還因為牙床磨合有些顫抖，不過徐允文慢慢深呼吸之後，情緒已不若之前那麼不穩，驚魂甫定的他慢慢把他與古朋晟這幾個月的點點滴滴對胡學恆娓娓道來。

「你說我叔叔還有筆記本留在動物實驗室內？」

「對啊！我就是開始讀那本筆記後，才開始撞見他的。」

徐允文把那天打掃動物實驗室，撿到胡明成筆記之後，和他斷斷續續在那裡相處的情況，簡要地向胡學恆訴說，當然也說到將筆記本送給馬小芬主任。

「怪不得馬主任這幾個月魂不守舍，而且整個人形銷骨毀，看起來很憔悴，好像生了一場大病！」

「對耶！聽你這麼一說才想起，尾牙看到她，覺得好像變成另外一個人，眼神也失去原先的光彩，空空洞洞的沒有什麼生氣……」

徐允文經過胡學恆的提醒，也跟著附和道。這時他的臉沒有那麼慘白，但話一說完，不禁和胡學恆異口同聲道：「難道她也看見了……」

兩人面面相覷幾分鐘，接著神情都變得十分驚訝，徐允文一想到這裡不由自主又泛起了一身雞皮疙瘩。

7.

知道自己撞鬼之後，即便是無神論者的徐允文也變得神容憔悴，惶惶終日如驚弓之鳥。上班只願意待在人氣多的地方，不若之前會抄小路、走人煙稀少的樓梯，尤其更忌諱獨處在空蕩蕩的辦公室；更重要的是，他不會想再去動物實驗室，畢竟有那麼多次在半夜裡和胡明成談心，他回想起來確實是太恐怖了。

可惜恐怖的事情不只如此，之後他好幾次在夢中遇見胡明成，而且每次的情節都如出一轍。夢裡的胡明成會現身對他說抱歉，訴說著自己的靈魂在筆記本裡禁錮了二十年，認為是彼此的氣場相近，所以他是唯一可以看見自己的人。

「學弟，其實我一直都有給你暗示，只是你參不透裡面的玄機，我的名字叫胡明成，若拆成古、月、日、月、成五個字，再組合起來就是古朋晟，並不是很難解的字謎……」

胡明成以為這麼說會化解徐允文的恐懼，但事實上可能適得其反，使得夢境裡想拜託徐允文的事無法造成深刻的印象。

「學弟，我已經不在人世，可是真正讓我不願離去的原因不是死不瞑目，而是有個未了的心願，就是我還沒有跟馬小芬主任好好說句『再見』……」

夢境裡的胡明成也有淚流滿面的時刻，只是內心充滿恐懼的徐允文無法好好聽他說下去。

「老弟，能和小芬說聲『再見』是我想完成的救贖。她雖然有我的筆記本，可惜不能像你一樣看得見我、聽得見我，或是可以說上話，因此筆記本在她身上只有徒增傷感。可不可以麻煩你告訴她，只要將想說的話寫在筆記本上，我就會有所回應……」

胡明成充滿感情的請求，徐允文無法牢記，因為恐懼已完全占據他，接著他就會在近似無法呼吸的掙扎中醒了過來回到現實。

剛開始他可以掩飾得很好，可是睡在身旁的許秀穗又不是笨蛋，看到自己的男友心神不寧，又常在夜裡驚醒，心裡早已是疑問一堆。

終於在徐允文知道自己撞鬼的一個多星期之後，許秀穗逼問他為何驚醒的原因，徐允文受不了煎熬才吐實。

原本以為男朋友偷吃才良心不安，許秀穗知道原委之後心情馬上由疑慮變成擔心，左思右想之後，才突然憶起自己的大哥因為做生意常去廟裡祈福，於是在天亮立刻去找他想辦法。

許秀穗的大哥和一般的生意人一樣，在家中都供奉著神明，而且祂們的開光與有關的祭祀都由某一宮廟的主持人幫忙，更因為生意上還算順利，所以對該宮廟的信仰是相當虔誠。

於是在隔天的晚上，許秀穗就在哥哥的幫忙下在該宮廟「掛號」問事，聽說還是靠他的關係才能插隊。

對於自己未來的妹婿十分關心，許秀穗的哥哥還親自開車帶著妹妹和徐允文前去那間宮廟。它座落在社子島狹小的巷弄之間，沒有熟門熟路的人帶路，可能連Google Map的指引都不見得能順利抵達。

徐允文被許秀穗兄妹帶到那間名為「廣福宮」的宮廟裡。它雖是「宮」，但充其量也只能算是隱身在擁擠巷弄中，一間擺著佛像的參拜堂，不過占地雖小，「問事」的時間未到卻早已擠滿了人。

宮廟正因為準備濟公師父的起乩而忙碌著，此時香煙裊裊好多人圍著師父，不僅偶爾斥喝，同時也整理他的衣冠服飾——袈裟、僧帽、念珠，當然還有那把重要的扇子，神案上還準備了花生米，裝滿米酒的葫蘆，以及切好的一盤滷肉。

神案前師父不停吐氣，類似吃飽飯之後的打嗝聲漸漸由慢轉快，他搖頭晃腦地在眾人「恭迎師父」的喊聲中穿戴整齊，拿起扇子及葫蘆，象徵性地喝酒表示濟公師父已經附身，接著他大喝一聲，口中唸唸有詞地道：「佛衣破帽現禪機，手拿酒扇渡靈兒，雲遊四海助道起，來到聖蓮真歡喜！」

說完降身詩，這位被濟公附身的師父說了幾句「阿彌陀佛」，雙掌合十，對著神案上的諸多神像叩首之後，便開始今晚的問事。

「一號徐允文……」

徐允文在許秀穗的示意下走到神案前，雖然他很不願意，但依然跪在濟公活佛前，扶鸞的弟子接著唸了徐允文的生辰資料，然後許秀穗先開口道：「師父，我的男朋友撞鬼了……」

「我知道，不用急，看臉就知道他印堂發黑……」

濟公師父搶著答話，人看起來是眼睛微閉，但似乎可以一眼看穿眼前徐允文的困境。

「要如何化解？」許秀穗焦急地插話道。

「大概是去年的夏天哦？」濟公師父依照自己的節奏，並不理會許秀穗的問話，直接問著徐允文。

聽到這樣的問話，徐允文心頭一驚連忙説是。

「這鬼對你不錯，不然你氣血早就被他吸光。」

説到這裡徐允文有點毛骨悚然，不僅師父算出正確時間，連他們的關係也描述的相去不遠，接著濟公師父掐指一算又説道：「還在耶！應該暫時脱離不了。」

「那……請問師父，要如何化解？」聽完了濟公師父的解説，這下連徐允文也急了，擔憂地問著。

濟公師父一時之間也無法回答，暫時閉著眼睛沉思。

「師父，要如何處理？」許秀穗在一旁焦急地加入。

「這有點困難，他有心願未了，我也不知道如何處理？」

「心願？允文，你那個學長有何心願？」

「吔！我想一下……」

被許秀穗一問，徐允文想起了夢境裡胡明成跟他談到的救贖，那是因為無法和馬小芬說聲再見的痛苦。

「對！這就是他交代你要說的！」

聽到濟公師父這麼說，徐允文心中的大石忽然卸下了一大半，然後若有所思問道：「我幫他完成心願就能解脫？」

「對！這是你們之間的因緣，所以只有你才可替他完成……而且……」

「而且怎麼樣？」徐允文與許秀穗異口同聲道。

「你不需要我的化解，因緣俱足自然就沒事了，你不要自己嚇自己，這個鬼還不算太壞……」

「這……接下來該怎麼做？」

許秀穗聽到濟公師父的回答有些失望，還不死心問著，倒是徐允文聽到這些話有所感悟，抓著許秀穗向他叩首。

「謝謝師父開示，我知道下一步如何做了。」

「哈哈！孺子可教也！眾生皆醉，你醉已醒，自然無須醉裡渡化……哈哈，孺子可教也……你會替好多人解決大事。」

許秀穗聽不懂濟公師父的話，但徐允文聽了有所覺悟，大聲答謝後拉著許秀穗離開神案，然後付了問事的費用，以及添了一些香油錢，顯然心中的恐懼已經緩解。

徐允文也只是知其一，並不知道自己能「替好多人解決大事」的玄機。

8.

得到濟公師父的開示，說也奇怪，徐允文的心情放鬆了很多，回到租屋處終於能夠安穩入睡，許秀穗看在眼裡，擔心的情緒也暫時放下。

在一晚香甜的睡眠之後，徐允文起了個大早，幫自己和許秀穗買了早餐，然後兩人填飽肚子一起上班，許秀穗還在兩人前往醫院的途中，不斷問著徐允文感覺如何。

「還好有濟公師父提醒，我因為害怕不敢仔細回想自己的夢境，現在那些場景歷歷在目。今天我要去找馬小芬主任，將胡明成交代我的事情向她說明，這樣我的責任應該就可以完成了！」

「是什麼大事？我還是聽不懂？」

許秀穗還是覺得怪怪的，胡明成的鬼魂幹嘛如此拐彎抹角，自己託夢就能解決所有的事，為何要如此大費周章？

許秀穗覺得事情不會如此簡單，只是交代馬小芬可以將思念的話寫在筆記本上就會得到回應，這算哪門子大事？但是看到徐允文信心滿滿還是替他高興，畢竟他這一個多星期渾渾噩噩的生活可以結束了，她也可以鬆一口氣。

事實證明許秀穗的擔心是正確的，要化解胡明成與馬小芬的羈絆，還有很多事情要做。

一進入辦公室，徐允文拿起醫院的電話想立刻撥電話給馬小芬，但覺得可能在電話裡會說不清楚，於是套上醫師服準備親自去找馬小芬當面談。

「馬主任會相信嗎？還是她會太過相信，又落入另一個痛苦的深淵？」

徐允文一面走一面深思這個問題，這時他的手機忽然響了起來。

「允文，我看不妙，你先替我聯絡一下加護病房，趕快替馬小芬主任找張床，她可能是感冒病毒引發的心肌炎，現在被傳染科插管了，等一下心臟內科要替她急做心導管……」

聽到黃世均交代的事情，徐允文心頭一驚，連忙轉頭回心臟科加護病房，找了其中一位病況較輕的患者，緊急聯絡家屬之後就飛奔到心導管室。

馬小芬已經躺在檢查臺上，一切都已經就緒。她被插管接上了呼吸器，因為用了鎮靜劑，所以人處於昏睡的狀態，替她做檢查的是心臟內科主任陳培元。

黃世均心情凝重地坐在心導管室外面的控制臺後面，看著陳培元替馬小芬做檢查，此時徐允文前來，黃世均向他簡要做了馬小芬的病況說明。

原來徐允文撞鬼的這一星期，馬小芬因為好幾天咳嗽不止而入院。一開始傳染科以非典型肺炎的診斷收療，豈料住院之後病況逐漸惡化，追蹤的 X 光片發現肺水腫的情況加劇，在喘到都呼吸困難之後，會診了胸腔內科的醫師，才認為不是單純的肺炎，連忙找了心臟內科急會診，才臆測為「急性心肌炎」造成——因為心臟超音波的檢查發現，心臟收縮功能已剩下不到正常值的四分之一。

所謂的「急性心肌炎」，顧名思義為心臟肌肉發炎，而其原因多為病毒感染，臨床上病況相當複雜而且變化多端，從沒有症狀到心衰竭，甚至猝死都有可能。馬小芬一開始咳嗽不止的症狀，乃是因為心臟功能受損造成肺水腫，由於沒有轉好，演變成心臟衰竭而必須插管的地步。

「允文，IABP已經在檢查前擺上了，不過效果看起來很差……搞不好等一下就直接擺上ECMO也說不定。唉……這感染科的主治大夫也太過輕忽了，胸部X光片這兩天已有些蛛絲馬跡也不仔細看看，還不斷換抗生素……」

徐允文可以了解黃世均的痛苦。畢竟如果醫師的警覺性不高，加上只是不斷加藥、改藥而延誤病情，也是意料中的事。

「主任，馬小芬主任有那麼嚴重嗎？」徐允文還是關心問道

「非常嚴重，剛剛在病房急插管。陳主任替她做了心臟超音波，結果『EF』不到二〇%，根本和感冒搭不起來……」

黃世均所說的「EF」是「Ejection Fraction」的縮寫。乃心室收縮時射出血量的比率，用以評斷心室收縮功能的參數，正常值為五五%到七〇%左右。

「所以變化的過程很快？」

「這兩天才變化得較快……也怪感染科太過大意了！加上馬主任也太會忍了，昨天喘了一個晚上都不說，今天早上難過到只能坐著呼吸，結果在人有昏厥現象產生後，才被值班醫師插了管子呼吸再會診……」

「馬主任真的太會忍了……」徐允文也附和道。

「最近她也不知道在搞什麼，整個人氣色很差，我有天在醫院的走道上和她偶遇，我好心問她，結果得到敷衍的答案，只是睡眠品質不好而已。」

「主任，我想……我大概知道怎麼回事！」

因為控制臺有不少操作人員正配合著陳培元的指令做事，徐允文只得將黃世均拉開，等到和那些人有點距離聽不到他們談話才停下。

「你知道什麼？」黃世均低聲問著徐允文，語氣急切，很想趕快知道事情的原委。

徐允文簡要說明自己發現胡明成筆記本之後所有的事。他相信是馬小芬有了胡明成的筆記之後才讓她整個人變得魂不守舍，以至於連自己的健康也變差了，當然他避開了撞鬼的事，目前還不想讓別人知道。

「怪不得！這幾個月遇見她幾次，臉色愈來愈憔悴……」

黃世均聽了徐允文的說明之後，串起所有的時間點，才想通今天發生在馬小芬身上所有的事。

不過也在此時，黃世均心中沉藏多年的罪惡感也被激活了起來。這種感覺在他心裡深處揮之不去，因為他總是認為自己加諸在胡明成身上太多的工作負擔，使得他過勞而死，間接讓馬小芬頓失所依，造成她一直走不出這陰霾。

原本黃世均以為，馬小芬在和陳國祥結婚之後能療傷止痛，走出心碎的過去。可惜這段婚姻維持不到兩年就風雲變色，讓原本替他們祝福的黃世均心情又沉到谷底。

所以離婚之後回到職場的馬小芬，黃世均總不吝惜對她應有的關心。雖然他是外科部的「孤鳥」，可是只要病理科提出任何需要心臟血管外科配合的計畫，他都會下令科裡傾全力支援。

馬小芬從黃世均那裡得到很多檢體可以研究，發表不少獨到見解的論文，才讓她可以成為全國唯一的女性病理科主管，她去美國進修的介紹信也是出自黃世均之手。

馬小芬當然知道黃世均這份異常的關心，但她的認知和黃世均完全相反。黃世均相當照顧胡明成也很器重他，因此馬小芬認為胡明成腦出血的結果，只是體質與運氣不佳，而她是由於黃世均疼愛胡明成的餘蔭，有幸得到不一樣的照顧，和黃世均心中的罪惡感想法南轅北轍。

黃世均不知道馬小芬真正的想法，但是能感受到她心中的謝意，而這種謝意使得黃世均內心的愧疚與罪惡感慢慢被沖淡。二十年過去了，也就慢慢不再去回憶那段令自己不快活的記憶。

今天他從徐允文那裡知道，馬小芬可能是有了胡明成的筆記而形容憔悴，惶惶不知所措，最後抵抗力變弱才因為感冒併發急性心肌炎，於是他整個心都糾結在一起。

心導管控制臺的操作人員打斷了黃世均與徐允文的談話，示意要黃世均到前面來看螢幕的影像，陳培元正試著透過裡面的麥克風來和他通話。

「黃主任，應該是心肌炎，你看所有的冠狀動脈都那麼漂亮，一點也沒有阻塞的樣子……」

陳培元和黃世均的想法是一致的。當他們兩人看到心臟超音波的結果時，認為第一個要排除的是急性心肌梗塞造成的心臟功能受損，畢竟馬小芬已經是超過五十歲的停經年紀，不能排除有心血管疾病的可能。

冠狀動脈造影正常，讓馬小芬的狀況指向是急性心肌炎，因此徐允文提醒道：「主任，要不要替馬主任申請健保的『ＩＶＩＧ』試試？」

「一面治療一面申請吧！健保沒過，我們再請醫院吸收或者我來出都無所謂，要做試驗性的治療就早點開始，等申請下來我看馬主任都沒命接受治療了！」

徐允文所提的「ＩＶＩＧ」是「免疫球蛋白」（Intravenous immunoglobulin）的縮寫，由多位健康人類血漿中提取，以靜脈注射為之。它對於急性心肌炎而言，有文獻認為有其一定的療效，因為急性心肌炎的患者多以支持療法為主，只能靜待其自動痊癒，因此ＩＶＩＧ才被視為一種「試驗性治療」。

聽到黃主任如此交代，徐允文立刻拿起電話找加護病房的值班醫師，要他立刻填好申請表格傳真給健保署；另一方面他又指示直接將處方交由藥局調劑，等到馬小芬主任回到加護病房就趕快治療。

上述這種「先斬後奏」的治療並不是健保署所認可的醫療常規。但是為了搶時間，黃世均也不管那麼多，健保署要核刪或剔除他根本不在乎，他只希望馬小芬趕快好起來，如果情況再惡化，那她只有接受心臟移植一途了。

救贖

CHAPTER 7

1.

胡明成站在床邊看著馬小芬，這是她住進心臟血管外科的加護病房第三天了。

這三天來她的病況沒有因為醫院群的介入而有逐漸好轉的跡象，反而是日趨惡化，所以黃世均替她裝了葉克膜續命。

胡明成面容哀戚地看著馬小芬，想試著呼喚她，引起她的注意，但都是徒勞無功，所以他只好跪在床邊，仰著頭向上天祈禱道：「老天爺啊！我不知道祢為何要這般折磨我和小芬！我為了要跟她道別，十幾年來一直在暗無天日的動物實驗室裡遊蕩。如今祢解放了我的靈魂，卻讓我看見她因為思念我而憔悴消瘦，日復一日虛弱下去，這真是我的罪過啊！我祈求祢，讓小芬平平安安活下去，就算是讓我下地獄，永不超生也沒有關係，如果祢憐憫我們的話，讓小芬能聽到我說的話，堅強地活下去。」

講完這段話的胡明成，又繼續看著馬小芬，溫柔地呼喚著她說：「小芬！我是明成！妳要堅強活下去，不可以放棄，我會在這裡一直為妳加油打氣！」

胡明成盼望著馬小芬能聽到他深情的呼喚。自從馬小芬拿到他的筆記本以來，他都在馬小芬的身邊陪伴著。不過，胡明成卻是看到馬小芬終日以淚洗面，茶不思、飯不想的模樣。

雖然胡明成千方百計想引起馬小芬的注意，但都是於事無補，而且也搭不上話，只能看著她一天比一天消瘦憔悴。

忽然，馬小芬的嘴角上揚，微微動了一下，胡明成以為是她聽到了自己的呼喚，不過，這時候他的身後卻傳來一群人祈禱的聲音：「我們在天上的父，求祢俯聽我們……」

不知道什麼時候，加護病房裡來了許多病理科的同仁，聚集在馬小芬的床邊，專注的胡明成一開始沒有發現他們。

處於重度心臟衰竭，意識混淆的馬小芬沒有什麼力氣，不過她確實聽到了胡明成的聲音，努力掙扎著想要回應：「明成！是你嗎？我是在做夢嗎？」

馬小芬在心裡問道，但沒有得到回應，只聽到一群同事祈禱的「阿門」聲此起彼落。

「明成，我過得好辛苦啊！」

馬小芬在心中呻吟著，情緒也漸漸激動起來，血壓與心跳的指數也因此明顯上升，不似剛裝上葉克膜時低迷。

在同事們祈禱完後，胡明成仍舊不斷持續替馬小芬加油打氣，她也可以斷斷續續聽到胡明成溫柔深情的呼喚。雖然她沒有力氣移動，但意識似乎愈來愈清楚，慢慢可以感受到四周圍的變化。

在會客的時間過後，加護病房的護理長帶來了一位特別的訪客，那就是神經外科的主任陳國祥——他的神色焦急，愁眉深鎖，不復平日優雅從容的態度，眼袋浮腫讓整個人看起來似乎失眠很多天了。

加護病房的護理長簡單地講了馬小芬的病況，但是聽到她說馬小芬「病況愈來愈不樂觀，肝腎功能開始走下坡，大概快不行了」時，陳國祥整個人就毛躁了起來，不禁焦急地問道：「不是聽說有什麼『左心室輔助器』可以用嗎？」

「馬主任只裝左心室輔助器是不夠的，要就左、右雙心室輔助器一起使用。臺灣目前並沒有庫存設備，黃主任正透過廠商，請求德國原廠緊急派專門的醫師以及機器來臺灣，聽說處理下來要將近臺幣七百萬！」

「管他七百萬、一千萬，錢不夠我陳國祥傾家蕩產都可以支付……」

陳國祥氣憤地插著話，不過加護病房的護理長又趕忙解釋道：「不是錢的問題，而是馬主任病情變化太快。黃主任已經很盡力了，正在聯絡德國醫師過來支援，而且還要行文去衛生署專案報備……」

已經是滿腔怒火的陳國祥聽到這樣的解釋，又立刻打斷她的話說道：「有困難嗎？衛生署那邊有任何困難嗎？需不需要我打個電話直接找署長批文……」

陳國祥說得又快又急，讓護理長有些無法招架，但仍是耐著性子安撫他說道：「陳主任，我們家黃主任比你還急，現在的問題不在錢，不在衛生署，而是卡在德國方面的派遣醫師還搞不定，這兩天就會有結果了！」

聽到這樣的解釋，陳國祥稍稍釋懷，暫時放下了焦躁的心情。接著他放緩了語氣，對著護理長說道：「護理長，剛剛有些出言不遜，跟妳說聲對不起，我還是要謝謝妳。對了，妳有事先去忙，我自己一個人陪馬主任就好了！」

護理長如釋重負，趕忙離開馬小芬的床位，免得等一下陳國祥又問她無法回答的問題。

陳國祥走近馬小芬，除了看監視器的生命徵象外，更主動握了她的手，發覺有些失溫，只好更緊緊地握著。

躺在病床上的馬小芬雖然沒有力氣回應，但剛剛陳國祥和護理長之間的對話，她可聽得一清二楚。

馬小芬感到很訝異，經過了這麼多年，可以看出陳國祥對她用情仍深，不似外表那樣和她形同陌路，這可是超乎她的想像。

看著馬小芬因為急性心肌炎遭受到這麼多痛苦，自己卻不是這方面的專家，高傲的陳國祥非常失落，只能更加緊握馬小芬的手，默默為她祈禱著。

在默唸了不知道幾聲佛號之後，陳國祥終於對馬小芬開口道：「小芬，我相信妳一定可以聽到我說的話，妳要加油，不能放棄，我剛剛告訴菩薩，如果可能，用我的陽壽替妳續命都可以，不管幾年我都給……」

陳國祥的淚在這時終於流了下來，讓他不時用手去擦拭臉上的淚珠，他接著說道：「小芬，我實在很對不起妳。只是妳都沒有給我機會去贖罪，不給我時間去彌補我對妳的背叛與虧欠。我知道我是個感情不專一的人，但我不是個壞人，只要給我機會，我一定會力求表現。」

講到這裡，陳國祥似乎已泣不成聲，讓準備來巡視馬小芬登記生命徵象與書寫記錄的床位護理師不敢打擾，只能暫時無聲無息地退開。

「小芬，我必須向妳坦誠，明成的死最該負責任的人是我，我不該那麼輕忽。或許當時我多陪他一下，趕快將他送醫，搞不好今天躺在這裡的是我而不是妳……」

陳國祥此時敞開心房，向馬小芬說出了這二十年來深藏在他內心深處的祕密與夢魘，一五一十告訴她發生在動物實驗室裡的經過，不只是深深表達了懺悔，也祈求了她的原諒。

說完了這個困擾他多年的陰影，陳國祥又緊握了馬小芬的手，繼續幫她加油打氣，希望她趕快好起來。

陳國祥不知道，馬小芬此時的意識非常清楚，他說的每句話，都深深烙刻在她的腦海，讓她二十年來的傷心事又湧上了心頭，眼眶裡慢慢滲出淚水。

站在陳國祥身後的胡明成，也聽到了陳國祥對馬小芬的獨白與懺悔，第一次知道他二十幾年前倒下之後的狀況。不過他心如止水，並沒有怪罪於陳國祥，反而覺得他這些年太辛苦了，背負了如此大的心理壓力。

胡明成很想拍拍陳國祥的肩膀，替他打打氣，只是他沒有辦法做到。

2.

在眾人的集氣加油下，在馬小芬住進加護病房的第五天，就在德國支援雙心室輔助器裝置的醫師即將出發的前夕，北部某醫學中心有個因為車禍意外而腦死的年輕人，在家屬的同意之下捐出身體所有可用的器官，讓馬小芬有了重生的希望，也讓黃世均辭退德國醫師的支援。

黃世均知道馬小芬可以接受心臟移植時，心中的大石頭終於落了地。但他仍是不敢掉以輕心，因為這只是馬小芬突破難關的第一步而已，而且這次由於科內幾乎所有的資深主治醫師都去了歐洲開會還沒有回來，所以馬小芬的心臟移植手術，只剩下他和徐允文一起奮鬥。

對於心臟移植的大小事，徐允文早已經是駕輕就熟，不論是術前的評估和術後的照顧，就連心臟移植手術本身，也在他最近幾個月在病理科仔細觀察了不少的人體心臟標本，以及多次擔任黃世均心臟移植手術的第一助手之後，更能體會箇中奧義。

簡單來說，徐允文已經準備好，隨時可以執行心臟移植手術，只差黃世均要不要給他機會。

這一切應該要感謝胡明成的筆記本以及馬小芬給的方便，再加上黃世均能卸下多年的心房，將所有心臟移植的技巧，無私地告訴了徐允文。不過也無法否認，黃世均對徐允文有特別關愛的眼神，似乎是在徐允文身上看到了原本屬於胡明成的特質。

馬小芬是在眾人的期待與祝福下進手術室接受心臟移植，但愈靠近手術的時間，黃世均就愈緊張不安，因為這十幾年對她的愧疚，使得他開始對這次心臟移植手術有了前所未有的恐懼，壓力之大，比第一次執行這種手術時所承受的煎熬，是有過之而無不及。

在馬小芬躺上手術臺消毒鋪單開始，黃世均就顯得非常焦慮不安，還不停來回踱著方步，也不想跟任何人說話。他甚至想到，如果自己忽然昏倒，要找誰來立刻接手？不過他似乎沒有選擇，只能靠自己。

想到了徐允文，黃世均心頭壓力輕了一些，而且覺得他是個可以依靠的對象，因為他缺少的只是「獨當一面」的機會。

隨著鋪單完成，刷手上了手術臺，黃世均對於馬小芬的心臟移植已經感到有如千萬斤的重擔。因此，當他拿起手術刀要劃開馬小芬的身體時，人便開始猶豫了，心中那股強烈的愧疚感如風暴般猛烈襲來。

十幾年來，他已經把馬小芬當做家人一般照顧。每次見到她，總是覺得要把虧欠胡明成那一份加倍還給她，因此當他拿起刀，想劃開馬小芬的胸膛時，手止不住顫抖，除了有「不敢替自己家人開刀」的心情外，更害怕自己承受不了失敗的後果。

看到黃世均拿刀的手不停抖動著，站在對面的徐允文感到不可思議，這是他跟了主任這麼多年來，第一次看到的狀況，只好貼心地問道：「主任，你不舒服嗎？」

徐允文以為，可能是黃世均這幾天來不眠不休照顧著馬小芬使得體能消退，或是忘了吃早餐而造成體力不濟。

黃世均沒有回答，空氣中瀰漫著十分詭異的氣氛，突然徐允文背脊一涼，那種熟悉的感覺又回來了，他知道胡明成已經在附近，因此恐懼地四下張望。

「老弟，不要慌，我不會現身。但你要仔細聽我說，黃主任現在心裡的壓力太大了，等一下可能會下不了手，你要勇敢對他說你可以！」

徐允文克服著恐懼，將信將疑地看著面前的黃世均，此時的他眼神空洞，彷彿是座雕像佇立在那裡。

「老弟，不要看黃主任了，我相信他現在是天人交戰的時候。我們來談談正事比較重要，如果你有拿到手術刀的機會，不要忘了我在筆記本教你的重點，還有你註記的那些心得。」

徐允文聽到這裡，內心的緊張已蓋過恐懼，只好深吸了一口氣，想克服心中的不安。沒有料到，沉默許久的黃世均突然開口問他說：「所有心臟移植的手術步驟，你都熟練了嗎？」

「我非常熟練，而且在馬主任的心臟標本室已模擬練習幾十次了。」

徐允文不假思索脫口而出，回答著黃世均的提問，連他自己也很驚訝為何會這麼說。

「我把馬主任當成自己的親妹妹看待，現在看她躺在這手術臺上，我實在有些猶豫，如果我來當第一助手，你有把握嗎？」

黃世均突然如此要求著徐允文，不只是徐允文，連手術室的工作夥伴也很詫異。

「我能勝任！我可以！」

徐允文不知道哪裡來的勇氣，竟然這樣回答著黃世均，讓在場所有的人都嚇了一大跳。

「那我們換位置吧！」

黃世均說完以後，立刻離開手術者的位置，把它讓給了徐允文。

「老弟，放空自己，將心情融入平常練習的心態，如果有任何問題，不只黃主任，我也會出聲提醒你。」

不知怎麼搞的，聽到胡明成的聲音，徐允文一點恐怖的感覺也沒有，反而有種安定的感覺。

3.

馬小芬接受了心臟移植之後，身體的機能恢復很快，不到兩個星期就從加護病房轉到了普通病房裡，住進專門為心臟移植病患設立的隔離病床。

看到這麼多人為了自己的存活而耗費了大量心力，馬小芬的心情不再那麼沮喪與孤單。尤其在自己病況危急時，陳國祥在病榻前的那些肺腑之言，馬小芬聽到之後非常感動，即使是他所吐露有關胡明成死前的那一段，她知道其中的原委後並沒有產生很大的怨恨：因為就她病理科醫師的觀點，胡明成在發病的當下，就決定了他的預後，時間並不一定是最重要的決定因素。

除了沒有對陳國祥產生怨恨之心，馬小芬看到他這段時間為了自己所做的一切，確實是十分驚訝。除了感覺他如同贖罪而在做補償一般，還不管馬小芬的態度如何，也不管能不能在她身旁陪伴，他幾乎二十四小時都在病房裡徘徊。

根據從病房護理長來的爆料，陳國祥對於護理人員的監督與要求，竟然比馬小芬的主治醫師黃世均還嚴格，讓護理人員承受空前的壓力。

但是，陳國祥本人也有真性情的一面。

在馬小芬狀況危急時，會像家人一樣擔心害怕、淚流滿面之外，在她病況逐漸好轉時更會笑逐顏開，天天請醫護人員吃外帶的大餐、飲料、水果點心等等，感受得到他內心的喜悅。

陳國祥確實是放下了一切，全心全力看顧馬小芬。因為在她病況危急到接受心臟移植這段時間，陳國祥就住在自己醫院的辦公室，幾乎寸步不離醫院，而且外科部有件大事發生，他連理都不理，只為了好好陪著馬小芬。

原來鄭正雄在接了外科部主任之後，在年度的體檢裡老天爺開了他一個大玩笑——胸部X光片報告竟然發現他肺部裡有腫瘤的跡象，經過了一連串的檢查之後，證實他罹患了肺腺癌。

對於一個胸腔外科的專家來說，是何等沉重的負擔，所以在確定診斷之後，鄭正雄就辭去了外科部主任一職，專心接受有關肺腺癌的治療。

同時，空懸的外科部主任又要回歸原來董自強、朱文俊和陳國祥等三人搶一個的局面，但陳國祥為了照顧馬小芬而主動放棄角逐大位。

在這之後，董事會約見董自強和朱文俊兩個人。董自強向董事們報告自己也要讓賢，理由是他覺得自己「孤傲耿介、脾氣暴躁、不符資格」，不若同學朱文俊「學者風範、理性溫和、頗得人緣」。

聽到董自強第一次稱讚著自己，嚇得朱文俊有些不知如何是好，因為在楊西源事件之後，他就處處躲著董自強，深怕他又有什麼企圖，製造兩個人之間的糾紛，但這是朱文俊多慮了，董自強是真心誠意改變了。

董自強的改變開始於外科部主任遴選的投票上。鄧克超為了保留董自強的顏面，只公布了票數的名次，沒有公開實際的得票數——董自強不只是最後一名，而且票數只有區區四張。

受到了這樣的打擊，個性倔強的董自強想到前院長李瑞麟對他說過的一段話：「金錢與權勢，甚至是職位，都可以經由努力或不擇手段得到，但是要得到別人打從心底的尊敬，是非常困難的。」

所以，董自強看淡了外科部主任的大位，除了不想再一次自取其辱外，他覺得自己活了一大把年紀，在後生晚輩裡自己的形象如此不堪，若再不求點改變，有了大位也帶不動下面的醫師。

他覺得自己應該好好修補同僚的關係之後，再圖謀改變。於是泌尿外科主任朱文俊，在沒有任何異議下，由董事會宣布接掌外科部主任。

陳國祥當然沒有興趣想去了解這件事，因為他整個心思都放在馬小芬的身上。他準備這陣子都住在醫院的辦公室，直到馬小芬辦理出院再說，他怕馬小芬一出院，就不會理他了。

住在醫院辦公室裡的陳國祥，生活是相當規律的。早上會到病房巡視馬小芬的病況，然後遠遠看著她接受心臟復健師的指導，在病房的長廊裡運動；中午就走出醫院外面，幫馬小芬挑選她喜歡吃的午餐，雖然和馬小芬已分手十幾年，她喜歡吃什麼，陳國祥依然記得；至於下午的時間，他也會默默跟在馬小芬的身後，看著她被看護帶去樓下的公園曬太陽。

陳國祥始終和馬小芬保持一定的距離，只不過自從轉到普通病房的隔離病床之後，馬小芬連正眼都沒看過他。

由於工作和照顧馬小芬的壓力兩頭燒，在馬小芬轉到普通病房一個星期後的下午，陳國祥體力不堪負荷，終於在辦公室裡沉沉睡去。

在迷濛中，陳國祥看見穿著白袍的胡明成站在他的行軍床前，一臉焦急對著他說：「阿祥，有人需要你開刀救治，你趕快醒醒！」

陳國祥很想回答，但身體真的太疲憊了，實在無法動彈，只能看著胡明成又催促著說道：「阿祥！阿祥！徐允文有危險了，你趕快醒醒！」

胡明成看著陳國祥不為所動，竟然伸手要拉他的衣袖，就在兩人即將接觸的瞬間，陳國祥被嚇醒了。

陳國祥為了這個奇怪的夢傷腦筋時，他的眼前忽然有個穿白袍的人飛奔過去。

陳國祥被這突如其來的人影嚇了一大跳，立刻從行軍床起身，但是只有看到辦公室的門被「碰」的一聲用力關上，人影已經消失不見！

「見鬼了嗎？真的是明成的鬼魂嗎？」

陳國祥不停問著自己，因為他的辦公室是由內反鎖，除了醫院的工務組有備用鑰匙以外，其他人根本進不來。

想到這個疑點，陳國祥趕快開了辦公室的門出去，他沒有感到害怕，反而在好奇心的驅使下想一探究竟，因為剛剛的夢境實在太真實了。

離開辦公室之後，陳國祥發現外面的長廊空蕩蕩的，沒有什麼人影，但仔細往遠處看去，有個穿白袍的身影就在樓梯間的門前站著，但看不清楚是誰。

「喂，你是誰，請留步。」

陳國祥一面喊一面靠近，而那個人立刻跑進樓梯間裡，陳國祥也跟著跑了進去。

兩人在樓梯間裡競逐，無論陳國祥如何加快速度，始終追趕不到他，陳國祥覺得很熟悉，這方向似乎是他最近常走的路線一樣，朝著心臟血管外科加護病房前進。

果然陳國祥在跟著走出五樓樓梯間的大門時，那個穿白袍的身影就消失不見，只留下他佇立在心臟血管外科的加護病房門前。

剛剛那個如幻似真的夢境，提醒了陳國祥，他趕忙按了對講機，進了心臟血管外科的加護病房裡面。

知道是陳國祥主任前來，加護病房的護理長立刻出來迎接，開口就想跟他開玩笑：「陳主任，是什麼風把你吹來的，馬主任都不在這裡了……」

陳國祥根本不理會護理長的搭訕，臉色凝重地問她：「徐允文醫師在哪裡？」

「他啊，昨天晚上開了緊急手術，現在應該在值班室裡休息……主任要找他嗎？」護理長一臉狐疑，不知為何陳國祥要問起徐允文。

「他睡多久了！」陳國祥又問道。

「算算時間也該起床了！」

「帶我去找他，快！」

陳國祥極力催促著，護理長只得帶他往徐允文的值班室走去。

不等護理長敲門，陳國祥搶在她的面前，用力敲打著值班室的門，發出了巨大的聲響，同時還跟著大喊：「喂！允文，趕快開門！」

陳國祥粗暴的動作讓護理長皺起了眉頭，因為他打擾了加護病房的寧靜，只好開口勸道：「主任，他可能還在休息，等一下，不要那麼急……」

陳國祥哪裡管這麼多，持續敲打著門，結果並沒有得到任何回應。

「徐醫師平常很難叫醒嗎？」陳國祥又回頭問著護理長。

「不會啊！只要有人敲門，不管如何他都會先回答，今天是有些奇怪……」護理長也覺得有些不對勁。

「拿鑰匙來開門，快點！」陳國祥以命令的口吻道。

「不好吧！主任，再等一下吧！」護理長勸著陳國祥。

「不管啦，護理長，這很難解釋，趕快開門就對了！」

陳國祥像失心瘋一般，讓護理長很難應付，為了拖延點時間，只得慢慢走回護理站找鑰匙，心裡還是盼望徐允文可以自己開門。

最後，在陳國祥不斷催促下，護理長打開值班室的門，裡面的景像確實嚇到了所有的人。

他們發現徐允文是口吐白沫倒在地上，看起來已經不醒人事。一股不祥的預感襲擊著陳國祥，他趕快指揮加護病房的工作人員對徐允文施予急救。

在替徐允文急救的過程中，一群人設法先將他從擁擠的值班室抬出來，慌亂中有位護理人員踢到了剛剛他掉在地上的手機，為了怕被大伙踩壞，她只好將它撿拾起來，不過電話似乎還保持在通話狀態，裡面似乎還傳出一些聲響。

壓抑不住自己的好奇心，那位護理人員拿起電話聽了一下，發現有位女生一直不斷呼叫著，語氣充滿擔心。

「允文，允文，快回答你怎麼了……」

「喂！請問……妳是？」

聽到回話的並不是徐允文，電話的那頭更急切地說道：「我是允文的朋友夏美美，剛剛他怎麼了……」

對於徐允文正在被急救，這位護理人員本來不想再做任何回答，但是卻聽到夏美美幾近歇斯底里喊著：「允文是不是出了什麼事？快告訴我，快告訴我妳們在對他做什麼……」

「這……他現在不知道為什麼昏過去，我們正在急救，我看妳最好掛上電話。」

聽到這樣的回答，夏美美眼前忽然一片黑，心中那股失去親人的苦痛如同核彈爆發一樣，身體冷不防一陣陣顫抖，跌坐在地上。

不知過了多久，夏美美終於可以起身，電話那頭早已掛斷，她的擔憂一直在催促著她、呼喊著她，要她立刻做出決定。

於是夏美美立刻收拾簡單的行囊，她內心放不下對於徐允文的關切，終於決定要趕緊北上去看看。她深怕見不到徐允文的最後一面，眼淚不自主又爆發開來，一面整理行李一面因為情緒激動而抽搐著。

4.

徐允文的顱內出血，對陳國祥是相當嚴苛的考驗。

在電腦斷層室的螢幕前，陳國祥和黃世均等人看著掃描的結果。一開始陳國祥就有五雷轟頂的感覺，只覺得眼前忽然一陣黑，完全聽不到黃世均問他的話。

「難道又是腦裡的AVM（腦血管動靜脈畸形）出血?!真的是我必須面對的宿命和考驗嗎？」陳國祥在心裡狂烈地吶喊道。

這個曾經是他視為易如反掌的手術，如今因為胡明成的猝死，反而變成他最大的罩門，以及揮之不去的惡夢。

「阿成，是你嗎？是你在和我開玩笑嗎？」

陳國祥看著電腦斷層片，雙手用力抓著自己的頭髮，不停問著相同的問題。不信鬼神之說的他，此時也因為剛剛的夢境與穿著白袍的人影而有所動搖。

尤其當他看到徐允文口吐白沫倒地時，他極度懷疑是胡明成為了他鋪好的路。

「國祥！你又不舒服嗎？」

黃世均看著陳國祥面對著電腦斷層的螢幕，一付痛苦糾結的模樣，不禁問著。但是陳國祥似乎沒有聽見，於是黃世均索性輕拍了他的肩膀。

這一拍把陳國祥拉回現實，但他顯然是不想回答，還是低頭沉思，一付痛苦難耐的樣子。

「國祥你真的不舒服嗎？要不要我找賴才益來，你去休息一下！」

黃世均看到陳國祥如此痛苦的模樣，讓他想起了王秉正開顱手術當天的情況，於是又好心問著陳國祥。

「學長，不用！」

聽到黃世均要找別人幫忙，陳國祥彷佛觸電一般，立刻應答，而且努力保持鎮定，不過從他的語氣聽起來，仍帶有些許的顫抖。

「學長，允文應該也是腦出血，現在還沒有出現很嚴重的腦幹壓迫現象，要盡快動手術取出血塊並止血，避免延誤病情！」

「你可以嗎？我是說真的，可以嗎？」黃世均不安地問道

「我可以，學長！」

陳國祥此時和黃世均面對面，可以看出他的眼睛雖然布滿血絲，但語氣卻更加堅定。

「我想這是老天爺，還有明成給我再一次的機會，我要用雙手去克服這樣的恐懼，它是我的心魔，通過了這個考驗，才會讓我得到救贖。二十年前我錯過了一次，現在我應該要誠實面對它，不能再輕言放棄。」

黃世均不曉得在陳國祥身上發生了什麼事，他只知道此時陳國祥的眼神和那天在王秉正的手術臺上不一樣，似乎要冒出火花來了。

「那就放手去幹，男子漢就該這樣！允文的希望就交給你了。」

黃世均雙手緊握著陳國祥，給了他最堅定的支持。

所以，陳國祥擔負起了徐允文開顱手術的主治醫師，不過一開始並不是那麼順遂。徐允文的頭蓋骨被鋸開之後，陳國祥的呼吸和心跳就不自覺開始快了起來，連帶使得他的手也有些顫抖，所以他不得不停下動作好幾次，以深呼吸來克服自己心裡的緊張。

等到硬腦膜被打開，一團血塊和著腦組織就在陳國祥的眼前搏動，他開始有些後悔，因為它每搏動一下，對他來說都有如天搖地動一樣。

最後陳國祥閉上眼睛，想先平撫自己不安的情緒，不知道為何，剛剛夢裡的場景又出現在他的眼前，穿著白袍的胡明成又開口懇求道：「阿祥，允文的手術就只能靠你了。你要堅強面對它。大家都知道，在腦出血的手術，你一直都是最強的！」

被腦海裡的影像嚇到的陳國祥並沒有因此更感到惶恐，反而立刻睜開了眼睛，他相信胡明成的靈魂就在附近，一直在為他加油打氣。

再次打起精神的陳國祥，此時心中的恐懼感已經在逐漸降低當中，取而代之的是十幾年前，他心中對顱內出血特有的熟悉感，他像尋找獵物的豹，眼光犀利地注視著原先令他膽寒的血塊。

陳國祥深吸了一口氣，輕輕剝著血塊，根據血塊搏動的方式，長年累積的經驗告訴他，出血點就在血塊右上方約兩點鐘的方向，於是他溫柔地推開腦組織，在傷害最小的情況下吸著血塊，慢慢將它撥開。

在移除血塊的瞬間，一股鮮血就如同他預測的方向出現，他的左手夾著止血棉片，一下子就頂住出血點，讓它暫時止住血。

「Hem clips（用於夾住血管止血的小訂書針），快來！」

陳國祥將右手抽吸血塊的工作放下，向刷手的護士小姐要止血的hem clips，在止血棉片的幫助下，將原本躲在血塊下那些如同蚯蚓般的血管，一條條用hem clips夾住之後，旋即試探性放開左手的止血棉片，所有的出血點在他巧手運作之下都已獲得控制。

「學長，大概沒有問題了，允文的出血，已經處理完了！」

陳國祥長吁了一口氣，向身後一直站著沒有離開的黃世均報告著，心中那沉重的壓力頓時瓦解殆盡。

5.

剛接受完手術的徐允文還未清醒，他的床邊來了兩個特別的訪客。

不顧黃世均的反對，馬小芬穿著整套的隔離衣，戴著口罩和帽子來到神經科加護病房探望徐允文，希望能替他加油打氣，因為隨著馬小芬身體復原愈來愈順利，她知道的事情也愈來愈多。

首先她從黃世均的口裡知道這次的心臟移植手術是由徐允文主刀。她沒有懷疑徐允文的實力，因為這幾個月的期間，她常在病理科的標本室看到徐允文的身影，全心投入了解各種心臟的解剖構造，完全不在乎濃烈刺鼻的福馬林臭味。

有時看到他手中拿著心臟，閉起眼睛凌空比畫起來，彷彿要將標本室當成心臟移植手術的虛擬操作場地。

所以，徐允文可以獨力完成自己的手術，馬小芬覺得實非僥倖，只是她覺得黃世均的誠實很有趣，在心中笑著他的誠實與不知變通，連她這位病理科醫師都知道，很多外科名醫的手術都是假徒弟之手完成，手術室的工作人員基於職業道德，沒有對外張揚罷了，不然那些大醫師名不見經傳的時候是找誰練刀？不過黃世均並未透露自己下不了手的原因，馬小芬也不想去追究。

其次，讓馬小芬比較驚訝的是徐允文撞見胡明成鬼魂的事，徐允文是在她轉到隔離病房之後才向她吐露實情。她並非不相信鬼神之說，而是擁有胡明成的筆記這段時期，沒有看到他的魂魄現身過一次。因此她對於徐允文所說，藉由抒發心情寫在胡明成的筆記本上就可以得到回應這件事，一直抱持存疑的態度。

胡明成來不及對馬小芬道別這件事，一直是他未完成的心願，也是他必須達成的救贖，讓馬小芬聽了之後反而覺得是沉重的負擔。她不相信在筆記本寫下隻字片語就能得到回應，因為它過於簡單，她衷心盼望可以見到胡明成一面，即便是鬼魂也成。

馬小芬知道這件事之後，還沒有勇氣在筆記本上寫下任何字。

如今，知道自己的救命恩人還在與死神搏鬥，她想去床邊替他打打氣，當陳國祥用輪椅推她進入神經科加護病房時，裡頭早已有人在探病。

夏美美穿著隔離衣坐在徐允文的床邊，雖然早已哭紅雙眼，但仍止不住內心的憂傷，放肆地讓眼淚從臉頰流下。

徐允文在腦出血倒地前，忽然接到夏美美的來電，因為她的母親在老公逝世後，健康就亮起了紅燈，不只是睡眠有障礙、高血壓對於藥物的反應不佳，更辛苦的是腎臟功能還持續走下坡。

夏美美很擔心母親的狀況，輾轉帶著她看了很多名醫，不管是身心科、腎臟科，還是心臟科，得到的建議都只有不停加藥，無法對她的病情做有效的控制。心急如焚的夏美美才在無計可施的情況下，硬著頭皮向徐允文求救。

沒有想到在和徐允文通話的過程中，竟湊巧得知他忽然昏倒，因此急忙北上，鍥而不捨在醫院打聽，才在手術室外盼著徐允文能度過此一難關。

知道徐允文送到神經科加護病房觀察，夏美美顧不得什麼矜持，厚著臉皮說自己是徐允文的女友，期盼能和他有比較多的相處時間。

許秀穗對於夏美美的出現，一開始也相當氣憤，很想戳破她的謊言，告訴工作人員自己才是徐允文的正牌女友，可是看到她哭成淚人兒，想起之前她的父親才在徐允文的照顧下走完最後一程，一時心軟也就隨她去。

馬小芬看到徐允文床邊有人是有點訝異，不過從陳國祥在護理長口中得到的一些訊息，她更是吃驚。

「前面那個應該是前女友，後面那個我知道是徐允文現在的女友，是本院心臟外科加護病房的護理人員！」

陳國祥知道許秀穗這號人物，而護理長從許秀穗口中確認了夏美美的身分。

「看她哭得那麼傷心，你們男人都一個樣，除了喜歡腳踏兩條船，還會讓愛你的人痛哭流涕……」

馬小芬沒有給陳國祥面子，直接在護理長面前意有所指給他難看。

「沒有關係，我們不要打擾他們，送我回病房吧！」

陳國祥不敢說什麼，只能趕快推著她回到病房，避免留在當場所造成的尷尬。

至於遠遠站在徐允文病床後，靜靜觀察夏美美與他互動的許秀穗，內心有著劇烈的衝擊，她了解為何夏美美可以知道徐允文倒下的消息，原來是撿到徐允文未關機電話的學妹，告訴她出事前兩人正在通話。

「允文，如果你醒來後選擇夏美美我也不會怪你！」

許秀穗的眼眶也滾動著眼淚，她並不知道自己誤解了徐允文。

6.

陳國祥將馬小芬送回普通病房後就告辭離開，因為替徐允文手術後身心得到了放鬆，忽然覺得很疲累，想回到辦公室的行軍床好好補個眠。

獨自留在病房的馬小芬此時看到桌上那本胡明成的筆記本，忽然有股衝動很想在上面寫字，於是她拿起了筆，在空白處開始寫字。

「成成！好久不見，你可知道這十幾年來我很想念你嗎？」

馬小芬抱頭看著天花板，沉思一陣子，準備再下筆時，看到筆記本竟然浮現出下面這一行字：

「二十年了，小芬，我也好想妳！」

浮現的字跡就和胡明成的一模一樣，讓馬小芬又驚又喜，眼眶立刻被淚水浸潤，差點讓她看不到筆記本上的字，於是她奮力擦掉淚珠，又跟著寫道：「成成，是你嗎？你在這裡嗎？」

「小芬！我在這裡。妳看不到我，感覺不到我，但我看得見妳，感覺得到妳！」胡明成在筆記本裡快速地回應。

看到筆記本上的字，又讓馬小芬熱淚盈眶，如海水潰堤，但還是努力擦拭著淚水，準備再寫下心裡的話，卻看到筆記本上胡明成的回應。

「小芬！妳不可以哭，再哭可能看不到我的回應了！」

「好，我不哭，我不哭！」馬小芬回答道。

看到筆記本上的提醒，馬小芬立刻止住流淚，開始又將心中想說的話一字一句，毫不保留寫在筆記本上。

兩人就這樣一問一答用筆談了一段時間。馬小芬愈寫愈多，胡明成也愈答愈快，彷彿想將二十年互相思念的情緒一次傾吐完畢，直到筆記本的最後一頁出現。

「小芬，該停止了！不管如何，我們終究仍須道別的！」

看到胡明成這樣回應，馬小芬又開始啜泣了。

「妳答應我不哭的，小芬！」

馬小芬知道他們兩人的筆談就要結束了，顧不了那麼多，開始嚎啕大哭起來。

愈哭愈激動的馬小芬強忍住淚水，在筆記本上寫下了：「成成，我現在就跟著你去好嗎？」

筆記本並沒有立刻回應，直到馬小芬想到不可以哭泣，冷靜下來之後，才看見胡明成的回應：

「小芬！不要輕言離開人世。妳的不負責任，會浪費了妳以及捐贈心臟給妳的那位年輕人的寶貴生命。況且，妳現在選擇離開，我們不一定會在另一個世界相見……」

看到胡明成的回答，馬小芬忍不住又痛哭了起來。

也不知過了多久，馬小芬止住哭聲，她知道再如何不捨，再如何否認，自己終須和胡明成說聲再見。

她終於能體會，為何胡明成透過徐允文讓她知道，「向她道別」是「救贖」的含意，於是就在筆記本寫下了這段話：「成成，我會好好照顧自己，你不要再遊蕩了，安心地離開，不要放不下我！」

寫完了這段話，馬小芬雖然沒有哭出聲音，可是兩行熱淚卻又不聽使喚，從臉頰上滑落了下來。

筆記本沒有立刻回應，讓馬小芬不禁大聲對著筆記本問道。

「成成，你還在嗎？」

「我在，小芬！」筆記本又浮現胡明成的字跡。

馬小芬不停拭著淚，又看到筆記本浮現這句話。

「小芬，妳要好好過日子，不要在嘆息中過日子！」

馬小芬很想再寫下幾行字，不過此時筆記本幾乎擠不出多餘的空白處，只能讓她勉強寫下：「成成，再見！」

筆記本無法再出現字跡，但空氣裡瀰漫的是胡明成的聲音，一字一句說得緩慢而穩重：「小芬，再見，妳要開心地面對往後的日子，這是我們的約定。」

馬小芬又驚又喜，因為她聽到了十幾年來最盼望的聲音。

接著筆記本中忽然有一股輕煙緩緩飄起，馬小芬抬頭往上看，依稀在它的頂端看到胡明成微笑地看著她，揮手道別。

馬小芬忍不住淚水，眼睛因而無法把那股輕煙看個仔細，等到她拭乾眼淚，現場已回復原狀，彷彿一切都沒有發生過。她想到筆記本裡有她和胡明成的對話，很想再翻翻，回味剛剛跟胡明成的對話，可是她翻開筆記本卻看不到任何字跡，剛才的筆談就像是沒有發生過一樣。

馬小芬淡淡地笑了，心頭浮上一種如釋重負的感覺，雖然她雙眼早已經哭紅，臉上還殘存著淚珠。

Story 025

未完成的道別

作　　者──蘇上豪
主　　編──陳家仁
企劃編輯──李雅蓁
行銷副理──陳秋雯
美術設計──陳恩安
內文排版──林鳳鳳

製作總監──蘇清霖
發 行 人──趙政岷
出 版 者──時報文化出版企業股份有限公司
10803 台北市和平西路三段 240 號 7 樓
發行專線｜（02）2306-6842
讀者服務專線｜0800-231-705｜（02）2304-7103
讀者服務傳真｜（02）2304-6858
郵撥｜1934-4724 時報文化出版公司
信箱｜台北郵政 79 ～ 99 信箱
時報悅讀網─ http://www.readingtimes.com.tw
法律顧問─理律法律事務所 陳長文律師、李念祖律師
印　　刷─勁達印刷有限公司
初版一刷─ 2019 年 4 月 19 日
定　　價─新台幣 380 元
（缺頁或破損的書，請寄回更換）

時報文化出版公司成立於一九七五年，
並於一九九九年股票上櫃公開發行，於二〇〇八年脫離中時集團非屬旺中，
以「尊重智慧與創意的文化事業」為信念。

未完成的道別 / 蘇上豪著. -- 初版. -- 臺北市 : 時報文化, 2019.04
面；　公分

ISBN 978-957-13-7741-4(平裝)

857.7　　108003038

ISBN 978-957-13-7741-4
Printed in Taiwan